A SEGUNDA CONFISSÃO

A marca FSC é a garantia de que a madeira utilizada na fabricação do papel deste livro provém de florestas que foram gerenciadas de maneira ambientalmente correta, socialmente justa e economicamente viável, além de outras fontes de origem controlada.

REX STOUT
A SEGUNDA CONFISSÃO

TRADUÇÃO
Renata Guerra

COMPANHIA DAS LETRAS

Copyright © 1949 by Rex Stout

Publicado originalmente por Viking, em setembro de 1949

Proibida a venda em Portugal

*Grafia atualizada segundo o Acordo Ortográfico da Língua Portuguesa de
1990, que entrou em vigor no Brasil em 2009.*

Título original:
The second confession

Projeto gráfico de capa:
Elisa v. Randow

Foto de capa:
Ana Ottoni

Preparação:
Paula Colonelli

Revisão:
Ana Maria Barbosa
Isabel Jorge Cury

Dados Internacionais de Catalogação na Publicação (CIP)
(Câmara Brasileira do Livro, SP, Brasil)

Stout, Rex, 1886-1975.
    A segunda confissão / Rex Stout ; tradução Renata Guerra.
— São Paulo : Companhia das Letras, 2010.

    Título original: The second confession
    ISBN 978-85-359-1744-4

    1. Ficção norte-americana I. Título.

10-09244   CDD-813

Índice para catálogo sistemático:
1. Ficção : Literatura norte-americana 813

2010

Todos os direitos desta edição reservados à
EDITORA SCHWARCZ LTDA.
Rua Bandeira Paulista 702 cj. 32
04532-002 — São Paulo — SP
Telefone: (11) 3707 3500
Fax (11) 3707 3501
www.companhiadasletras.com.br

A SEGUNDA CONFISSÃO

1

"Não me importei nem um pouco", disse nosso visitante, de maneira abrupta mas afável. "É um prazer." Olhou em volta. "Gosto de lugares onde há homens trabalhando. E este é bom."

Eu ainda estava digerindo minha surpresa pelo fato de ele ter realmente o aspecto de um mineiro, ou pelo menos da ideia que eu fazia de um mineiro, com ossos grandes, a pele curtida e mãos que provavelmente estariam mais à vontade segurando um cabo de enxada. Mas com certeza não era para manejar uma enxada que ele era pago no exercício da presidência da Continental Mines Corporation, com sede na Nassau Street, perto da Wall.

Também fiquei surpreso com o tom que ele usou. Na véspera, depois que uma voz masculina se identificou pelo telefone e perguntou quando Nero Wolfe poderia ir a seu escritório, tive de explicar por que me via obrigado a dizer que nunca. A conversa terminou com um encontro marcado para as onze da manhã seguinte, no escritório de Wolfe. Obedecendo a um procedimento rotineiro sobre clientes potenciais, liguei para Lon Cohen, na *Gazette*. Lon me disse que James U. Sperling só não arrancava orelhas com os dentes porque preferia comer cabeças inteiras, com ossos e tudo. Mas ele estava ali, escarrapachado na cadeira de couro vermelho perto da ponta da mesa de Wolfe, com o jeito de um operário simpático e grandalhão, e pronunciou aquelas palavras iniciais quando Wolfe começou a conversa explicando que nunca saía do escritório a trabalho e lamentando que Sperling tivesse sido obrigado a vir até nós, na 33 Oeste, perto da Sétima Avenida. Ele tinha dito que era um prazer!

"Será, com certeza", murmurou Wolfe em tom satisfeito. Estava atrás da mesa, recostado em sua cadeira feita sob encomenda, com garantia para pesos de até um quarto de tonelada, uma garantia que algum dia seria realmente posta à prova se seu dono não tomasse jeito. E Wolfe acrescentou: "Se me contar qual é seu problema talvez eu possa transformar sua viagem num bom investimento".

Sentado a minha própria mesa, que ficava em ângulo reto com a de Wolfe e a pequena distância dela, me permiti um sorriso discreto. Como a situação do saldo bancário de Wolfe não exigia o uso de pesadas técnicas de persuasão para fisgar um cliente, eu sabia por que ele esbanjava gentileza. Estava sendo sociável só porque Sperling gostara do escritório. Wolfe não gostava do escritório, no primeiro andar de sua velha casa de pedra. Ele não gostava, e sim o adorava, o que era ótimo, já que estava passando a vida ali — a não ser quando se encontrava na cozinha com Fritz, ou na sala de jantar em frente ao vestíbulo na hora das refeições, ou dormindo no andar de cima, ou nos viveiros de plantas que havia no terraço, admirando as orquídeas e fingindo ajudar Theodore com o trabalho.

Meu sorrisinho se interrompeu quando Sperling me dirigiu uma pergunta: "Seu nome é Goodwin, não é? Archie Goodwin?".

Confirmei. Ele se dirigiu a Wolfe.

"É um assunto confidencial."

Wolfe assentiu. "A maior parte dos assuntos discutidos neste escritório é dessa natureza. É uma constante no trabalho de detetive. Goodwin e eu estamos habituados a isso."

"É uma questão de família."

Wolfe franziu a testa e eu fiz o mesmo. Com essa introdução, havia dezenove chances em vinte de que nos pedisse para seguir uma esposa, o que estava fora de cogitação para nós. Mas James U. Sperling prosseguiu. "Digo isso porque de qualquer forma o senhor ficaria sabendo." Meteu a mão no bolso superior do casaco e sacou um grosso envelope. "Estes relatórios vão informá-lo de tudo. São da Agência de Detetives Bascom. O senhor os conhece?"

"Conheço Bascom." Wolfe continuava com a testa franzida. "E não gosto de seguir por caminhos que já tenham sido trilhados."

Sperling continuou. "Eles trabalharam para mim em assuntos de negócios e me pareceram competentes, de modo que procurei Bascom para isto. Queria informações sobre um homem chamado Rony, Louis Rony, e eles procuraram durante um mês inteiro e não conseguiram nada, e preciso disso com urgência. Ontem decidi dispensá-los e experimentar o senhor. Tomei informações e, se o senhor merece a reputação que tem, eu deveria ter vindo aqui antes." Sorriu como um anjinho, o que me surpreendeu mais uma vez e me convenceu de que ele continuaria cauteloso. "Aparentemente, o senhor não tem rival."

Wolfe grunhiu, tentando não parecer lisonjeado. "Havia um homem em Marselha, mas não está disponível nem fala inglês. Qual é a informação que o senhor deseja sobre Rony?"

"Quero uma prova de que ele é comunista. Se o senhor a conseguir, e sem demora, pode me cobrar o que bem entender pelo serviço."

Wolfe balançou a cabeça. "Não trabalho nessas condições. O senhor não sabe se ele é comunista, pois se soubesse não se disporia a pagar tanto por uma prova. E se ele não for, não posso conseguir provas de que seja. Quanto a cobrar o que eu bem entender, é o que sempre faço. Só que cobro pelo que faço, e não posso fazer algo que esteja excluído pelas circunstâncias. O que desencavo depende necessariamente daquilo que estiver enterrado, mas não da extensão de minha escavação, nem de meus honorários."

"O senhor fala muito", disse Sperling com impaciência mas sem grosseria.

"É mesmo?" Wolfe fixou o olho nele: "Então fale o senhor". Balançou a cabeça para meu lado: "Seu bloco, Archie".

O mineiro esperou que eu preparasse o bloco, aberto numa página em branco, e começou a falar pausadamente, como soletrando uma lição. "L-o-u-i-s R-o-n-y. No catálogo telefônico de Manhattan estão os números de seu escritório de advocacia e de sua residência, um apartamento... De qualquer modo, está tudo aqui. "Apontou para o envelope grosso, que tinha atirado sobre a mesa de Wolfe. "Tenho duas filhas: Madeline, de vinte e seis anos, e Gwenn, de vinte e dois. Gwenn é tão inteligente que há um ano formou-se com louvor no Smith College, e estou quase certo de que é ajuizada, embora seja extremamente curiosa e torça o nariz para as convenções. Ela ainda não conseguiu se libertar da ideia de que é possível ter independência sem conquistá-la. Entendo que seja romântica nessa idade, mas ela exagera, e acho que o que mais a atraiu nesse homem, Rony, foi a fama de defensor dos fracos e oprimidos que ele conquistou à custa de livrar criminosos do castigo merecido."

"Acho que já ouvi esse nome", sussurrou Wolfe. "Não ouvi, Archie?"

Fiz que sim. "Eu também. Foi ele quem livrou a cara daquela fulana, traficante de crianças, há alguns meses. Parece que está a caminho das primeiras páginas dos jornais."

"Ou da cadeia", cortou Sperling, e não havia nada de angelical em seu tom. "Acho que lidei mal com essa besteira e tenho a certeza de que minha mulher também. Foi o mesmo erro de sempre, e só Deus sabe por que os pais continuam a cometê-lo. Chegamos a dizer a ela, e a Rony também, que ele não seria mais recebido em nossa casa, e é claro que você imagina qual foi a reação. A única concessão que ela fez, e duvido que tenha sido por nossa causa, foi nunca chegar em casa depois de escurecer."

"Ela está grávida?", perguntou Wolfe.

Sperling ficou tenso. "O que foi que o senhor disse?" A voz dele tornou-se de repente tão dura quanto o mais duro minério já encontrado em qualquer mina. Sem dúvida ele esperava compelir Wolfe a fazer de conta que não tinha aberto a boca, mas não conseguiu.

"Perguntei se sua filha está grávida. Se a pergunta for irrelevante eu a retiro, mas certamente não é descabida, já que ela torce o nariz para os costumes."

"Ela é minha filha", disse Sperling no mesmo tom duro. Então, inesperadamente, sua rigidez desapareceu. Todos os músculos contraídos se distenderam, e ele riu. Ao rir emitia um rugido, e era isso mesmo que pretendia. Depois conteve o riso o suficiente para poder falar. "Ouviu o que eu disse?", perguntou.

Wolfe assentiu. "Se é que posso acreditar em meus ouvidos."

"Pode, sim." Sperling deu um sorriso angelical. "Suponho que para qualquer homem esse seja um ponto dos mais delicados, mas me reservo o direito de lembrar que não sou um homem qualquer. Até onde sei minha filha não está grávida, e ela mesma ficaria surpresa se estivesse. Não se trata disso. Há pouco mais de um mês, minha mulher e eu decidimos corrigir o erro que tínhamos cometido e dissemos a Gwenn que Rony seria bem-vindo a nossa casa sempre que ela quisesse. No mesmo dia, pus Bascom atrás dele. O senhor está certo quando diz que se eu pudesse provar que ele é comunista não estaria aqui, mas estou convencido de que ele é."

"O que o levou a essa convicção?"

"O jeito como ele fala, a maneira como eu o analisei,

a maneira como ele exerce a profissão — e coisas que estão nos relatórios de Bascom; o senhor verá quando os ler..."

"Mas Bascom não conseguiu provas."

"Não. Que se dane."

"O que o senhor entende por comunista? Um liberal? Um intelectual progressista? Um membro do partido? De que ponto da esquerda o senhor parte?"

Sperling sorriu. "Depende de onde eu estiver e com quem estiver falando. Há ocasiões em que pode ser conveniente aplicar o termo a qualquer pessoa à esquerda do centro. Mas com o senhor estou sendo realista. Acho que Rony é membro do Partido Comunista."

"Quando o senhor tiver a prova, se a conseguir, o que vai fazer com ela?"

"Mostrá-la a minha filha. Mas tem de ser uma prova. Ela já sabe o que penso. Disse-lhe isso há muito tempo. Claro que ela contou a Rony, e ele me olhou nos olhos e negou."

Wolfe grunhiu. "O senhor pode estar perdendo tempo e dinheiro. Mesmo que consiga a prova, o que acontecerá se sua filha tomar a carteirinha do Partido Comunista como uma credencial para o romance?"

"Ela não fará isso. No segundo ano da faculdade, ela se interessou pelo comunismo e aderiu a ele, mas não demorou a abandoná-lo. Ela diz que o comunismo é desprezível do ponto de vista intelectual e falacioso sob o aspecto moral. Eu lhe disse que ela é muito inteligente." Os olhos de Sperling saltaram para mim e de volta para Wolfe. "A propósito, o que pensam o senhor e Goodwin? Como já disse, me informei sobre os senhores, mas há alguma possibilidade de estar cometendo uma gafe?"

"Não", garantiu Wolfe. "Embora, é claro, só os fatos possam nos avaliar. Concordamos com sua filha." Olhou para mim: "Não é?".

Assenti. "Totalmente. Gostei do modo como ela vê a

questão. O melhor que posso dizer é 'um comuna é um parasita' ou algo assim."

Sperling me olhou desconfiado. Parecia achar que eu tinha problemas de QI e voltou-se para Wolfe, que estava falando.

"Qual é exatamente a situação?", perguntou. "Existe a possibilidade de que sua filha já tenha se casado com Rony?"

"Por Deus, não!"

"Como é que o senhor sabe?"

"Tenho certeza. Isso é um absurdo... Mas é claro, o senhor não a conhece. Ela não é de dissimular... E seja como for, se decidir se casar com ele vai falar comigo, ou com a mãe, antes mesmo de falar com ele. É isso o que ela faria..." Sperling parou de repente e endureceu a expressão. Depois de um instante relaxou e prosseguiu: "E é disso que tenho medo agora, todos os dias. Se ela se comprometer, tudo estará acabado. Digo-lhe que é urgente. É de uma urgência desgraçada!".

Wolfe recostou-se na cadeira e fechou os olhos. Sperling olhou para ele um instante, abriu a boca, tornou a fechá-la e olhou para mim inquisitivamente. Fiz um gesto de cabeça. Quando, depois de mais alguns minutos, Sperling começou a abrir e fechar o punho ossudo, tranquilizei-o.

"Está tudo bem. Ele nunca dorme durante o dia. A cabeça dele funciona melhor quando não está me vendo."

Finalmente, as pálpebras de Wolfe se abriram e ele falou: "Se o senhor me contratar", disse a Sperling, "deve ficar claro para quê. Não posso me comprometer a provar que Rony é comunista, mas apenas a descobrir se existem provas disso e, nesse caso, apresentá-las se for possível. Gostaria de pegar o caso, mas isso parece ser uma limitação desnecessária. Podemos definir as coisas um pouco melhor? Tenho entendido que o senhor quer que sua filha desista de se casar com Rony e deixe de convidá-lo para ir a sua casa. Esse é seu objetivo, certo?".

13

"Sim."

"Então por que limitar minha estratégia? Com certeza posso tentar encontrar provas de que ele é comunista, mas e se não for? E se ele for, mas não conseguirmos provar isso de maneira convincente para sua filha? Por que restringir a operação a essa única expectativa, que provavelmente está fadada ao insucesso, já que Bascom levou um mês nela e fracassou? Por que não me contrata para atingir seu objetivo de qualquer maneira? Claro que dentro dos limites admissíveis para homens civilizados. Eu ficaria mais à vontade para aceitar um adiantamento, que seria um cheque de cinco mil dólares."

Sperling pensou um pouco. "Que droga, ele é comunista!"

"Eu sei. O senhor tem essa ideia fixa, que pode não ser isenta. Vou tentar essa hipótese primeiro. Mas o senhor quer excluir as demais?"

"Não, não quero."

"Muito bem. Estabeleci... Entre, Fritz."

A porta do vestíbulo se abriu, e Fritz apareceu.

"Hewitt está aqui, senhor. Ele diz que tem uma entrevista. Deixei-o na sala da frente."

"Sim", disse Wolfe, olhando para o relógio de parede. "Diga que estarei com ele em poucos minutos." Fritz saiu, e Wolfe continuou a falar a Sperling:

"Estabeleci corretamente seu objetivo?"

"Perfeitamente."

"Então vou ler os relatórios de Bascom e me comunicarei com o senhor. Até logo. Que bom que gostou do meu escritório..."

"Mas isso é urgente! O senhor não pode perder nem um minuto!"

"Sei disso." Wolfe tentava continuar sendo cortês. "Essa é outra das características dos assuntos tratados neste escritório: urgência. Agora tenho uma entrevista, depois vou almoçar e entre quatro e seis da tarde estarei ocupado com minhas plantas. Mas seu caso não precisa esperar por isso. Goodwin lerá os relatórios imediatamente e depois do almoço irá a seu escritório para saber de todos os detalhes necessários... Digamos que às duas?"

James U. Sperling não ficou nem um pouco satisfeito. Ao que parece, estava decidido a passar o dia dedicado a salvar a filha de um destino pior do que a morte, sem parar nem para as refeições. Estava tão descontente que simplesmente grunhiu em concordância quando o acompanhei até a porta e lhe recordei amavelmente que me esperasse em seu escritório às duas e quinze e que se poupasse do trabalho de enviar o cheque pelo correio, entregando-o a mim na ocasião. Levei um tempo inspecionando sumariamente a comprida limusine preta Wethersill que esperava por ele ao lado do meio-fio antes de voltar ao escritório.

A porta da sala da frente estava aberta, e dava para ouvir a voz de Wolfe e a de Hewitt. Como o interesse deles estava lá em cima com as plantas, e não iam usar o escritório, peguei o volumoso envelope que Sperling deixara na mesa de Wolfe e me acomodei para ler os relatórios de Bascom.

2

Algumas horas depois, às cinco para as duas, Wolfe depôs a xícara de café vazia sobre o pires, empurrou a cadeira para trás, aprumou-se todo, saiu da sala de jantar e desceu para o vestíbulo em direção ao elevador. Eu, que ia atrás dele, perguntei a suas costas de meio hectare: "Que tal três minutos no escritório antes?".

Ele se voltou para mim: "Achei que você estivesse indo ver aquele homem, o da filha".

"Estou, mas você não fala de trabalho durante as refeições, e como li os relatórios de Bascom, quero fazer algumas perguntas."

Wolfe deu uma olhada para a porta do escritório, calculou a que distância estava, resmungou "Está bem, vamos lá para cima", e se dirigiu para o elevador.

Se ele tem suas regras, eu também tenho as minhas, e uma delas é ficar fora de um pequeno elevador doméstico quando Wolfe está dentro dele, de modo que subi pelas escadas. Um lance acima ficava o quarto de Wolfe e um quarto de hóspedes. Dois lances acima estava o meu quarto e outro quarto de hóspedes. O terceiro lance me levou ao terraço. Não havia uma luminosidade ofuscante, como no inverno, porque estávamos em junho, e as lâminas retráteis da cobertura se achavam fechadas, mas vinha um lampejo de cor das flores de verão, principalmente no meio da sala. Claro que eu a via todos os dias e estava com a cabeça no trabalho, mas mesmo assim

16

diminuí o passo ao passar por uma bancada de *Dendrobium bensoniae* brancas e amarelas que estavam no auge da floração.

Wolfe se encontrava na ala de plantio, tirando o casaco, com uma cara feia prontinha para mim.

"Duas coisas", eu disse, abreviando. "Primeiro, Bascom não só..."

Ele interrompeu: "Bascom encontrou alguma pista relacionada ao Partido Comunista?".

"Não. Mas ele..."

"Então isso não serve para nós." Wolfe estava arregaçando as mangas da camisa. "Discutiremos os relatórios depois que eu os ler. Ele pôs gente boa nesse trabalho?"

"Com certeza. A melhor que tinha."

"Então para que vamos contratar um exército para perseguir o mesmo fantasma, ainda que seja com o dinheiro de Sperling? Você sabe o quanto custa isso, tentar identificar um comunista, presumindo que ele o seja — principalmente quando o que se deseja não são suposições, e sim provas. Ora! É como procurar uma agulha no palheiro. Eu determinei o objetivo, e Sperling concordou. Vá vê-lo e consiga detalhes, claro. Faça-se convidar socialmente para a casa dele. Conheça Rony e forme uma opinião sobre ele. Mais importante: forme uma opinião sobre a filha de Sperling, da maneira mais íntima e abrangente possível. Marque encontros com ela. Atraia e mantenha a atenção dela. Você deve ser capaz de passar Rony para trás em uma semana, no máximo em duas. Esse é o objetivo."

"Essa é muito boa!" Balancei a cabeça com reprovação. "Você quer que eu passe uma cantada nela."

"São palavras suas, e prefiro as minhas. Sperling disse que a filha é curiosa demais. Transfira essa curiosidade de Rony para você."

"Você quer que eu parta o coração dela."

"Você poderia me poupar desse lado trágico."

17

"Sim, e posso poupá-lo para começo de conversa."
Eu me fazia de íntegro e ofendido. "Você foi longe demais.
Gosto de ser detetive e gosto de ser homem, com tudo o
que isso implica, mas me nego a degradar todo o encanto
que eu possa..."

"Archie!", cortou ele.

"Sim, senhor!"

"Com quantas mocinhas que conheceu por intermédio de sua ligação com meu trabalho você já estabeleceu
relacionamentos pessoais?"

"Entre cinco e seis mil. Mas esse não é o..."

"Estou apenas sugerindo que você inverta o processo e estabeleça a relação pessoal primeiro. O que há de
errado nisso?"

"Tudo." Dei de ombros. "Está bem. Pode não haver
nada de errado. Depende. Vou dar uma olhada nela."

"Muito bem. Você vai se atrasar." Ele se encaminhou
para as prateleiras de utensílios e produtos.

Ergui a voz um pouco: "Mesmo assim, ainda tenho
uma pergunta, ou melhor, duas. Para os rapazes de Bascom, ficar na cola de Rony parecia uma moleza. Mas na
primeira ocasião, antes que acontecesse qualquer coisa
que o tornasse suspeito, ele empinou o nariz e deu um
drible neles. Daí em diante, eles não só tiveram de escolher os melhores como nem esses foram bons o bastante.
Ele sabia a missa de cor e mais um pouco. Seja ou não
comunista, não aprendeu isso na escola dominical".

"Puf. Ele é advogado, não é?", disse Wolfe em tom de
deboche. Pegou uma lata de Elgetrol da prateleira e começou a sacudi-la. "Vá para o diabo, me deixe sozinho."

"Só um minuto. A outra coisa é que em três oportunidades diferentes, em que não o perderam de vista, ele
entrou na loja de animais Bischoff, na Terceira Avenida,
e ficou lá mais de uma hora. E ele não tem animal nenhum."

Wolfe parou de sacudir a lata de Elgetrol. Olhou para ela como se não soubesse de que se tratava, pensou um pouco, guardou-a de volta na prateleira e olhou para mim.

"Oh!", disse ele, sem rispidez. "É mesmo?"

"Sim, senhor!"

Wolfe olhou em volta, viu a cadeira enorme no lugar, foi até ela e se sentou.

Não fiquei satisfeito com o fato de tê-lo impressionado. Na verdade, preferia não ter feito isso, mas faltou-me coragem. Lembrava-me perfeitamente de uma voz — uma voz dura, pausada, precisa e fria como um cadáver de sete dias — que eu tinha ouvido três vezes pelo telefone. A primeira foi em janeiro de 1946; a segunda e a terceira, mais de dois anos depois, quando procurávamos o envenenador de Cyril Orchard. Além disso, recordava o tom da voz de Wolfe ao me dizer, quando ambos desligamos o telefone depois da segunda ligação: "Eu devia ter feito um sinal para você desligar, Archie, assim que reconheci a voz dele. Não lhe digo nada porque é melhor que você não saiba nada. Esqueça que ouviu o nome dele. Se em algum momento, no desempenho de meu trabalho, eu me envolver num caso contra ele e precisar destruí-lo, terei de deixar esta casa, encontrar um lugar onde possa trabalhar — dormir e comer se houver tempo — e ficar lá até o fim".

Eu já tinha visto Wolfe enrolado com alguns sujeitos durões nos anos em que trabalhava com ele, mas nenhum o levara a falar assim.

Sentado, ele olhava para mim como se eu tivesse derramado vinagre em seu caviar.

"O que é que você sabe sobre a loja de animais Bischoff?", perguntou.

"Nada de importante. Só sei que em novembro passado, quando Bischoff veio te procurar para encomendar um trabalho, você disse que estava ocupado, mas na verdade não estava. Depois que ele foi embora e comecei a reclamar, você me disse que não estava disposto a trabalhar contra Arnold Zeck nem a favor dele. Você não explicou como descobrira que aquela loja é um ramo das diversas atividades escusas de Zeck, e eu não perguntei."

"Já lhe disse para esquecer que ouviu esse nome."

"Então você não deveria ter feito com que eu me lembrasse dele. Está bem, esqueço de novo. Vou descer e telefonar para Sperling dizendo que você está muito ocupado e cancelar o trabalho. Ele não..."

"Não. Vá vê-lo. Você está atrasado."

Fiquei surpreso. "Mas que diabos! O que há de errado com minha dedução? Se Rony foi àquela loja três vezes em um mês, provavelmente mais, ficou lá mais de uma hora, mesmo não tendo animal nenhum, e eu deduzo que ele é supostamente empregado ou alguma coisa assim do homem cujo nome esqueci, qual..."

"Seu raciocínio é muito válido. Mas isso é diferente. Eu estava ciente dos malfeitos de Bischoff, não importa como, na ocasião em que ele me procurou, e por isso me recusei a trabalhar para ele. Assumi um compromisso com Sperling, como posso fugir?" Olhou para o relógio. "É melhor você ir." Suspirou. "Se fosse possível manter a autoestima sem pagar caro..."

Pegou a lata de Elgetrol e começou a sacudi-la. Saí.

3

Isso aconteceu às duas da tarde de quinta-feira. Às duas da tarde de sábado, quarenta e oito horas depois, eu estava sentado ao sol quente num deque de mármore branco do tamanho de meu quarto, sacudindo uma toalha azul-clara do tamanho de meu banheiro para enxotar um mosquito pousado numa das pernas nuas de Gwenn Sperling. Progresso nada mau para um libertino, mesmo considerando que estava usando um nome falso. Agora eu era Andrew em vez de Archie. Quando contei a Sperling a sugestão de Wolfe sobre eu conhecer sua família, claro que sem revelar o plano de Wolfe, ele fez objeção ao fato de me apresentar a Rony, mas expliquei que usaríamos pessoal contratado para espionagens e rotinas semelhantes, e que eu tentaria fazer com que Rony gostasse de mim. Ele aceitou sem discutir e me convidou para passar o fim de semana em Stony Acres, sua casa de campo perto de Chappaqua, mas avisou que eu deveria usar outro nome porque ele tinha certeza de que sua mulher, seu filho e a filha mais velha, Madeline, sabiam quem era Archie Goodwin. Retruquei com modéstia que duvidava e insisti em manter o Goodwin porque seria trabalhoso demais lembrar de responder ao chamado das pessoas, e combinamos de mudar Archie para Andrew. Isso explicaria o A. G. da bolsa que Wolfe me dera de aniversário, que eu não queria deixar de levar porque era de couro de rena e as pessoas tinham de vê-la.

As informações do relatório de Bascom sobre as visitas de Louis Rony à loja de animais Bischoff tinham custado a Sperling uma grana. Se não fosse por isso, Wolfe certamente teria deixado Rony de lado até que eu lhe fizesse um relato sobre meu fim de semana, já que se tratava de um trabalhinho de pouca importância, sem interesse algum para ele a não ser pelo pagamento, e já que ele tinha metido na cabeça que as mulheres acorriam a galope de todas as direções assim que eu estalava os dedos, o que é uma bobagem porque normalmente isso custa mais do que estalar os dedos. Mas quando voltei de minha visita a Sperling na tarde de quinta-feira, Wolfe já tinha se ocupado de telefonar a Saul Panzer, Fred Durkin e Orrie Cather, que chegaram ao escritório na sexta-feira de manhã para receber instruções. Saul foi incumbido de estudar o passado de Rony, após a leitura do relatório de Bascom, e Fred e Orrie ficaram encarregados de segui-lo. Com isso, obviamente, Wolfe estava pagando o preço de sua autoestima — ou fazendo Sperling pagar por ela. Uma vez ele dissera a Arnold Zeck, na terceira e última conversa telefônica, que, ao assumir uma investigação, só permitia a imposição de limites por exigência do trabalho, mas agora estava dando para trás. Se as visitas de Rony à loja de animais realmente queriam dizer que ele estava na folha de pagamento de Zeck, e se Zeck mantinha de pé seus avisos de MANTENHA A DISTÂNCIA, Nero Wolfe teria de deixar claro que ninguém o cercearia. Temos nosso orgulho. Por isso Saul, Fred e Orrie estavam no caso.

Assim, na manhã seguinte, sábado, lá ia eu dirigindo pelas sinuosas alamedas de Westchester, vendo árvores que pareciam ter mais folhas do que podiam comportar, tratando de manter a calma quando algum panaca insistia em trafegar pela faixa da esquerda como se fosse o dono da estrada, e fazendo umas manobrinhas mais ousadas de vez em quando, só para me divertir. Saí da alameda para uma estrada vicinal, avancei alguns quilômetros, como tinha sido orientado a fazer, virei para pegar um caminho de cascalho entre pilastras de pedra cobertas de hera, atravessei um parque e uma variada exposição hortícola e descortinei o casarão de pedra. Parei onde me pareceu ser o lugar certo e disse a um homem de meia-idade e aspecto tristonho, vestido com um uniforme de angorá, que eu era o fotógrafo que estavam esperando.

Sperling e eu tínhamos decidido que eu era filho de um empresário ligado a ele que estava se dedicando à fotografia e queria fotos de Stony Acres para um folheto empresarial; isso por duas razões: primeiro, porque eu tinha de ser alguma coisa, e segundo, porque queria algumas boas fotos de Louis Rony.

Quatro horas depois, tendo conhecido todos, almoçado e usado minhas duas câmeras por toda parte, da maneira mais profissional que consegui, eu estava de pé num canto da piscina, enxotando o mosquito da perna de Gwenn. Nós dois estávamos pingando, tínhamos acabado de sair da água.

"Ei", disse ela, "a toalhada é pior que uma picada de mosquito... Se é que havia mosquito."

Jurei que havia mosquito, sim.

"Bem, da próxima vez você me avisa, e talvez eu mesma possa cuidar disso. Faça de novo aquele salto do trampolim alto; pode ser? Onde está a Leica?"

Ela tinha sido uma surpresa agradável. Pelo que o pai tinha dito, eu esperava um bombom intelectual embrulhado num papel sem graça, mas o pacote era atraente a ponto de desviar a atenção do conteúdo. Não era de parar o trânsito e tinha sardas, e embora não houvesse nada de errado com seu rosto, era um pouco mais redondo do que eu pediria se estivesse escolhendo *à la carte*; mas não era de modo algum um sacrifício olhar para ela, e os detalhes revelados de início, quando ela apareceu em seu traje de banho, eram plenamente satisfatórios. Eu nunca teria visto o mosquito se não estivesse olhando para onde ele pousou.

Dei o salto novamente e, droga, quase bati de chapa na água. Quando voltei ao deque, secando o cabelo, encontrei Madeline, que dizia: "O que você está tentando fazer, Andy, quebrar a coluna? Você é maluco!".

"Estou tentando impressionar", eu disse. "Vocês têm um trapézio por aí? Sou capaz de me pendurar pelos dedos dos pés."

"Claro que é. Conheço seu repertório melhor do que você pensa. Venha, sente-se aqui que vou preparar um drinque para você."

Madeline ia atrapalhar um pouco no caso de eu decidir fazer a vontade de Wolfe e tentar conquistar Gwenn. Ela era mais vistosa que Gwenn, com sua figura esbelta e as curvas indispensáveis para que nada parecesse achatado. O rosto era oval, liso e moreno, e ela gostava de manter os grandes olhos escuros semicerrados, para abri-los de repente deixando que você os visse. Eu já sabia que o marido dela tinha morrido num B-17 derrubado em Berlim, em 1943, que ela pensava que já tinha visto de tudo, mas que podia ser convencida a dar uma outra olhada, que gostava do nome Andy e achava que havia chances remotas de eu conhecer alguma história engraçada que ela ainda não tivesse ouvido. Era por isso que ela ia atrapalhar um pouco.

Sentei-me com ela num banco ao sol, mas ela não preparou meu drinque porque três homens estavam reunidos em volta do carrinho de bebidas e um deles se encarregava de servir — James U. Sperling Junior. Devia ser um ou dois anos mais velho que Madeline e não se parecia nem um pouco com o pai. Não havia nada em seu porte esbelto, em sua pele macia e bronzeada ou em sua boca grande de menino mimado que levasse alguém a dizer que ele parecia um mineiro. Eu nunca o vira antes, mas tinha ouvido falar alguma coisa sobre ele. Não conseguiria repetir o que ouvi, mas segundo minha vaga lembrança ele estaria seriamente empenhado em aprender a ser útil na empresa dirigida pelo pai e frequentemente dava umas voltas pelo Brasil, por Nevada ou pelo Arizona para ver como se praticava a mineração, mas se cansava facilmente e tinha de voltar para descansar em Nova York, onde conhecia um monte de gente mais que disposta a ajudá-lo a descansar.

Os dois homens que estavam com ele junto do carrinho de bebidas eram hóspedes. Como nosso objetivo se resumia a Rony e a Gwenn, não perdi tempo com os demais exceto por cortesia, e eles não teriam me interessado se não fosse por algo que aconteceu mais tarde e que exigiu um pouco de atenção. Já naquele momento comecei a achar que eles podiam ser de alguma importância em função de algo que estava se desenrolando, por isso o campo de minha curiosidade se ampliou um pouco. Se alguma vez eu tinha visto uma mulher fazer charme, era o que a sra. Paul Emerson, Connie para amigos e desafetos, estava fazendo para Louis Rony.

Vamos aos dois homens primeiro. Um deles era apenas um figurante, um homem um pouco mais velho chamado Webster Kane. Pelo que entendi, era algo assim como um economista que tinha prestado algo assim como um serviço para a Continental Mines Corporation, e se comportava como velho amigo da família. A cabeça era grande e bem formada, mas aparentemente ele não possuía uma escova de cabelos, não se importava com o aspecto de suas roupas e não queria saber de nadar, e sim de beber. Com dez anos mais, poderia passar por senador.

Aproveitei a oportunidade de fotografar de perto o outro homem porque sempre ouvia Wolfe praguejar contra ele. Às seis da tarde na WPIT, cinco dias por semana, Paul Emerson, com o patrocínio da Continental Mines Corporation, comentava as notícias. Cerca de uma vez por semana Wolfe o ouvia, mas raramente até o fim; e quando, depois de esmurrar o botão instalado em sua mesa para desligar o rádio, Wolfe ensaiava novas expressões e frases para manifestar seu parecer sobre a apresentação e o apresentador, não havia necessidade de intérprete para deixá-la bem clara. A ideia básica era a de que Paul Emerson se sentiria mais à vontade na Alemanha de Hitler ou na Espanha de Franco. Por isso fiquei contente com a oportunidade de conseguir uma imagem dele, mas não pude aproveitar muito porque ele me deixava confuso: era extremamente parecido com meu professor de química do ensino médio em Ohio, que sempre me dava notas mais altas do que eu merecia. Apostaria sem medo de errar que ele — quero dizer, Paul Emerson — tinha úlcera, porque estava bebendo soda pura só com um cubo de gelo. De calção de banho ele era digno de pena, e para agradar a Wolfe fiz algumas fotos dele dos ângulos mais eloquentes.

Era a mulher de Emerson, Connie, quem estava criando uma situação que talvez tivesse alguma incidência sobre nosso objetivo, do jeito como tinha sido determinado por Wolfe. Ela não teria mais que quatro ou cinco anos para esbanjar antes que sua vida começasse aos quarenta, e portanto já passara de meu limite para a época, mas ela não parecia desconfiar, de jeito nenhum, que pudesse não estar em condições de ir para a piscina em companhia masculina, em plena luz do dia. Era uma das poucas louras que pegam um bronzeado bonito e, considerando objetivamente, tinha braços e pernas melhores que os de Gwenn e Madeline. Mesmo vistos do outro lado da grande piscina, seus olhos eram de um azul nítido e forte. Era onde ela estava naquele momento, do outro lado da piscina, sentada com Louis Rony, retomando o fôlego depois de mostrar a ele uma chave de joelho dupla que por fim o havia deixado prostrado, e ele não era nenhum fracote. Era uma nova técnica para seduzir um homem e tinha vantagens óbvias, e de qualquer forma ela tinha um monte de outras ideias e não era parcimoniosa com elas. No almoço, tinha passado manteiga nas torradas dele. Pode uma coisa dessas?

Eu não estava entendendo. Se Gwenn estava chateada com aquilo, mantinha absoluta discrição, embora eu tenha lhe notado uns olhares furtivos. Havia uma possibilidade de que ela estivesse contra-atacando, fingindo que preferia me ajudar a tirar fotos a comer, e que adorava me ver saltar, mas quem era eu para suspeitar que uma delicada garota sardenta pudesse fingir? Madeline tinha feito alguns gracejos sobre as atitudes de Connie, sem dar nenhum sinal de que realmente se importasse com isso. Quanto a Paul Emerson, o marido, o azedume de sua fisionomia quando batia os olhos na esposa e em seu acompanhante não queria dizer muita coisa, já que sua expressão era sempre essa, não importava o que estivesse olhando.

Entretanto, Louis Rony era o enigma. Era de supor que ele estivesse apostando todas as fichas em Gwenn, ou porque estivesse apaixonado por ela ou por querer algo mais que viria com ela; nesse caso, por que as gracinhas com a loura madura e lindamente bronzeada? Estaria ele simplesmente tentando dar uma prensa em Gwenn? Claro que eu tinha feito uma análise dele, inclusive do contraste entre seu rosto anguloso, de queixo quadrado, e os sinais de que a competição entre músculos e gordura estaria empatada em alguns anos, mas eu não estava pronto para uma opinião final. Pelas minhas pesquisas a respeito dele, que não tinham se limitado aos relatórios de Bascom, eu sabia tudo sobre seu sucesso como sensacional defensor de batedores de carteira, chantagistas, pistoleiros, receptadores e daí para baixo, mas estava em dúvida sobre se ele era um candidato ao trono ocupado antigamente por Abe Hummel,* um comuna experimentando uma nova fórmula de protesto, um testa de ferro — talvez um pouco mais que isso — de uma das divisões de

---

(*) Abraham Hummel (1849-1925), criminalista americano conhecido pela habilidade para encontrar brechas legais que favorecessem seus clientes. (N. T.)

campo de Arnold Zeck, ou simplesmente um puxa-saco de jovens da alta-roda.

No entanto, o enigma imediato com relação a ele era mais específico. A questão no momento não era o que ele esperava obter de Connie Emerson, ou que tipo de combustível ele tinha em seu tanque, mas o que significava sua preocupação com a carteira ou bolsinha à prova d'água que estava dentro do calção de banho. Eu o tinha visto ocupar-se dela disfarçadamente quatro vezes ao todo, e minha curiosidade agora tinha se aguçado, pela quarta vez, logo depois do lance da chave de joelho com Connie, quando ele se afastou o suficiente para tirar o objeto, dar-lhe uma olhada e guardá-lo de novo. Meus olhos estavam bons como sempre, e não havia dúvida sobre o que estava ocorrendo.

Naturalmente, eu não aprovava isso. Numa praia pública, ou mesmo numa praia ou piscina particular onde há um monte de estranhos e se troca de roupa num vestiário, um homem tem o direito de guardar as coisas de valor num saco à prova d'água e mantê-lo perto de si, e seria até tolo se não o fizesse. Mas Rony, sendo convidado da família como todos nós, tinha trocado de roupa em seu próprio quarto, que não ficava longe do meu, no segundo andar. Não é gentil desconfiar de seus anfitriões ou dos demais hóspedes, e mesmo que você ache que deve desconfiar, haveria pelo menos uma dúzia de excelentes esconderijos no quarto de Rony para um objeto tão pequeno a ponto de caber naquele troço com que ele se preocupava tanto. Era um insulto a todos, inclusive a mim. É verdade que ele mantinha sua preocupação tão dissimulada que aparentemente ninguém além de mim havia notado, mas ele não tinha o direito de correr o risco de ferir nossos sentimentos. Fiquei ressentido e decidido a fazer algo a respeito.

Os dedos de Madeline tocaram meu braço. Acabei de dar um trago no meu Tom Collins e me virei.

"Sim?"

"Sim o quê?", ela sorriu e abriu os olhos.

"Você me chamou."

"Ah, é? Nada, não."

Evidentemente era uma tentativa de fazer charme, mas eu estava observando Gwenn, que se preparava para um salto de costas, e aquilo foi uma interrupção. Paul Emerson tinha perambulado um pouco e agora vinha até mim.

"Esqueci de dizer, Goodwin, não quero nenhuma foto sem meu consentimento. Quero dizer, para publicação."

Joguei a cabeça para trás. "O senhor se refere a todas as fotos, ou somente às suas?"

"Eu me refiro às minhas. Por favor, não esqueça."

"Com certeza. Não o censuro por isso."

Quando ele foi para a beira da piscina e caiu n'água, supostamente de propósito, Madeline falou.

"Você acha que uma pessoa relativamente estranha como você devia dar um fora numa figura famosa como ele?"

"Acho, com certeza. Você não deveria ficar surpresa, se conhece meu repertório tão bem. Afinal, qual foi a razão daquela bronca?"

"Ah... Quando entrarmos em casa, acho que tenho de lhe mostrar uma coisa. Eu deveria controlar minha língua."

Do outro lado, Rony e Connie Emerson tinham recuperado o fôlego e estavam correndo para a piscina. Jimmy Sperling, em quem eu preferia pensar como Junior, veio perguntar se eu aceitava outro drinque, e Webster Kane disse que ia prepará-lo. Gwenn se postou diante de mim, pingando de novo, para dizer que a luz logo estaria ótima para a varanda e que deveríamos nos vestir, eu não achava?

Aquele era um dos mais agradáveis trabalhos de detetive que eu fazia em muito tempo, e não haveria uma só nuvem no horizonte se não fosse aquela maldita carteira ou bolsa à prova d'água que deixava Rony tão ansioso. Isso ia dar algum trabalho, mas teria de esperar.

4

Horas depois, em meu quarto no segundo andar — que tinha três janelões, duas camas de viúva e o tipo de mobília e tapetes que eu nunca compraria, mas que posso perfeitamente usar por algum tempo sem reclamar —, tomei banho e me arrumei para o jantar. Tirei minhas chaves do lugar onde estavam escondidas, atrás de um livro na estante, peguei meu estojo de remédios da bolsa de couro de rena e o destranquei. Isso era totalmente diferente da exibição de maus modos de Rony, já que eu estava ali a trabalho, e a natureza de meu trabalho exigia que eu andasse com peças fora do comum dentro daquilo que eu chamava de estojo de remédios. Tirei dele um minúsculo objeto redondo, marrom-claro, que coloquei cuidadosamente no bolso de moedas que havia do lado de dentro do bolso lateral de meu paletó. Manipulei-o com pinças porque era tão fácil de dissolver que até mesmo a umidade de meus dedos poderia afetá-lo. Fechei com chave o estojo de remédios e guardei-o de novo na bolsa.

Alguém bateu à porta, e mandei entrar. A porta se abriu, Madeline apareceu e entrou, envolta num fino tecido branco de pregas que começava nos seios e só acabava nos tornozelos. Seu rosto parecia menor, e os olhos, maiores.

"Que acha do meu vestido, Archie?", perguntou ela.

"Bonito. Você pode achar que não é muito formal, mas com certeza..." Parei. Olhei para ela. "Pensei que você gostasse do nome Andy. Não?"

"Gosto mais de Archie."

"Então é melhor eu mudar. Quando foi que seu pai se abriu com você?"

"Ele não disse nada." Ela abriu os olhos. "Você pensa que eu me acho sofisticada e simplesmente impenetrável, não é? Talvez eu seja, mas nem sempre. Venha, quero lhe mostrar uma coisa." Ela se virou e começou a andar.

Saí atrás dela e caminhei a seu lado pelo amplo corredor, passamos por um patamar e descemos para outro corredor, em outra ala. O aposento para onde ela me levou, através de uma porta aberta, era duas vezes maior que o meu, que eu já achara bem grande, e além do perfume de verão que entrava pelas janelas abertas, tinha a fragrância de enormes vasos de rosas postos aqui e ali. Eu gostaria de ter tido tempo para dar uma olhada nos detalhes, mas ela me levou para uma mesa, abriu uma volumosa pasta de couro do tamanho de um atlas na página onde havia um marcador e indicou algo.

"Vê? Quando eu era jovem e feliz!"

Reconheci a foto na mesma hora porque tinha uma como aquela em casa. Era um recorte da *Gazette* de 9 de setembro de 1940. Eu não tinha meu retrato publicado no jornal com a mesma frequência de Churchill ou Rocky Graziano, ou mesmo de Nero Wolfe, mas dessa vez aconteceu que tive a sorte de arrancar com um tiro a arma automática da mão de um homem pouco antes que ele apertasse o gatilho.

Assenti. "Um herói nato, sem dúvida nenhuma."

Ela assentiu também. "Eu tinha dezessete anos. Fiquei apaixonada por você durante um mês."

"Não era para menos. Você andou mostrando isso por aí?"

"Claro que não! Mas... não entendo, você devia ficar lisonjeado!"

"Bem, estou lisonjeado, mas não tanto quanto há uma hora. Pensei que você gostasse do meu nariz, de meu peito peludo ou algo assim, mas vejo que era só uma recordação de infância."

"E se eu voltar a sentir isso?"

"Não tente consertar. Seja como for, agora estou com um problema. Quem mais pode se lembrar desta foto — e há uma porção de outras — além de você?"

Ela pensou um pouco. "Gwenn poderia, mas duvido, e acho que ninguém mais. Se você tem um problema, eu tenho uma pergunta. Por que você está aqui? Por causa de Louis Rony?"

Foi minha vez de pensar um pouco, e deixei que ela desse um sorriso de jogador de pôquer enquanto eu pensava.

"É isso, então", disse ela.

"Ou não. E se for?"

Ela chegou tão perto que pôde segurar minhas lapelas com ambas as mãos, e estava com os olhos bem abertos. "Ouça, seu herói nato", disse com seriedade. "Não importa o que eu possa voltar a sentir ou não, tenha cuidado com onde se mete em tudo o que se refere a minha irmã. Ela tem vinte e dois anos. Com essa idade, eu já era bem rodada, mas ela ainda é ingênua como uma rosa... Meu Deus, eu não quis dizer rosa, você sabe o que quero dizer. Estou de acordo com meu pai a respeito de Louis Rony, mas tudo vai depender de como isso será feito. Talvez a única maneira de não feri-la demais seja dar um tiro nele. Eu na verdade não sei o que ele significa para ela. Só estou querendo dizer que o que importa não é papai, mamãe, eu ou Rony, é minha irmã, e seria bom você acreditar em mim."

Foi uma combinação de circunstâncias. Ela estava tão perto, o perfume das rosas era tão intenso, e ela tinha ficado tão séria depois de ter me paquerado durante toda a tarde que aconteceu automaticamente. Quando, depois de um minuto ou dois, ela se afastou de mim, soltei-a, peguei a pasta, fechei-a, levei-a até uma estante e guardei-a na prateleira mais baixa. Quando me virei para ela, parecia um pouco ruborizada, mas não a ponto de não poder falar.

"Seu bobo!", disse ela, e teve de pigarrear. "Veja como ficou meu vestido!" Correu os dedos pelas pregas. "É melhor a gente descer."

Enquanto eu descia com ela pela ampla escada que levava à sala de visitas, me ocorreu que eu estava trocando as bolas. Tivera um bom começo na tentativa de estabelecer uma relação pessoal, mas não com a pessoa certa.

Jantamos na varanda, onde o sol poente vindo do topo das árvores além do gramado batia na lateral da casa, bem acima de onde estávamos sentados. Naquela altura, a sra. Sperling era a única que me chamava de sr. Goodwin. Ela me fez sentar a sua direita, provavelmente para destacar minha importância como filho de um parceiro de negócios do presidente do Conselho da empresa, e eu ainda não sabia se ela sabia que isso era um disfarce. Era com ela que Junior se parecia, principalmente pela boca grande, embora a dela estivesse um pouco esmaecida. Ela mostrava ter bastante controle sobre seu departamento, e o aspecto e os modos dos criados indicavam que eles estavam ali havia um bom tempo e que pretendiam ficar.

Depois do jantar, preguiçamos um pouco na varanda até escurecer e depois entramos, todos menos Gwenn e Rony, que caminhavam pelo gramado. Webster Kane e a sra. Sperling disseram que queriam ouvir um programa de rádio, ou talvez fosse de televisão. Fui convidado para jogar bridge, mas falei que tinha uma reunião com Sperling para discutir projetos fotográficos para o dia seguinte, o que era verdade. Ele me levou a uma parte da casa que eu ainda não tinha visto, um grande aposento de pé-direito alto com quatro mil livros nas paredes, um aparelho de telex e uma mesa com cinco telefones, entre outras coisas. Deu-me uma quarta ou quinta oportunidade de recusar um charuto, convidou-me para sentar e perguntou o que eu queria. Seu tom não era o de um anfitrião para um hóspede, mas o de um executivo sênior para alguém a quem falta muito para chegar a executivo júnior. Adaptei meu tom às circunstâncias.

"Sua filha Madeline sabe quem eu sou. Viu um retrato meu uma vez e parece ter boa memória."

Ele assentiu. "Tem sim. Isso importa?"

"Não se ela guardar para si, e acredito que fará isso, mas achei que o senhor deveria saber. Assim poderá decidir se é melhor falar no assunto com ela."

"Acho que não. Vou ver." Estava de cara amarrada, mas não era comigo. "Como estão as coisas com Rony?"

"Ah, estamos nos falando. Ele tem estado muito ocupado. Há outra razão pela qual pedi para vê-lo. Notei que a porta dos quartos de hóspedes tem chave, o que aprovo, mas por descuido deixei cair a minha na piscina, e não tenho cópia. Quando for para a cama, gostaria de fechar minha porta a chave, porque sou nervoso, de modo que se o senhor tiver uma chave mestra, poderia fazer a gentileza de me emprestar?"

Ele não era nada lento. Já estava sorrindo antes que eu acabasse. Então, sacudiu a cabeça. "Acho que não. Há certas regras... Ao diabo com as regras. Mas é que aqui ele é convidado de minha filha, com minha permissão, e acho que prefiro não abrir a porta dele para você. Que motivos você tem para..."

"Eu estava me referindo à minha porta, e não à de outra pessoa. Fiquei sentido com sua insinuação, e vou contar tudo a meu pai, que tem ações da empresa, e ele também vai ficar sentido. O que posso fazer se sou nervoso?"

Ele começou a sorrir, depois achou que aquilo merecia mais e jogou a cabeça para trás numa gargalhada. Esperei pacientemente. Quando acabou de me fazer justiça, ele se levantou, dirigiu-se para um grande cofre de parede, girou o botão de combinação para trás e para a frente, abriu a porta, puxou uma gaveta, tateou seu conteúdo e veio em minha direção com uma chave etiquetada na mão.

"Você pode também encostar a cama contra a porta", sugeriu.

Peguei a chave. "Sim, senhor, obrigado, vou fazer isso", respondi, e fui embora.

Quando voltei à sala de estar, quase do tamanho de uma quadra de tênis, vi que o jogo de bridge ainda não havia começado. Gwenn e Rony tinham se reunido ao grupo. Com o rádio ligado, eles dançavam no espaço que havia entre as portas que levavam à varanda, enquanto Jimmy Sperling dançava com Connie Emerson. Madeline estava ao piano, empenhada em acompanhar o rádio, e Paul Emerson estava perto dela, seguindo seus dedos com os olhos, com a cara mais azeda do que nunca. Ao fim do jantar tinha tomado três tipos de pílulas, e talvez tenha pegado o remédio errado. Chamei Madeline para dançar. E com apenas doze passos me dei conta de como ela dançava bem. O relacionamento se aprofundava.

Um pouco mais tarde, a sra. Sperling entrou na sala, seguida do marido e de Webster Kane. Logo depois acabou a dança, alguém falou em ir para a cama, e comecei a achar que não haveria chance de usar a pequena cápsula marrom que tirara do meu estojo de remédios. Alguns deles frequentavam o bem suprido bar de rodinhas que estava perto de uma longa mesa, atrás de um sofá, mas Rony não, e eu já estava quase conformado com minha falta de sorte quando Webster Kane se tornou enfático a respeito da saideira e deu início a uma campanha de persuasão. Escolhi uísque com água, porque era o que tinha visto Rony beber durante a tarde, e as perspectivas se tornaram radiosas quando vi Rony aceitar o drinque que Jimmy Sperling lhe oferecia. Tudo transcorreu como se eu tivesse escrito um roteiro. Rony tomou um trago e pôs o copo na mesa no momento em que Connie Emerson requisitou--lhe ambas as mãos para mostrar um passo de rumba. Tomei um gole do meu para deixar os dois no mesmo nível, peguei a cápsula que estava no bolso e joguei-a no copo, andei como quem não quer nada até a mesa, coloquei meu copo ao lado do de Rony, de modo a ter as mãos livres para puxar e acender um cigarro, e peguei o copo de volta, mas o copo errado — ou, melhor dizendo, o copo certo. Não havia chance de alguém ter visto a manobra, e não podia ter sido mais simples.

Mas aí minha sorte acabou. Quando Connie largou Rony, ele foi até a mesa e pegou o copo, mas o cretino não bebia. Só segurava o copo. Depois de um instante tentei induzi-lo, esgueirando-me até onde ele conversava com Gwenn e Connie, reunindo-me a eles, tomando bons goles da minha bebida e até fazendo um comentário sobre o uísque, mas ele não ergueu o copo nem para um sorvo. Maldito asno. Tive vontade de pedir a Connie que lhe aplicasse uma chave de joelho para poder derramar o drinque em sua goela. Duas ou três pessoas davam boa-noite e se retiravam, então eu me voltei, por educação. Quando me virei de novo, Rony estava parado junto ao bar para deixar seu copo, e quando se afastou não havia nada ali além de copos vazios. Será que ele tinha engolido tudo? Não tinha. Fui deixar meu copo, fiz que procurava um biscoito e baixei a cabeça o suficiente para dar uma cheirada no conteúdo do balde de gelo. Ele tinha jogado a bebida ali.

Acho que dei boa-noite às pessoas; de qualquer modo, subi para o meu quarto. É claro que fiquei aborrecido comigo mesmo por ter falhado, e enquanto tirava a roupa recapitulei tudo minuciosamente. Eram favas contadas que ele não tinha percebido a troca de copos, já que estava de costas e não havia espelhos por onde pudesse tê-la visto. Nem Connie, que só lhe chegava até o queixo e tinha a visão bloqueada por ele. Recapitulei de novo e concluí que ninguém poderia ter visto, mas fiquei feliz pelo fato de Nero Wolfe não estar ali para eu ter de lhe explicar. De qualquer forma, concluí em meio a um imenso bocejo, eu não usaria a chave mestra de Sperling. Fosse qual fosse o motivo que Rony tivera para jogar o drinque fora, o fato é que ele jogara, o que significava que não estaria dopado e sim alerta... e além disso... além disso tinha uma coisa, mas o que... além disso... era uma ideia importante que estava se esvaindo...

Procurei a blusa do pijama, mas tive de parar para bocejar, o que me deixou furioso porque eu não tinha o direito de bocejar quando acabava de falhar numa coisa simples como era dopar um cara... só que eu não me sentia enfurecido em absoluto... Eu só sentia um sono dos diabos...

Lembro-me de ter dito a mim mesmo, entredentes, "Você está dopado, você está dopado pra burro, tranque aquela porta", mas não me lembro de tê-la trancado. Sei que fiz isso porque de manhã ela estava trancada.

5

O domingo foi um pesadelo do começo ao fim. Choveu intermitentemente o dia inteiro. Arrastei-me para fora da cama às dez, com a cabeça pesada como chumbo, e cinco horas depois ainda a sentia imensa, com a parte de dentro feito mingau. Gwenn não parou de me atazanar para fotografar os ambientes internos com flash, e eu tinha de corresponder. O café forte não foi de grande valia, e a comida era meu pior inimigo. Sperling pensou que eu estivesse de ressaca e não achou graça quando devolvi a chave mestra e me recusei a relatar os acontecimentos, se é que havia algum. Madeline achou que havia algo engraçado nisso tudo, só que a palavra engraçado tem significados distintos em momentos distintos. Mas havia um detalhe: quando fui arrastado para jogar bridge, parecia um vidente, e nada conseguia me deter. Jimmy suspeitou que eu fosse um trapaceiro, mas tentou disfarçar. O pior de tudo foi quando Webster Kane resolveu que eu estava em perfeitas condições para começar um curso de economia e dedicou uma hora à primeira lição.

Sem dúvida, eu não estava em situação de fazer progresso algum em frações simples, que dirá em economia ou em entabular relações com uma garota como Gwenn. Ou mesmo como Madeline. A certa hora da tarde, Madeline me pilhou a sós e começou a me interrogar para analisar minhas intenções e meus planos — ou melhor, os de Wolfe — em relação a sua irmã, e fiz o que pude para não gritar debaixo daquela pressão. Ela quis me recompensar, e foi assim que colhi algumas informações sobre a família e seus hóspedes sem fazer nenhum esforço. O único que estava decididamente contra Rony era o próprio Sperling. A sra. Sperling e Jimmy, o irmão, gostaram dele desde o início, depois adotaram com reservas o ponto de vista de Sperling e mais tarde, havia cerca de um mês, mudaram de novo e ficaram a favor de Gwenn. Foi quando permitiram que Rony desse as caras de novo. Quanto aos convidados, Connie Emerson aparentemente tinha resolvido tirar Gwenn da cabeça de Rony e substituí-la por outra pessoa, especificamente ela mesma; Emerson não se mostrava nem mais nem menos azedo com Rony do que com a maior parte dos demais; e Webster Kane era reservado. A posição de Kane, de certa importância por sua condição de amigo da família, consistia, pelo visto, em não se preocupar pessoalmente com Rony, embora achasse que uma simples suspeita não poderia condená-lo. Ele tivera uma discussão acalorada com Sperling sobre isso.

Algumas das coisas que Madeline havia me contado poderiam ter sido úteis para descobrir quem pusera um sedativo no drinque de Rony, se eu estivesse em condições de aproveitá-las, mas não estava. Eu teria caído fora logo no início do dia se não fosse uma coisa. Pretendia acertar as contas, ou pelo menos tentar.

Quanto à dopagem, eu tinha alegado inocência, realizado o julgamento e me absolvido. A possibilidade de ter ingerido minha própria droga estava fora de questão; eu tinha feito a troca com toda a certeza. E Rony não vira a troca nem fora avisado dela; eu estava absolutamente certo disso. Então o drinque de Rony tinha sido alterado por outra pessoa, e ele sabia ou suspeitava disso. Teria sido interessante saber quem podia ter feito isso, mas havia candidatos demais. Webster Kane tinha preparado o drinque, ajudado por Connie e Madeline, e Jimmy entregara o copo a Rony. Como se não bastasse, depois que Rony pousou o copo na mesa, mantive os olhos pregados nele enquanto me afastava. Assim, se Rony tinha um nome para o fornecedor da dose que eu bebera com avidez, para mim ele não passava de X.

Mas não era isso o que me intrigava. Que X fosse para o inferno, pelo menos por enquanto. O que me mantinha aceso e na jogada, perambulando atrás de Gwenn com duas câmeras e com os bolsos recheados de lâmpadas de flash, quando podia estar em casa, na cama, era uma imagem que jamais esquecerei: Louis Rony derramando num balde o drinque que eu tinha batizado para ele, enquanto eu mesmo engolia até a última gota o drinque que outra pessoa tinha batizado para ele. Ele ia pagar por isso, ou eu nunca mais olharia nos olhos de Nero Wolfe.

As circunstâncias pareciam favoráveis. Consegui as informações com cautela e sem percalços. Rony tinha chegado de trem na sexta-feira à noite, fora recebido na estação por Gwenn e tinha de estar de volta à cidade na noite daquele domingo. Ninguém iria embora de carro. Paul e Connie Emerson seriam hóspedes de Stony Acres por uma semana; Webster Kane estava ali por tempo indefinido, preparando alguma coisa econômica para a empresa; mamãe e as garotas iam passar lá todo o verão; e Sperling pai e Sperling Junior certamente não voltariam à cidade no domingo à noite. Mas eu, sim, ainda que mais tarde, para evitar o trânsito pesado, e com certeza Rony preferiria um carro espaçoso e confortável a um trem apinhado.

Não o convidei, apenas dei a sugestão, como que por acaso, a Gwenn. Depois fiz o mesmo, deliberadamente, com Madeline, e ela concordou em dar um toque a respeito, se surgisse a oportunidade. Então, fui para a biblioteca sozinho com Sperling, sugeri a mesma coisa com mais clareza ainda, perguntei-lhe qual telefone poderia usar para fazer uma ligação para Nova York e lhe disse que ele não podia ouvir a conversa. Isso foi um pouco difícil, pois admito que ele tinha o direito de ficar, mas nessa altura eu já era capaz de pronunciar frases completas e dei um jeito de convencê-lo. Ele saiu e fechou a porta. Encontrei Saul Panzer em casa, no Brooklyn, e falei com ele durante vinte minutos. Com a cabeça ainda pesada, tive de repassar duas vezes para ter certeza de não deixar nenhum furo.

Isso foi por volta das seis, o que significava que eu ainda teria quatro horas de sofrimento, já que tinha marcado a partida para as dez e agora estava comprometido com esse horário; mas não foi tão ruim. Pouco depois as nuvens começaram a se abrir, e o sol chegou a dar o ar de sua graça minutos antes de mergulhar no horizonte. O que é mais importante, arrisquei umas mordidinhas num sanduíche de frango e terminei dando cabo dele, e também de uma fatia de torta de cereja e de um copo de leite. A sra. Sperling me deu uns tapinhas nas costas, e Madeline declarou que agora seria capaz de dormir um pouco.

Passavam seis minutos das dez quando me pus ao volante do conversível, perguntei a Rony se ele tinha lembrado de apanhar a escova de dentes e dei a volta na pracinha para pegar a saída.

"Que ano é, um 48?", perguntou ele.

"Não, um 49", respondi.

Ele apoiou a cabeça no encosto e fechou os olhos.

Havia espaço suficiente entre as nuvens para ver algumas estrelas, mas não a Lua. Percorremos as curvas do caminho de acesso, chegamos às pilastras de pedra e pegamos a rodovia. Era estreita, com um asfalto que não tinha sido ferido pelo menor buraquinho, e durante o primeiro quilômetro e meio foi só nossa, o que me caía à perfeição. Pouco depois de uma curva fechada, onde o acostamento se alargava, havia um velho galpão próximo a uma floresta densa. À beira da estrada, no sentido em que estávamos indo, via-se um carro parado. Eu ia devagar por causa da curva quando uma mulher apareceu piscando uma lanterna, e freei para parar. Assim que estacionei o carro, a mulher gritou: "O senhor tem um macaco?". Logo ouviu-se uma voz de homem: "Meu macaco quebrou, por acaso o senhor tem um?".

Virei para trás a fim de dar marcha a ré e sair para a grama. Rony resmungou "Que droga!", e eu resmunguei em resposta, "Solidariedade humana". Enquanto o homem e a mulher se aproximavam, saí do carro e disse a Rony: "Desculpe, mas vou ter de incomodá-lo; o macaco está debaixo do banco". A mulher, que dizia alguma coisa sobre a gentileza das pessoas, estava do lado dele e abriu a porta, pela qual Rony saiu. Ele se dirigiu para a traseira do carro, de frente para mim, e assim que pude vê-lo alguma coisa bateu de lado na minha cabeça e eu caí no chão, mas a grama era espessa e macia. Fiquei deitado ouvindo. Segundos depois, ouvi meu nome.

"OK, Archie."

Levantei-me, fui até o carro para desligar o motor e apagar os faróis, dei a volta em torno do capô e fui para o lado oposto ao da estrada. Louis Rony estava estendido de costas. Não perdi tempo em checar seu estado, pois Ruth Brady podia dar aulas sobre o uso científico de um porrete e, de qualquer modo, já estava ajoelhada ao lado da cabeça dele com a lanterna.

"Desculpe por interromper sua noite de domingo, Ruth querida."

"Não enche, Archie, meu bem. Pare de tagarelar. Não estou gostando nada disso, aqui fora neste deserto."

"Nem eu. Cuidado para ele não se fingir de morto."

"Não se preocupe. Pus uma folha de capim em cima do nariz dele."

"Bom! Se ele se mexer, dê um tapinha nele de novo." Virei-me para Saul Panzer, que tinha arregaçado as mangas. "Com vão a mulher e as crianças?"

"Ótimas."

"Dê-lhes lembranças minhas. Seria melhor que você parecesse ocupado, do outro lado do carro, para o caso de passar alguém."

Saul fez o que eu disse, e me ajoelhei ao lado de Ruth. Esperava encontrar a coisa com Rony, pois se era algo importante a ponto de ele ter tomado tantas precauções quando ia nadar, não teria sido guardada de qualquer jeito na bolsa, que fora transportada por um dos empregados. E a encontrei com ele. Não estava guardada numa bolsinha à prova d'água, mas num envelope de celofane, no compartimento mais escondido de sua carteira de couro de jacaré. Eu sabia que só podia ser o tal negócio, porque, além daquilo, nada em Rony era fora do comum; e sua importância era tamanha que ali estava eu ajoelhado e de olhos arregalados, enquanto Ruth iluminava a coisa com a lanterna.

"Isso não me causa nenhuma surpresa", comentou ela, sarcástica. "Estou sabendo... A carteirinha é sua e você tinha de recuperá-la. Camarada!"

"Cale a boca." Eu estava um pouco aborrecido. Tirei a coisa da capa de celofane e examinei-a um pouco melhor, mas não havia nela nada de misterioso. Era simplesmente o que era, uma carteira de membro do Partido Comunista americano, número 128-394, em nome de William Reynolds. O que me chateava era que fosse tão óbvio. Nosso cliente insistira em que Rony era um comuna, e assim que eu fazia uma sumária revista nele, eis que aparecia sua carteirinha! Claro que o nome não significava nada. Não gostei disso. Era uma decepção ter de dizer a um cliente que ele estava certíssimo desde o primeiro instante.

"Como é que eles te chamam, Bill ou Willie?", perguntou Ruth.

"Segure isto", respondi, dando-lhe a carteirinha. Peguei a chave do carro, abri o porta-malas, tirei a mala grande e peguei a câmera maior e algumas lâmpadas. Saul veio ajudar. Ruth fazia comentários de que eu não tomava conhecimento. Tirei três fotos da carteirinha, uma vez na mão de Saul, outra apoiada na mala e outra encostada na orelha de Rony. Depois coloquei-a de volta no celofane, guardei-a na carteira, que pus onde a tinha encontrado, no bolso de cima do casaco de Rony.

Faltava ainda uma coisa, mas levaria menos tempo porque eu tinha mais experiência em fazer moldes de chave com cera do que em tirar fotografia. A cera estava no estojo de remédios, e as chaves, que eram oito, na pasta de Rony. Não seria necessário etiquetar os moldes, já que eu não sabia para que servia cada uma das chaves. Copiei as oito, sem fazer economia.

"Ele não demora muito mais", anunciou Ruth.

"Nem precisa." Empurrei um maço de notas para Saul, que acabava de pôr a mala de volta no carro. "Estavam na carteira dele. Não sei quanto é, nem me importa, mas não quero que fiquem comigo. Compre um colar de pérolas para Ruth ou doe para a Cruz Vermelha. É melhor vocês irem, não?"

Eles não perderam tempo. Saul e eu nos entendemos tão bem que ele disse apenas "Telefona?", e eu respondi "Sim". Um minuto depois estavam longe. Assim que o carro deles fez uma curva, fui para o outro lado do conversível, perto da roda, estirei-me na grama e comecei a gemer. Como nada acontecia, parei depois de algum tempo. Quando a umidade da terra já estava molhando meu corpo através da grama e da roupa, e eu estava a ponto de me virar, um ruído veio do lado de Rony, e eu soltei um gemido. Ajoelhei-me, resmunguei uma ou duas palavras apropriadas, gemi de novo, procurei a maçaneta da porta, me pus de pé, entrei no carro e acendi a luz. Rony estava sentado na grama inspecionando a carteira.

"Que merda! Você está vivo?", resmunguei.

Ele não disse nada.

"Filhos da puta", resmunguei.

Ele não disse nada. Levou dois minutos até que Rony decidisse se levantar.

Reconheço que uma hora e cinquenta minutos mais tarde, quando me afastava do meio-fio diante do apartamento dele, na rua 37, depois de deixá-lo, eu estava totalmente no escuro sobre a opinião de Rony a meu respeito. Ele não pronunciara mais de cinquenta palavras ao longo da viagem, e deixara a mim a decisão de parar num posto policial para registrar nosso infortúnio, o que fiz, sabendo que Saul e Ruth estavam em segurança fora do condado. De qualquer forma, eu não podia esperar que o moço fosse muito loquaz enquanto se recuperava da operação especial realizada por Ruth Brady. Eu não conseguia decidir se ele estava sentado ao meu lado em silêncio solidário com um companheiro de sofrimento ou se resolvera conversar comigo em melhor ocasião, depois que seu cérebro tivesse voltado a uma relativa normalidade.

O relógio do carro indicava 1h12 quando entrei na garagem da Décima Primeira Avenida. Peguei a bolsa de couro de rena — deixei o resto das coisas no porta-malas — e não me sentia tão mal ao virar a esquina da rua 35 e me encaminhar para a entrada de nossa casa. Estava em condições bem melhores para encarar Wolfe do que durante todo o dia, e minha cabeça estava agora desanuviada e em ordem. Afinal de contas, o fim de semana não tinha sido um fiasco total, se eu descontasse o fato de estar chegando em casa esfomeado, e enquanto subia os degraus ansiava por uma passada na cozinha, sabendo o que me esperava na geladeira, abastecida por Wolfe e Fritz Brenner.

Enfiei a chave na fechadura e girei a maçaneta, mas a porta se abriu apenas uns cinco centímetros. Isso me surpreendeu, porque quando estou fora e minha volta é esperada, nem Fritz nem Wolfe costumam passar a corrente, exceto em ocasiões especiais. Apertei a campainha. A luz da entrada se acendeu num instante, e ouvi a voz de Fritz pela abertura da porta.

"É você, Archie?"

Isso também era estranho, já que pelo painel de vidro espelhado ele podia me ver muito bem. Mas fiz-lhe a vontade e disse que era eu mesmo e que me deixasse entrar. Assim que cruzei a soleira, ele fechou a porta e repôs a corrente; tive então uma terceira surpresa. Já tinha passado da hora de Wolfe ir para a cama, mas lá estava ele, na porta do escritório, olhando para mim com ar zangado.

Dei-lhe boa-noite. "Que bela recepção", acrescentei. "Por que a barricada? Alguém está tentando roubar uma orquídea?" Voltei-me para Fritz. "Estou tão morto de fome que seria capaz de comer a comida que você faz." Fiz menção de ir para a cozinha, mas a voz de Wolfe me deteve.

"Venha cá", ordenou. "Fritz, você pode trazer uma bandeja para ele?"

Outra coisa esquisita. Segui-o até o escritório. Como eu saberia logo, havia novidades que o teriam feito esperar a noite inteira para me contar, mas algo que eu dissera fez com que ele as deixasse de lado por enquanto. Nada, não importava o que fosse, nem mesmo um caso de vida ou morte, poderia passar na frente da comida. Enquanto se arriava na cadeira atrás de sua mesa, ele perguntou: "Por que você está com tanta fome? O senhor Sperling não alimenta seus hóspedes?".

"Com certeza." Sentei-me. "Não há nada de errado com o rango, mas eles põem alguma coisa na bebida que tira o apetite. É uma longa história. Você quer ouvi-la agora?"

"Não." Ele olhou para o relógio. "Mas devo. Continue."

Atendi ao desejo dele. Eu ainda estava na apresentação dos personagens quando Fritz chegou com a bandeja. Dei uma mordida num sanduíche de esturjão e prossegui. Eu poderia afirmar que, pela expressão de Wolfe, alguma coisa, qualquer coisa seria bem-vinda, e fiz com que ele soubesse de tudo. Quando acabei, passavam das duas, a bandeja tinha sido raspada, exceto por um pouco de leite na jarra, e Wolfe já sabia tudo o que eu sabia, fora uns poucos detalhes pessoais.

Despejei o conteúdo da jarra no copo. "Então, suponho que o palpite de Sperling estava certo e que Rony é realmente comuna. Com a foto da carteirinha e o conjunto de fotos que fiz dele, acho que você poderia deixar que o caso fosse resolvido por aquele personagem que volta e meia aparece em nossa lista de despesas como senhor Jones. Rony pode não ser exatamente um sobrinho do tio Stálin, mas parece ser pelo menos um representante do politburo da Union Square. Você poderia acioná-lo para investigar isso?"

Fritz trouxe outra bandeja, com cerveja, e Wolfe despejou no copo o que restava da segunda garrafa.

"Poderia, sim." Ele bebeu e largou o copo. "Mas seria um desperdício do dinheiro de Sperling. Ainda que a carteira seja mesmo de Rony e que ele seja membro do Partido, como parece, suspeito que isso tudo seja apenas uma farsa." Wolfe enxugou os lábios. "Não tenho reclamação de seu desempenho, Archie, que foi adequado, e conheço seu caráter; não posso dizer que você tenha transgredido as instruções recebidas, já que tinha carta branca, mas você deveria ter telefonado antes de assumir os riscos de praticar atos de banditismo."

"É verdade." Eu estava sendo sarcástico. "Desculpe, mas desde quando você pede contato frequente durante a realização de um trabalhinho como este, desmascarar um candidato a noivo?"

"Não pedi isso. Mas você sabia do surgimento de um fato novo, admitido pelo menos como conjectura. Pois já não é uma conjectura. Você não me telefonou, mas outra pessoa sim. Um homem... Uma voz que você conhece. E eu também."

"Você quer dizer Arnold Zeck?"

"Nenhum nome foi pronunciado. Mas era aquela voz. Como você bem sabe, inconfundível."

"E o que ele disse?"

"O nome de Rony não foi mencionado, nem o de Sperling. Mas ele não deixou margem a dúvida. Disse-me que interrompesse imediatamente toda e qualquer investigação sobre as atividades ou interesses de Rony ou sofreria represálias."

"E o que foi que você disse?"

"Eu... ganhei tempo." Wolfe tentou encher o copo, viu que a garrafa estava vazia e deixou-a de lado. "O tom dele era mais peremptório do que da última vez, e não pude esconder minha indignação. Expus minha posição em termos igualmente firmes. Ele concluiu com um ultimato. Deu-me vinte e quatro horas para chamar você de volta do passeio."

"Ele sabia que eu estava lá?"

"Sim."

"Estou ferrado." Soltei um assobio. "Esse garoto, o Rony, é realmente o que há. Membro do Partido *e* um dos colaboradores menores do senhor Z., o que não é uma combinação tão surpreendente, afinal de contas. E não só eu me meti com ele, mas envolvi Saul e Ruth também. Caramba! Tenho de... Quando foi que ele telefonou?"

"Ontem à tarde." Wolfe olhou para o relógio. "Sábado às seis e dez."

"Então o ultimato expirou há oito horas e nós ainda estamos respirando. Mesmo assim, não teria feito mal a ninguém que tivéssemos trocado nossas informações. Por que você não me ligou para que eu pudesse..."

"Cale a boca!"

Ergui as sobrancelhas. "Por quê?"

"Porque ainda que sejamos uns poltrões trêmulos de medo, devemos ter a elegância de não falar sobre isso! Eu censuro você por não ter telefonado. Você me censura por não ter telefonado. Mantemos a porta com a corrente só por precaução, mas não há possibilidade..."

Deve ter sido a última sílaba que ele pronunciou, porém, se disse mais alguma coisa, não consegui ouvir. Já ouvi uma porção de barulhos estranhos, aqui e ali, e talvez um ou dois tão altos como o que calou Wolfe e me fez dar um salto da cadeira e ir parar no meio da sala, mas nunca uma barulheira como aquela. Para reproduzi-la, seria preciso pegar cem policiais, distribuí-los pelo quarteirão e fazê-los descarregar suas quarenta e cinco ao mesmo tempo sobre as janelas.

Depois, silêncio absoluto.

Wolfe disse qualquer coisa.

Agarrei a arma que estava numa gaveta, corri para o vestíbulo, acionei o interruptor para acender a luz da entrada da casa, tirei a corrente da porta, abri-a e saí. Do outro lado da rua, à esquerda, duas janelas se abriram, ouviram-se vozes e assomaram cabeças, mas a rua estava deserta. Percebi então que estava pisando não no granito, mas num pedaço de vidro, e se eu não gostasse daquele havia um monte de outros. Estavam por toda a escada em frente à porta, pelos degraus, pela entrada do porão e pela calçada. Olhei para cima e vi outro vidro voando em minha direção, que não me atingiu por questão de dois centímetros e se estatelou a meus pés. Dei meia-volta, atravessei o limiar da entrada, fechei a porta e virei-me para Wolfe, que estava no vestíbulo e parecia perplexo.

"Ele se vingou nas orquídeas", eu disse. "Fique aqui. Vou lá em cima dar uma olhada."

Enquanto subia de três em três degraus, ouvi o barulho do elevador. Ele deve ter ido rápido. Fritz ia atrás de mim, mas não conseguia me acompanhar. O último patamar, cujas paredes eram de concreto e rebocadas, estava intacto. Acionei o interruptor e abri a porta do viveiro da frente, a estufa, mas parei depois do primeiro passo porque não havia luz. Esperei cinco segundos até que meus olhos se adaptassem, e então vi Wolfe e Fritz atrás de mim.

"Deixe-me passar", rosnou Wolfe, como um cão pronto para atacar.

"Não." Empurrei-o para fora. "Você vai perder o es-

49

calpo ou cortar o pescoço. Espere aqui até que consiga alguma luz."

Ele berrou por cima do meu ombro: "Theodore! *Theodore!*".

Uma voz veio das ruínas, sob a luz das estrelas. "Estou aqui, senhor! O que aconteceu?"

"Você está bem?"

"Não, senhor! O que..."

"Você está ferido?"

"Não, não estou ferido, mas o que aconteceu?"

Vi um movimento no canto, perto de onde ficava o quarto de Theodore, e ouviu-se o barulho de vidro caindo e se quebrando.

"Você consegue um pouco de luz?", perguntei.

"Não, a porcaria das luzes estão todas..."

"Então fique parado, diabos, enquanto eu consigo uma luz."

"Fique quieto!", rugiu Wolfe.

Disparei para o escritório. Quando estava subindo outra vez, ouvi barulhos que vinham do outro lado da rua, e também de baixo. Não lhes demos importância. O que as lanternas permitiam ver bastava para que não déssemos importância a mais nada. De mil painéis de vidro e dez mil orquídeas, na verdade alguns ainda estavam inteiros, como soubemos depois, mas não era o que parecia à primeira vista. Mesmo à luz das lanternas, que percorria uma floresta de vidros pontiagudos pendurados e espetados nos vasos, nas bancadas e no chão, a visão não era nada agradável, mas Wolfe queria ver e Theodore também. Embora fisicamente ileso, o jardineiro estava tão furioso que achei que fosse sufocar.

Por fim, Wolfe foi até onde ficava uma dúzia de espécimes de *Odontoglossum harryanum*, sua atual menina dos olhos. Iluminou um lado e outro dos caules, das folhas, das flores dilaceradas e caídas, com fragmentos de vidro por toda parte, virou-se e disse baixinho: "Melhor irmos lá para baixo".

"O sol vai sair em duas horas", disse Theodore, rilhando os dentes.

"Eu sei. Precisamos de gente."

Quando chegamos ao escritório, telefonamos para Lewis Hewitt e G. M. Hoag para pedir ajuda, antes de chamarmos a polícia. De qualquer forma, a essa hora um carro de patrulha já havia chegado.

6

Seis horas depois, afastei minha cadeira da mesa de jantar, espreguicei-me todo e me permiti um amplo bocejo sem pedir desculpas, sentindo que tinha feito por merecê-lo. Normalmente tomo o café da manhã na cozinha, com Fritz, e Wolfe toma o dele no quarto, mas aquele não era exatamente o que se chama de um dia normal.

Um bando de catorze homens, sem contar Theodore, estava no telhado arrumando a bagunça e resgatando o que pudesse, e um exército de vidraceiros era esperado para o meio-dia. Andy Krasicki tinha vindo de Long Island e assumira o comando. A rua estava interditada por causa do risco de cair mais vidro. Os policiais ainda estavam fuçando nos dois lados da rua, e provavelmente em outros quarteirões, mas nenhum deles tinha ficado em nossa casa, exceto o capitão Murdoch, que estava sentado com Wolfe à mesa que eu estava prestes a deixar, comendo panquecas com mel.

Eles já sabiam de tudo, de um certo momento em diante. As pessoas que moravam na casa da frente estavam viajando. Em seu telhado foram encontradas cento e noventa e duas cápsulas de projéteis de submetralhadora, e ainda havia peritos lá em cima colhendo dados que provassem a hipótese de que o ataque tinha vindo de lá, para o caso de o advogado de defesa alegar que as cápsulas tinham sido lançadas por pombos. Não que já houvesse um advogado de defesa, visto que não havia a quem defender. Até o momento, não se sabia como tinham chegado ao telhado da casa vazia. Tudo o que a polícia descobrira era que de algum modo pessoas desconhecidas tinham subido ao telhado e que dali, às 2h24 da madrugada, dispararam furiosamente contra nossos viveiros, batendo em retirada por uma passagem para a rua 36. Eu teria sido capaz de lhes contar isso sem sair do lugar.

Reconheço que não fomos de muita valia. Wolfe nem sequer mencionou o nome de Sperling ou o de Rony, e muito menos qualquer coisa começada com Z. Ele se negou a dar uma sugestão específica sobre a identidade dos criminosos, e não foi difícil convencer a polícia de que isso era o melhor a fazer, já que muitos habitantes da área metropolitana adorariam fazer buracos não só nos viveiros de Wolfe como também no próprio Wolfe. Mesmo assim, eles insistiram em que alguns deles tinham mais probabilidade de possuir armas automáticas e estavam mais dispostos a usá-las com tanta energia, mas Wolfe disse que isso era irrelevante porque quase com certeza os atiradores tinham sido contratados para fazer o serviço.

Saí da mesa assim que acabei meu café porque havia uma porção de ligações a fazer — para pedreiros, pintores, madeireiras, casas de material de construção e outras lojas. Estava nisso quando o capitão Murdoch foi embora e Wolfe pegou o elevador até o terraço, e continuava nisso quando Wolfe tornou a descer, arrastou-se até o escritório, jogou-se em sua cadeira, recostou-se e emitiu um profundo suspiro.

Olhei para ele. "Seria melhor que você subisse e tirasse um cochilo. E vou lhe dizer uma coisa: posso ser tão teimoso quanto você; e coragem, heroísmo e ousadia são qualidades admiráveis que valorizo muito, mas também sou um contador bastante bom. Se as coisas continuarem assim, como suponho que vai ocorrer, o balanço vai ser uma gracinha. Conheci Gwenn socialmente, e por isso seria de esperar que eu fizesse das tripas coração e fosse em frente. Mas você não a conheceu, e tudo o que precisa fazer é devolver o adiantamento que ele deu. O que estou querendo dizer é que se você fizer isso prometo nunca zombar de você por esse motivo. Nunca. Quer que eu jure sobre a Bíblia?"

"Não." Os olhos dele estavam meio fechados. "Está tudo acertado para os reparos e reposições?"

"Na medida do possível."

"Então ligue para lá e fale com a mais velha."

Fiquei boquiaberto. "Por que com ela? Que motivo você tem para..."

"Ora bolas! Você pensou que tinha escondido de mim a direção que seu interesse tomou... Seu interesse pessoal... Mas não conseguiu. Conheço você muito bem. Ligue para ela e procure saber se a família está toda lá... Todos eles, menos o filho, que provavelmente não conta. Se estiverem, diga a ela que chegaremos lá em duas horas e que queremos vê-los."

"Nós?"

"Sim. Você e eu."

Peguei o telefone. Na verdade, ele não estava abrindo um precedente. Era verdade que tinha uma regra inviolável de não se mover do escritório para ver quem quer que fosse a trabalho, mas o que acontecera naquela noite extrapolara a condição de trabalho para entrar na categoria de luta pela sobrevivência.

Um dos empregados atendeu, dei meu nome e perguntei por Madeline Sperling. O sobrenome do marido era Pendleton, mas ela o abandonara. Minha intenção era me restringir ao essencial, mas ela começou a conversar. Rony tinha ligado para Gwenn uma meia hora antes e lhe contara sobre o assalto, e é claro que Madeline queria ouvir de mim tudo outra vez. Tive de concordar. Ela se mostrou preocupada com minha cabeça, e precisei assegurar que não estava machucada pela pancada do bandido. Quando finalmente consegui pô-la a par da questão imediata, e ela entendeu, pela maneira como falei, que se tratava estritamente de trabalho e que merecia especial atenção, passou de bom grado para o assunto de maneira simples e direta. Desliguei e voltei-me para Wolfe.

"Tudo certo. Estão lá, e ela vai tratar de que fiquem até chegarmos. Fomos convidados para o almoço."

"A irmã também?"

"Todos eles."

Ele olhou para o relógio, que indicava 11h23. "Devemos chegar lá mais ou menos à uma e meia."

"Sim, sem problemas. Acho que sei onde posso pegar um carro blindado emprestado. A estrada passa a uns oito quilômetros de onde certo homem tem um palácio na colina."

Ele fez uma careta. "Pegue o sedã."

"Sim, se você se agachar no chão ou me deixar enfiá--lo no porta-malas. Ele está interessado em você, não em mim. Por falar nisso, o que faremos com Fred e Orrie? Liguei para Saul e avisei que há outros elementos envolvidos além dos rapazes da lei, e devo crer que Fred e Orrie poderiam tirar o dia de folga. Depois de falar com a família, seja lá o que for que você vai dizer, poderá acioná-los de novo se for o caso, e espero em Deus que não seja."

Ele fez a concessão. Não pude encontrar Fred nem Orrie, mas eles com certeza ligariam em breve, por isso deixamos recado com Fritz para que eles ficassem de sobreaviso até segunda ordem. Wolfe quis subir ao terraço para dar outra olhada enquanto eu ia buscar o carro na garagem, de modo que era cerca de meio-dia quando nos pusemos a caminho. Wolfe, no assento de trás, como sempre, porque isso lhe dava maiores chances de sair com vida se batêssemos o carro, estava firmemente agarrado à alça com a mão direita, mas isso era comum e não significava que ele estivesse com mais medo do que de costume quando arriscava o pescoço em alguma coisa que se movia sobre rodas. No entanto, vi pelo espelho que ele não fechou os olhos uma só vez durante a viagem inteira, embora completasse trinta horas que ele não via uma cama.

O dia, nublado e com vento, não era dos melhores para junho, ainda que não chovesse. Quando estávamos perto de Stony Acres e chegamos ao ponto da estrada secundária onde Rony e eu tínhamos sido assaltados por ladrões, parei para mostrar o lugar a Wolfe; contei-lhe que Saul tinha dito que o dinheiro apanhado com Rony chegava a trezentas e doze pratas e que esperava instruções para dar-lhe destino.

Wolfe não estava interessado no lugar. "Estamos chegando?"

"Sim, senhor. Dois quilômetros."

"Siga em frente."

Ao chegarmos à entrada principal da mansão, nos sentimos lisonjeados. Não era o rapaz de cara triste e uniforme de angorá quem apareceu para nos receber, e sim James U. Sperling em pessoa. Ele não sorria. Pela janela do carro, falou conosco.

"O que significa isso?"

Ele não tinha culpa de ignorar que Wolfe jamais fica num veículo mais do que o indispensável, já que tinham se conhecido havia pouco. Antes de responder, Wolfe abriu a porta e saiu para o chão coberto de cascalho.

Sperling prosseguia. "Tentei alcançá-lo pelo telefone mas quando consegui encontrar o número vocês já tinham saído. O que o senhor está querendo fazer? Sabe muito bem que eu não queria isto."

Wolfe olhou-o nos olhos. "O senhor me procurou, senhor Sperling. Deve saber que não sou idiota. Eu lhe garanto que posso justificar o que estou fazendo, mas só consigo fazer isso se for adiante. Depois que eu explicar certas coisas ao senhor e a sua família, veremos se consegue não me dar razão. Aposto minha reputação em que não consegue."

Sperling queria discutir a questão ali mesmo, mas Wolfe

permaneceu inflexível, e percebendo que tinha de escolher entre nos deixar entrar e mandar que nos retirássemos, o presidente da Continental Mines preferiu a primeira opção. Wolfe e ele encaminharam-se para a porta. Como nenhum empregado apareceu, dei a volta na casa e levei o carro a uma pracinha de pedra nos fundos, oculta por arbustos, deixei-o lá e procurei a entrada mais próxima, que era a varanda. Entrei pela porta aberta, e lá estava Madeline. Eu lhe disse oi.

Ela me examinou com a cabeça inclinada de lado e os grandes olhos negros meio abertos. "Você não parece muito machucado."

"Não? Mas estou. Lesões internas. Mas não por causa do assalto. Por causa..." Fiz um gesto com a mão. "Você deve saber."

"Estou decepcionada com você." Os olhos dela se abriram. "Por que não atirou neles?"

"Minha cabeça estava longe. Você deve saber disso também. Podemos trocar impressões sobre esse assunto em outra hora. Muito obrigado por segurar as pontas até ficar tarde para seu pai nos deter. E obrigado também por acreditar em minha palavra quando digo que isso é o melhor que podemos fazer por Gwenn. Quantos nomes tenho aqui agora e em que situações devo usá-los?"

"Oh, você é sempre Archie. Expliquei o necessário a Webster, Paul e Connie, porque eles vão almoçar conosco e seria complicado demais, de qualquer forma, com Nero Wolfe aqui... e eles não são bobos. E como você atrasou o almoço, porque normalmente almoçamos à uma, vamos. Como está seu apetite?"

Disse que preferia mostrar a ela em vez de lhe dizer, e entramos.

O almoço foi servido no salão de jantar. Wolfe e eu éramos os únicos de gravata, embora o dia estivesse frio demais para extremos como shorts. Sperling vestia um paletó listrado sobre uma camisa de seda azul-clara, aberta no pescoço. Jimmy e Paul Emerson ostentavam velhos casacos escuros, um marrom e o outro marinho. Webster Kane destoava, com uma camisa de lã xadrez em vermelho e amarelo berrantes. A sra. Sperling usava um vestido de raiom rosa e um casaquinho felpudo também rosa, desabotoado; Connie Emerson vestia uma coisa de bolinhas que parecia um roupão, mas talvez eu não tenha entendido bem. Gwenn vestia uma camisa cor de canela e calça; e Madeline, um vestido leve de lãzinha preto e marrom, semelhante a um tecido de almofada.

Assim, aquilo era tudo menos uma reunião formal, só que ninguém se sentia à vontade. Todos comeram bem, mas parecia que tinham dificuldade para decidir sobre o que falar. Wolfe, que não suporta uma atmosfera tensa na hora das refeições, tentou aqui e ali, com uns e outros, mas os únicos temas que engrenaram foram uma discussão amigável com Webster Kane sobre o mecanismo do dinheiro e um livro escrito por um inglês de quem ninguém tinha ouvido falar, salvo, talvez, Sperling, que deveria sabê-lo de cor, mas não estava interessado.

Quando aquilo acabou e nos levantamos, não havia tempo a perder. Os Emerson, com Paul azedo como sempre e Connie não de todo elegante com seu roupão, ela que me desculpe, dirigiram-se para a sala de estar, e Webster Kane disse que tinha trabalho a fazer, tomando outra direção. O destino dos demais parecia ter sido combinado. Com Sperling na liderança, atravessamos corredores e salas até chegar à biblioteca, o aposento cheio de livros onde ficava o aparelho de telex e no qual eu recebera a chave mestra e telefonara, mais tarde, a Saul Panzer. Os olhos de Wolfe, é claro, vasculharam de imediato o ambiente para avaliar as cadeiras, que Sperling e Jimmy começaram a agrupar; sabendo que ele tivera uma noite de cão, fiquei com pena e agarrei a melhor e maior, posicionando-a da maneira que eu sabia que ele gostava. Wolfe me fez um sinal de agradecimento quando se sentou, então recostou-se, fechou os olhos e suspirou.

Os outros se sentaram, menos Sperling, que ficou de pé e exigiu: "Tudo bem, justifique isto. O senhor disse que podia".

7

Wolfe ficou imóvel durante alguns segundos. Ergueu as mãos, apertou os olhos com a ponta dos dedos e ficou imóvel de novo. Por fim, deixou cair as mãos sobre os braços da cadeira, abriu os olhos e se dirigiu diretamente a Gwenn.

"Parece inteligente, senhorita Sperling."

"Todos nós somos inteligentes", interrompeu Sperling. "Vamos ao assunto."

Wolfe olhou para ele. "Isto vai demorar, mas não posso fazer nada. O senhor precisa saber de tudo. Se tentar me apressar, só vai conseguir demorar mais. Como o senhor lidera uma grande empresa, sendo, portanto, o comandante em chefe de um enorme exército, certamente sabe quando deve ser autoritário e quando ouvir. Faria um favor? Sente-se. Falar com pessoas de pé faz meu pescoço ficar duro."

"Quero dizer uma coisa", declarou Gwenn.

Wolfe assentiu. "Diga."

Ela engoliu em seco. "Só quero me assegurar de que o senhor sabe que eu sei por que está aqui. O senhor mandou aquele homem", e nesse ponto ela me lançou um olhar que me deu uma ideia de a quantas andava minha relação pessoal com ela, "para investigar Louis Rony, um amigo meu, e é disso que se trata." Engoliu de novo. "Vou ouvir por causa de minha família... Minha mãe e minha irmã me pediram que eu fizesse isso, mas acho que o senhor é um vermezinho ordinário e repulsivo, e se eu tivesse de ganhar a vida como o senhor, pode ter certeza que preferiria morrer de fome!"

Tudo bem, mas teria sido melhor que ela tivesse sido espontânea em vez de se ater a um roteiro visivelmente preparado com antecedência. Chamar Wolfe de "vermezinho", o que com certeza ela não teria feito se escolhesse as palavras olhando para ele, enfraquecia seu discurso.

Wolfe grunhiu. "Se tivesse de ganhar a vida como eu, senhorita Sperling, provavelmente morreria de fome, *sim*. Obrigado por ter concordado em ouvir, não importa por quê. Alguém mais tem algum comentário irreprimível?"

"Prossiga", disse Sperling, que tinha se sentado.

"Muito bem. Se à primeira vista parecer que estou divagando, seja paciente comigo. Quero lhe falar a respeito de um homem. Eu sei o nome dele, mas prefiro não pronunciá-lo, então vamos chamá-lo de X. Garanto que ele não é fictício. Bem que eu gostaria que fosse. Tenho pouco conhecimento objetivo sobre as imensas propriedades dele, mas sei que uma delas fica numa colina elevada e imponente a uns cento e cinquenta quilômetros daqui, na qual, há alguns anos, ele construiu uma mansão ampla e luxuosa. Suas fontes de renda são numerosas e diversificadas. Todas são ilegais e algumas chegam a ser moralmente condenáveis. Drogas, contrabando, fraudes industriais e comerciais, jogo, atividades portuárias ilícitas, pilhagem, chantagem, delitos políticos... Essa lista de modo algum esgota seu currículo, mas é o bastante para revelar seu caráter. Até agora, ele conseguiu manter sua invulnerabilidade porque teve a perspicácia de entender que sua prática criminosa, numa imensa área e durante longo tempo, só pode ficar impune se houver entre sua pessoa e seus crimes uma barreira intransponível e se ele demonstrar um talento incomparável, uma determinação destituída de escrúpulos e uma vontade inquebrantável."

Sperling se remexeu impaciente na cadeira. Wolfe

olhou para ele como um professor da sexta série olharia para um aluno inquieto, passou os olhos por todo o auditório e prosseguiu.

"Se o senhor pensa que estou descrevendo um homem extraordinário, tem toda a razão. Como, por exemplo, ele mantém essa barreira? Há duas maneiras de apanhar um criminoso: a primeira é ligá-lo ao crime propriamente dito; a segunda é provar que ele participa conscientemente do produto do crime. Nenhuma das duas é exequível no caso de X. Vamos tomar como exemplo um crime comum... Qualquer coisa, desde algo banal, como bater uma carteira ou arrebatar uma bolsa, até uma incursão de grande envergadura contra o erário público. O criminoso, ou a quadrilha, quase sempre assume toda a responsabilidade pela operação em si, mas quando enfrenta o problema da venda do butim, que sempre ocorre, e o da proteção contra a denúncia e a acusação, que raramente deixam de se apresentar, não pode evitar lidar com outras pessoas. Precisa de um receptador, de um advogado, de uma testemunha que lhe sirva de álibi, de um canal com a polícia ou de influência política, não tem jeito. É praticamente inevitável que precise de alguém ou de algo. Ele procura um conhecido ou alguém sobre quem sabe alguma coisa, alguém chamado A. Este, encontrando alguma dificuldade, consulta B. Note que já estamos um tanto afastados do crime, e B agora nos leva ainda mais longe ao solicitar a ajuda de C. Este C, ao se deparar com um nó cego na trama, se comunica com D. Agora estamos perto do terminal. D conhece X e sabe como chegar a ele.

"Em Nova York e arredores se cometem muitos milhares de crimes por mês, desde pequenos furtos até os mais altos píncaros da fraude e da selvageria. Na maior parte deles as dificuldades são enfrentadas, ou não, pelos próprios criminosos ou por A, B ou C. Mas grande número delas chega a D, e se chegam a D prosseguem até X. Não sei quantos dês existem, mas é certo que não são muitos, já que são selecionados por X depois de uma análise demorada e rígida e da aplicação de severos testes, e X sabe que um D, ao ser aceito por ele, deve ser apoiado com uma lealdade a toda prova e praticamente a qualquer preço. Quero crer que existam muito poucos deles e, mesmo assim, quero crer também que, se um D for levado, não importa como, a recorrer à traição, vai perceber que isso também estava previsto e que precauções a respeito tinham sido tomadas."

Wolfe ergueu a mão. "O senhor percebe a posição de X. Poucos criminosos ou as, bês ou cês, sabem que ele existe. Esses poucos não sabem o nome dele. Se uma fração deles desconfia de um nome, essa suspeita vai continuar sendo uma suspeita. As estimativas do total anual de dinheiro envolvido em operações criminosas na área metropolitana variam de trezentos milhões de dólares a meio bilhão. X está nesse negócio há mais de vinte anos, e a parcela que lhe chega por vias tortuosas deve ser considerável, mesmo se descontados os pagamentos a pessoas indicadas e escolhidas e a suas equipes. Um milhão por ano? Meio milhão? Não sei. O que sei é que ele não paga pelas coisas que recebe. Há alguns anos, um homem que não estava distante do mais alto escalão do Departamento de Polícia de Nova York fez vários favores a X, mas duvido que tenha recebido um só centavo. Chantagem é uma das áreas prediletas de X, e aquele homem tinha telhado de vidro."

"O inspetor Drake", disse Jimmy sem pensar.

Wolfe fez que sim com a cabeça. "Não estou citando nomes, e de qualquer forma disse que ele não estava distante do mais alto escalão." Seu olhar foi da direita para a esquerda e voltou. "Agradeço a paciência de todos. Esses detalhes são necessários. Eu disse que sei o nome de X, mas nunca o vi. Ouvi falar dele pela primeira vez há onze anos, quando um policial me procurou para pedir opinião sobre um caso no qual estava trabalhando. Fiz uma breve investigação, por curiosidade, um luxo que já não me concedo, e me encontrei numa trilha que levava a um terreno muito perigoso para um detetive particular. Como eu não tinha cliente nem compromisso, relatei o que tinha descoberto ao policial e me afastei. Foi assim que eu soube da existência de um homem como X e de alguma coisa sobre suas atividades, mas não seu nome.

"Durante os oito anos seguintes vi sinais aqui e ali de que X continuava em ação, mas eu estava ocupado com meus próprios assuntos, que não coincidiam com os dele. Foi então que, no início de 1946, quando eu realizava um trabalho para um cliente, recebi um telefonema. Uma voz que eu nunca tinha ouvido — dura, fria, precisa e cuidadosa com a gramática — aconselhou-me a restringir meus esforços em benefício de meu cliente. Respondi que minhas atividades só seriam limitadas pelas exigências do trabalho que eu me comprometera a fazer. A voz insistiu, conversamos um pouco, mas só chegamos a um impasse. No dia seguinte terminei o trabalho, para satisfação de meu cliente, e aquilo acabou."

Wolfe cerrou os punhos e abriu-os de novo. "Mas, levado por um interesse pessoal, achei que precisava de algumas informações. As características daquele trabalho e uma observação feita pela voz durante nossa conversa me fizeram supor que a voz poderia ser do próprio X. Não querendo envolver os homens que muitas vezes convoco para me ajudar, nem, com certeza, Goodwin, contratei homens de uma agência de outra cidade. Em um mês tinha obtido todas as informações que desejava, inclusive, é claro, o nome de X. Dispensei os homens e destruí os relatórios deles. Eu esperava que os negócios de X e os meus não voltassem a se encontrar, mas isso aconteceu. Meses depois, há pouco mais de um ano, eu estava investigando um assassinato, dessa vez para um cliente... Vocês devem se lembrar disso. Um homem chamado Orchard, envenenado quando participava de um programa de rádio."

Todos menos Sperling assentiram, e a sra. Sperling disse que estava ouvindo o programa no dia em que aquilo aconteceu. Wolfe prosseguiu.

"Eu estava no meio daquela investigação quando a mesma voz me telefonou e disse que a abandonasse. Não foi tão loquaz dessa segunda vez, talvez porque eu falei que sabia seu nome, o que foi, é claro, uma infantilidade de minha parte. Ignorei a ordem dele. Logo se soube que Orchard e uma mulher que também tinha sido assassinada eram chantagistas profissionais e usavam um método que exigia uma vasta organização, habilmente planejada e conduzida com competência. Consegui encontrar o assassino, que tinha sido chantageado por eles. Um dia depois que o assassino foi condenado, recebi outro telefonema de X. Ele teve a cara de pau de me felicitar por manter as investigações dentro dos limites estabelecidos por ele! Eu lhe disse que tinha ignorado sua proibição. O que ocorreu foi que apanhei o criminoso, o que era meu trabalho, sem estender a investigação para atacar o próprio X, o que teria sido desnecessário e não fazia parte do meu compromisso."

Sperling não estava conseguindo acomodar-se direito em sua cadeira. No fim ele quebrou as regras e indagou:

"Que diabos, não dá para abreviar isso?"

"Não posso fazer isso e ganhar meus honorários", interrompeu Wolfe. E recomeçou.

"Isso foi em maio do ano passado — há treze meses. Nesse intervalo, não tive nenhuma notícia de X, porque não aconteceu de eu tomar alguma atitude na qual ele tivesse motivos para interferir. Mas anteontem, sábado, às seis e dez da tarde essa sorte acabou — o que eu supunha que iria acontecer mais cedo ou mais tarde, já que nós dois estamos ligados ao crime. Ele telefonou de novo. Foi mais peremptório do que antes, e me deu um ultimato, com prazo determinado. Reagi a seu tom como faria, naturalmente, um homem de minha índole — sou áspero e difícil de nascença — e rejeitei o ultimato. Não vou fingir que estava despreocupado. Quando Goodwin voltou daqui, ontem, domingo, depois da meia-noite, e me fez seu relatório, eu lhe contei sobre o telefonema e discutimos exaustivamente a situação."

Wolfe olhou em torno. "Por acaso algum de vocês sabe que há viveiros no terraço de minha casa, onde mantenho milhares de orquídeas, todas elas de qualidade, algumas novas, raras e extremamente belas?"

Outra vez, todos menos Sperling anuíram.

Wolfe assentiu. "Não vou tentar fazer suspense. Goodwin e eu estávamos em meu escritório, conversando, entre duas e três da manhã de hoje, quando ouvimos um barulho estranho. Homens contratados por X tinham subido ao telhado de uma casa do outro lado da rua, armados com submetralhadoras, e dispararam centenas de tiros contra meus viveiros, com consequências que vocês podem imaginar. Não vou descrevê-las. A esta hora, há trinta homens ali, consertando e recuperando tudo. Meu jardineiro só não foi morto por acaso. O custo dos reparos e das reposições deve ficar em torno de quarenta mil dólares, e algumas plantas destruídas ou danificadas são insubstituíveis. Os pistoleiros não foram encontrados e provavelmente nunca serão, mas e se forem? Cometi um erro ao dizer que foram contratados por X. Foram contratados por um D, por um C, ou por um B — provavelmente por um C. Sem dúvida, X não entra em tratativas com pessoas tão próximas do crime como um pistoleiro, e duvido que um D o faça. Seja como..."

"O senhor está dizendo", Sperling interrompeu, "que isso acabou de acontecer? Na noite passada?"

"Sim, senhor. Mencionei o montante aproximado do prejuízo porque o senhor terá de pagar por ele. Vai estar na minha conta."

Sperling emitiu um ruído. "Pode estar na sua conta, mas não tenho de pagar. Por que deveria?"

"Porque é uma dívida sua. É uma despesa relacionada ao trabalho que o senhor me encomendou. Meus viveiros foram destruídos porque ignorei o ultimato de X, e a exigência dele era que eu tirasse Goodwin daqui e parasse de investigar as atividades e o caráter de Louis Rony. O senhor queria que eu provasse que Rony é comunista. Não posso fazer isso, mas posso provar que ele é um dos homens de X, um C ou um D, e, portanto, um perigoso profissional do crime."

A primeira reação foi de Madeline. Antes que Wolfe terminasse, ela exclamou: "Meu Deus!". Levantou-se, atravessou descortesmente na frente de todos para chegar até Gwenn e pôs a mão no ombro da irmã. A sra. Sperling levantou-se também, mas ficou de pé só um instante e se sentou outra vez. Jimmy, que estava olhando de cara feia para Wolfe, virou a cara feia para o pai.

O presidente da Continental ficou um momento encarando Wolfe, depois demorou-se mais tempo olhando para a filha mais nova, levantou-se, foi até ela e disse: "Ele diz que pode provar tudo, Gwenn".

Não sou um azougue, mas já tinha compreendido havia bastante tempo que o objetivo real de Wolfe era Gwenn e, portanto, era nela que eu estava interessado. Quando Wolfe começou, a linha dos lindos lábios dela e a obstinação em seus olhos tinham deixado claro que ela simplesmente não tinha intenção de acreditar numa só palavra do que ele dissesse, mas à medida que ele continuava falando de um misterioso X, que não podia ser o seu Louis, ela havia relaxado um pouco, e estava até começando a achar que talvez fosse uma história interessante quando de repente surgiu o nome de Rony e, a seguir, o disparo direto contra ela. Quando sentiu a mão de Madeline em seu ombro, pôs sua própria mão sobre a da irmã e disse em voz baixa: "Está tudo bem, Mad". E então se dirigiu a Wolfe, em voz alta.

"Isso é um monte de besteiras!"

Quando Sperling se pôs diante dela, Wolfe e eu ficamos impedidos de vê-la. Wolfe disse então a Sperling, que estava de costas: "Estou apenas no começo, o senhor sabe. Até agora lhe apresentei os antecedentes. Mas ainda tenho de explicar a situação".

Mal ele acabou de falar, Gwenn pôs-se de pé e disse com firmeza: "O senhor não precisa de mim para isso. Eu sei muito bem qual é a situação".

Todos começaram a falar. Madeline tomou Gwenn pelo braço. A sra. Sperling estava desnorteada, mas muito agitada. Jimmy estava sendo totalmente ignorado, porém continuava tentando chamar a atenção. Wolfe concedeu-lhes alguns minutos e depois os interrompeu bruscamente.

"Que diabos, vocês são um bando de tolos?"

Sperling virou-se para ele. "O senhor não devia ter feito isso! Tinha de ter falado comigo! Devia…"

"Besteira! Besteira completa. Durante meses o senhor esteve dizendo a sua filha que Rony é comunista, e ela, com razão, desafiou o senhor a provar o que dizia. Se o senhor tivesse tentado dizer-lhe isso, ela teria reagido com o mesmo desafio, e como o senhor ficaria? Eu estou mais bem preparado. O senhor poderia fazer o favor de sair da frente, para que eu possa vê-la? — Obrigado. — Senhorita Sperling, não teve medo de desafiar seu pai a dar-lhe provas. Mas agora quer ir embora. Isso quer dizer que está com medo de me desafiar? Não a culparia."

"Não estou com medo de coisa nenhuma!"

"Então sente e ouça. Todos, por favor."

Todos voltaram a suas cadeiras. Gwenn já não estava tão certa de que tudo de que precisava era uma simples e decidida recusa a acreditar numa só palavra de Wolfe. Mordia o lábio inferior, e seus olhos já não estavam insistentemente fixos nele. Ela até me lançou um olhar interrogativo, inseguro, como se eu pudesse contribuir de alguma forma para ajudá-la.

Wolfe concentrou-se nela. "Eu não economizei antecedentes, senhorita Sperling, porque sem eles a senhorita não poderia decidir com sabedoria, e, embora seu pai seja o meu cliente, a decisão será sua. A pergunta que se impõe é: devo continuar buscando provas ou não? Se eu..."

"O senhor disse que tinha provas!"

"Não, eu não disse isso. Eu disse que *poderia* provar, e posso — e se preciso for, provarei. Mas bem que gostaria imensamente de não fazê-lo. Uma saída seria simplesmente desistir: devolver o sinal que seu pai me pagou, arcar com as despesas que tive com esse trabalho e com a restauração de minha propriedade e fazer com que X saiba que pulei fora. Seria essa, sem dúvida, a coisa mais sensata e prática a fazer, e não me orgulho nem um pouco de não estar inclinado a isso. É uma fraqueza que divido com muitos de meus colegas: minha autoestima não ouve a voz da razão. Tendo aceitado de boa-fé o trabalho que seu pai me ofereceu, e sem ter uma desculpa para abandoná-lo que seja aceitável pela minha vaidade, eu não pretendo desistir.

"A outra saída seria que a senhorita admitisse que não sou um mentiroso, ou, se sou, pelo menos que não seria capaz de uma fraude tão sórdida como inventar toda essa lenga-lenga para ganhar dinheiro impedindo que se case com um homem que tem seu afeto e é merecedor dele. Se admitir essas suposições, segue-se que Rony é um bandido, e como é óbvio que a senhorita não é boba, deve romper com ele. Mas..."

"O senhor disse que podia provar!"

Wolfe assentiu. "E posso. Como minha vaidade não me permite desistir, se a senhorita rejeitar aquelas duas suposições, é o que terei de fazer. Agora entende por que fiz uma descrição tão detalhada de X? Seria impossível incriminar Rony sem trazer X à baila, e, ainda que fosse possível, X irromperia de qualquer modo. Prova disso já existe, no terraço de minha casa. A senhorita poderia vir comigo e dar uma olhada... Aliás, esqueci de mencionar outra possibilidade."

Wolfe olhou para seu cliente. "O senhor poderia, é claro, pagar meus honorários até hoje e me dispensar. Nesse caso suponho que sua filha vai considerar minha acusação contra Rony tão infundada quanto a sua, e então ela... Ela faria o quê? Não posso dizer; o senhor a conhece melhor que eu. O senhor quer me liberar?"

Sperling tinha desabado, o cotovelo apoiado no braço da cadeira, e o queixo na mão fechada; olhava ora para Gwenn, ora para Wolfe. "Agora não", disse baixinho. "Só uma pergunta: o que é estritamente verdade nisso tudo?"

"Cada palavra."

"Qual é o nome de X?"

"Isso vai ter de esperar. Se formos obrigados a isso, e se ainda quiser que trabalhe para o senhor, naturalmente chegaremos lá."

"Tudo bem, continue."

Wolfe dirigiu-se a Gwenn. "Uma dificuldade na tentativa de desmascarar X, e é a isso que vamos chegar, será a impossibilidade de saber quando estaremos perto dele. Eu me relaciono com mais ou menos três mil pessoas que vivem ou trabalham em Nova York, mas não há mais de dez de quem eu possa afirmar com certeza que não estão de maneira alguma envolvidas nas atividades de X. Talvez ninguém, talvez qualquer um. Se isso parece exagero, senhorita Sperling, lembre-se de que ele vem tecendo e estendendo sua rede durante os anos que a senhorita tem de vida e que ele é muito habilidoso.

"Por isso não posso equiparar-me a ele em onipresença, por mais que seu pai destine milhões a esse empreendimento, mas devo equiparar-me a ele em inacessibilidade, e isso eu vou fazer. Vou me mudar para uma base de operações conhecida apenas por Goodwin e talvez por mais duas pessoas; porque não se trata de medo infundado, mas de uma dura realidade: quando ele se der conta de meu objetivo — e isso há de acontecer bem cedo —, vai pôr toda a sua máquina atrás de mim. Ele me disse por telefone o quanto me admira, e fiquei lisonjeado, mas agora tenho de pagar por isso. Ele entenderá que é um duelo mortal, e não me subestima. Bem que eu gostaria que subestimasse."

Wolfe levantou os ombros e baixou-os de novo. "Não estou me lamuriando... Ou talvez esteja. Espero vencer, mas é impossível prever quanto isso vai custar. Pode levar um ano, cinco anos, ou dez." Fez um gesto de impaciência. "Não para acabar com Rony; isso será apenas um pequeno detalhe. Não vai demorar muito para que a senhorita tenha de conversar com ele, se ainda quiser vê-lo, através das grades. Mas X não vai parar por aí, embora queira que eu pense que sim. Uma vez que tenha começado, preciso ir até o fim. É por isso que o prazo não pode ser estimado.

"Tampouco o custo em dinheiro. Evidentemente não tenho o bastante, nem perto disso, e não ganharei nada, de modo que seu pai vai ter de pagar a conta, e vai ter de se comprometer antecipadamente. Se vou pôr em jogo meu conforto, minha liberdade e minha vida, é justo esperar que ele arrisque sua fortuna. Sejam quais forem os recursos dele..."

Wolfe se interrompeu. "Ora!", disse com escárnio, "a senhorita merece sinceridade absoluta. Como eu disse, Rony é uma barbada, será liquidado sem demora, assim que eu estiver instalado num lugar em que não possa ser incomodado. Mas espero ter lhe dado uma ideia clara de quem é X. Ele saberá que não posso prosseguir sem dinheiro, e quando vir que não poderá pôr as mãos em mim, vai tentar cortar minha fonte de recursos. Vai tentar muitos expedientes antes de apelar para a violência, pois é um homem sensato e sabe que o assassinato deve ser sempre a última opção, e é claro que o assassinato de um homem na posição de seu pai seria um perigo colossal; mas se ele achar necessário, vai se arriscar. Eu não..."

"Pode deixar isso de fora", atalhou Sperling. "Se ela

quiser considerar o custo em dinheiro, que o faça, mas não a quero salvando minha vida. Isso compete a mim."

Wolfe olhou para ele. "Há pouco o senhor me mandou seguir em frente. E agora, o que diz? Quer liquidar nossa conta?"

"Não. O senhor se referiu a sua vaidade, mas eu tenho muito mais do que vaidade. Não estou desistindo e não pretendo fazer isso."

"Ouça, Jim...", começou a dizer sua mulher, mas para fazê-la calar ele nem precisou abrir a boca. Foi só olhar para ela.

"Nesse caso", disse Wolfe a Gwenn, temos apenas duas opções. Eu não vou pular fora, e seu pai não vai me dispensar, portanto a decisão é sua, como eu tinha dito. Terá as provas, se insistir nelas. Quer?"

"Você disse", explodiu Madeline comigo, "que faria o que fosse melhor para ela!"

"Disse e repito", devolvi. "Você faria bem em vir dar uma olhada nos viveiros também!"

Gwenn ficou olhando para Wolfe, mas não com obstinação, e sim como se estivesse tentando ver através dele.

"Eu falei", Wolfe disse a ela, "do quanto uma prova, se insistir nela, custará para mim, para seu pai e para sua família. Suponho que deva mencionar quanto vai custar para outra pessoa: Rony. Vai lhe custar um longo período na cadeia. Talvez isso possa pesar na sua decisão. Se tiver alguma suspeita de que precisaríamos armar-lhe uma cilada, pode esquecer. Ele é um escroque de marca maior. Eu não chegaria a ponto de chamá-lo de vermezinho ordinário e repulsivo, mas ele é na verdade uma criatura execrável. Sua irmã acha que estou apresentando as coisas de forma brutal, mas de que outra forma poderia ser? Devo sugerir que ele não é digno da senhorita? Isso eu não sei, porque não a conheço. O que sei é que lhe disse a verdade sobre ele, e vou provar o que disse, se achar que devo."

Gwenn levantou-se da cadeira. Tirou os olhos de Wolfe pela primeira vez desde que me lançara aquele olhar inseguro. Percorreu a família com os olhos.

"Dou uma resposta antes de ir dormir", disse com firmeza e saiu da sala.

8

Mais de quatro horas depois, às nove da noite, Wolfe abriu um bocejo tão grande que pensei que algo grave ia acontecer.

Estávamos no mesmo quarto em que eu dormira na noite de sábado, se é que se pode falar em dormir quando você foi derrubado por uma dose de narcótico. Logo depois que Gwenn deu fim à reunião na biblioteca, abandonando-a, Wolfe perguntou onde poderia tirar um cochilo, e a sra. Sperling sugeriu aquele quarto. Eu o conduzi para lá, e ele foi direto para uma das camas de viúva; testou-a, tirou a colcha, tirou o casaco, o colete e os sapatos, deitou-se, e em três minutos sua respiração podia ser ouvida na China. Desfiz a outra cama para pegar uma manta e cobri-lo; desisti de lutar contra a tentação e segui seu exemplo.

Quando nos chamaram para jantar, às sete, fui incumbido de dizer à sra. Sperling que, dadas as circunstâncias, Wolfe e eu preferíamos comer um sanduíche no quarto ou mesmo não comer nada; e foi um prazer ver sua expressão de alívio. Mas mesmo em meio àquela crise ela não permitiu que sua hospitalidade sofresse um arranhão, e em vez de sanduíches ganhamos *consommé*, anéis de azeitona e pepino, rosbife quente, três legumes, salada de alface e tomate, pudim com frutas secas e muito café. Nada que merecesse registro, porém mais do que adequado, e fora o *consommé*, que detesta, e o tempero da salada, para o qual fez uma careta, Wolfe deu cabo de sua parte sem comentários.

Eu não teria me surpreendido se ele me tivesse feito levá-lo para casa assim que terminou a reunião na biblioteca, mas também não me surpreendi com o fato de preferir ficar. O espetáculo que ele tinha encenado não fora de modo algum um espetáculo. Ele tinha medido cada palavra, e eu lhe fizera coro. Assim sendo, não era estranho que ele quisesse a resposta o mais cedo possível, e, de mais a mais, sua presença poderia ser necessária se Gwenn tivesse perguntas ou condições a propor. E não só isso. Mesmo que Gwenn dissesse que nada feito, não creio que ele quisesse ir embora. Haveria com certeza muitíssimas providências a tratar com Sperling, e quando finalmente saíssemos de Stony Acres não iríamos para a rua 35, mas para uma trincheira.

Às nove, depois de admirar o bocejo de Wolfe, olhei em torno em busca de uma desculpa para esticar as pernas; vi a bandeja do café, que fora deixada quando vieram buscar as outras sobras do jantar, e decidi levá-la. Peguei-a e desci as escadas. Quando a entreguei na cozinha, não havia ninguém por ali e, sentindo falta de algum contato social, fiz um reconhecimento informal. Primeiro tentei a biblioteca. A porta estava aberta, e Sperling estava lá, em sua mesa, examinando alguns papéis. Quando entrei, ele se dignou a me olhar mas não disse uma palavra.

Depois de um momento, informei: "Estamos esperando lá em cima".

"Eu sei", ele disse, sem levantar a vista.

Pareceu-me que ele dera a conversa por encerrada, e me retirei. A sala de estar estava deserta, de modo que quando saí para a varanda não tinha visto nem ouvido ninguém. O salão de jogos, que ficava um lance de escada mais abaixo, estava escuro, e as luzes que acendi não mostraram pessoa alguma. Assim sendo, voltei para o quarto e contei a Wolfe.

"O lugar está deserto, sem contar com Sperling, e acho que ele está examinando o testamento. Você os assustou tanto que todos eles sumiram."

"Que horas são?"

"21h22."

"Ela disse que seria antes de dormir. Ligue para Fritz."

Tínhamos falado com Fritz havia apenas uma hora, mas que diabos, a ligação seria por conta da casa, de modo que me encaminhei para o aparelho, que estava na mesinha entre as camas, e o peguei. Não havia novidade. Andy Krasicki estava no terraço com cinco homens, ainda trabalhando, e dissera que até de manhã vidros e lâminas retráteis estariam no lugar, fizesse chuva ou fizesse sol. Theodore ainda estava longe de ficar alegre, mas tinha jantado bem etc.

Desliguei e passei o relatório a Wolfe, acrescentando: "Me ocorre que toda essa arrumação pode ser um desperdício do dinheiro de nosso cliente. Se Gwenn decidir que temos de provar e precisarmos submergir em uma trincheira, que importam vidros e lâminas retráteis? Vão se passar anos até que você possa vê-los de novo, se é que algum dia os verá. Por falar nisso, reparei que você deu a si mesmo uma chance de cair fora, e a Sperling também, mas não a mim. Você disse simplesmente que sua base de operações seria conhecida apenas por Goodwin, dando a participação de Goodwin como favas contadas. E se ele, Goodwin, decidir que não é tão vaidoso quanto você?".

Wolfe, que deixara de lado um livro de Laura Hobson para ouvir o final de minha conversa com Fritz e já pegara o livro de volta, franziu o cenho para mim.

"Você é duas vezes mais vaidoso que eu", disse com aspereza.

"Sim, mas de outra maneira. Posso ser vaidoso o quanto quiser até o ponto em que isso implica um risco. Não desejo privar os outros daquilo que me envaidece."

"Ora bolas! E eu não conheço você?"

"Sim, senhor. Tanto quanto eu o conheço."

"Então não tente me assustar com o bicho-papão. Como diabos eu poderia encarar um plano desses sem você?" E voltou ao livro.

Eu sabia que na opinião dele um elogio desses me faria ficar radiante de prazer, então me joguei na cama para ficar radiante. Eu não estava gostando nem um pouco daquilo e sabia que Wolfe também não. Tinha uma sensação irritante de que todo o meu futuro dependia do veredito de uma mocinha bonita e sardenta, e embora eu não tivesse nada contra mocinhas bonitas, sardentas ou não, aquilo já estava indo longe demais. Mas eu não culpava Wolfe, já que não via como ele poderia ter feito melhor. Eu tinha trazido algumas revistas novas da sala de estar, mas nem olhara para elas porque ainda estava na cama tentando decidir se procurava Madeline para saber se ela podia fazer algo que ajudasse na decisão quando o telefone tocou. Virei-me para alcançá-lo.

Era uma das empregadas dizendo que havia uma ligação para Goodwin. Agradeci e ouvi uma voz conhecida.

"Alô, Archie?"

"Sim, sou eu."

"Aqui fala um amigo."

"Isso é o que você está dizendo. Deixe-me adivinhar. Os telefones aqui são complicados. Estou num quarto com Wolfe. Se eu levantar o fone do gancho, posso obter uma linha externa, mas sua ligação foi atendida lá embaixo."

"Certo. Bem, estou aqui, sentado, examinando um peso de papéis indígena. Saí para dar uma caminhada, mas havia gente demais na rua, então decidi pegar uma condução e agora estou aqui. Lamento que você não possa comparecer àquele encontro."

"Eu também. Mas talvez possa, se você ficar sentado aí. Tudo bem?"

"Tudo bem."

Desliguei, levantei-me e disse a Wolfe: "Saul estava

indo para algum lugar, viu que tinha alguém na cola dele, despistou e foi para o escritório a fim de nos informar. Está lá neste momento. Alguma sugestão?".

Wolfe fechou o livro, usando um dos dedos como marcador. "Quem o seguiu?"

"Duvido que ele saiba, mas de qualquer forma, não disse. Você ouviu o que eu comentei com ele sobre o telefone."

Wolfe assentiu e pensou por um momento. "Até onde você teria de ir?"

"Acho que posso dar um jeito, mesmo no escuro. Chappaqua está a sete minutos daqui, e Mount Kisco a dez. Alguma recomendação especial?"

Ele não tinha nenhuma, exceto a de que como Saul estava no escritório, não deveria desgrudar de lá até novo contato conosco, de modo que saí.

Deixei a casa pela varanda porque era o caminho mais curto até o lugar onde eu tinha estacionado o carro, atrás dos arbustos, e vi sinais de vida. Paul e Connie Emerson viam televisão na sala de estar, e Webster Kane estava na varanda, aparentemente dedicado a andar de lá para cá. Cumprimentei-os de passagem e continuei.

A noite estava escura, sem estrelas por causa das nuvens, mas com pouco vento. Enquanto dirigia para Chappaqua, deixei meus pensamentos à deriva, um costume sem fins práticos, especulando sobre quem teria sido o perseguidor de Saul — policiais do estado ou da cidade, ou um A, B, C ou D. Quando encontrei uma cabine telefônica numa farmácia e liguei para Saul no escritório, ainda não havia nada além de uma suspeita. Tudo o que Saul sabia era que tinha sido um estranho e que não fora tão fácil despistá-lo. Como se tratava de Saul Panzer, eu sabia que não precisava verificar nada sobre o despistamento, e como ele não tinha novidades exceto que fora seguido, eu lhe disse que ficasse à vontade num dos quartos de hóspedes, se tivesse sono, me permiti tomar uma coca com limão, voltei para o carro e me dirigi para Stony Acres.

Madeline se juntara ao casal na sala de estar, ou talvez eu devesse dizer apenas que ela estava lá quando entrei. Quando veio falar comigo, seus grandes olhos escuros estavam muito abertos, mas não porque pretendessem causar algum efeito em mim. A cabeça dela estava muito ocupada com outra coisa que não era fazer charme.

"Aonde você foi?", perguntou.

Respondi que tinha ido a Chappaqua dar um telefonema. Ela pegou-me pelo braço, levou-me para a porta que dava para a sala de visitas, olhou para mim e perguntou: "Você viu Gwenn?".

"Não, por quê? Onde ela está?"

"Não sei. Mas acho que..."

Ela se calou. Eu tomei a palavra: "Supus que estivesse em algum canto, refletindo".

"Você não saiu para encontrar-se com ela?"

"Agora sou eu que estou surpreso", objetei. "Eu não sou nem mesmo um verme, só trabalho para um. Por que ela iria a meu encontro?"

"Acho que não iria." Madeline hesitou. "Depois do jantar, ela disse a papai que daria uma resposta assim que pudesse e subiu para o quarto. Fui atrás dela e tentei conversar, mas ela me mandou embora, então fui para o quarto de minha mãe. Mais tarde voltei ao quarto de Gwenn e ela me deixou falar um pouco, depois disse que estava saindo. Descemos juntas. Ela saiu por trás. Voltei para o quarto de minha mãe; quando desci de novo e vi que você tinha saído, pensei que talvez tivessem se encontrado."

"Não." Dei de ombros. "Ela deve ter achado difícil encontrar resposta dentro de casa e por isso saiu. Afinal, ela disse que seria antes de dormir, e ainda não são onze horas. Dê tempo a ela. Enquanto isso você devia relaxar. Que tal uma partida de sinuca?"

Ela ignorou o convite. "Você não conhece Gwenn", afirmou.

"Não, não a conheço muito bem."

"Ela tem boa cabeça, mas é teimosa como uma mula. É um pouco como papai. Se ele tivesse ficado quieto, ela já poderia ter se cansado de Louis há muito tempo. Mas agora... tenho medo. Entendo que Nero Wolfe fez o melhor que pôde, mas deixou um furo. Papai contratou-o para encontrar alguma coisa sobre Louis que evitasse que Gwenn se casasse com ele. É isso?"

"É isso."

"E do jeito como Nero Wolfe encaminhou as coisas, uma de quatro possibilidades deve acontecer: ou ele desiste do trabalho, ou papai o despede, ou Gwenn acredita no que ele disse a respeito de Louis e o dispensa, ou ele prossegue na busca de provas. Mas ele deixou de lado outra coisa que pode acontecer. E se Gwenn foi embora com Louis e casou-se com ele? Isso devia ser levado em conta, não? Será que papai ia querer que Wolfe fosse adiante, insistindo em investigar Louis, se ele fosse marido de Gwenn? Gwenn acharia que não." Os dedos de Madeline se cravaram em meu braço. "Estou com medo! Acho que ela foi se encontrar com ele!"

"Essa não! Ela levou alguma bolsa?"

"Ela não teria feito isso. Sabia que eu tentaria detê-la, e papai também... todos nós. Se esse seu Nero Wolfe é tão esperto, por que não pensou nisso?"

"Ele tem pontos cegos, e gente que foge para casar é um deles. Mas eu deveria... Meu Deus, sou uma besta. Há quanto tempo ela saiu?"

"Deve fazer uma hora... Mais ou menos uma hora."

"Ela pegou algum carro?"

Madeline fez que não com a cabeça. "Procurei ouvir. Não."

"Então ela deve..." Parei, concentrei-me e pensei um pouco. "Se não foi isso, se ela saiu só para tomar ar enquanto decidia, ou possivelmente encontrar-se com ele em algum lugar só para conversar, aonde teria ido? Há algum lugar de que ela goste mais?"

"Vários." Madeline também franziu a testa. "Uma velha macieira no quintal, uns loureiros à beira do riacho e um…"

"Sabe onde há uma lanterna?"

"Sim, ela fica guardada…"

"Vá buscá-la."

Ela foi. Voltou logo, e saímos pela porta principal. Como aparentemente ela achava que a velha macieira era o melhor palpite, demos a volta na casa, atravessamos o gramado, alcançamos uma trilha através da cerca de arbustos e passamos pelo portão que se abria para um pasto. Madeline chamou a irmã, mas não teve resposta, e quando chegamos à velha macieira não havia ninguém lá. Voltamos para perto da casa pelo outro lado, contornando os fundos do estábulo, do canil e de outras instalações, e demos uma parada no estábulo para verificar se Gwenn não teria tido um acesso de romantismo e encilhado um cavalo para ir ao encontro do amado, mas os cavalos estavam todos lá. O riacho ficava do outro lado, no parque que levava à estrada principal, e tomamos esse caminho. De vez em quando Madeline chamava por Gwenn, mas não tão alto a ponto de ser ouvida na casa. Nós dois empunhávamos lanternas. Eu usava a minha só quando havia necessidade, e àquela altura nossos olhos já tinham se adaptado. Seguimos pelo caminho de acesso até chegar à ponte sobre o riacho, e então Madeline saiu para a esquerda. Reconheço que ela ganhava de mim em caminhada noturna no meio do mato. Os arbustos e os galhos mais baixos adquiriram o hábito de me cutucar pelos lados, e enquanto Madeline pouco usava sua lanterna, eu apontava a minha para a direita e para a esquerda sem parar, e também para a frente.

Estávamos a vinte passos do caminho de acesso quando apontei minha lanterna para a esquerda e pude distinguir uma coisa no chão, junto de um arbusto, que me fez parar. Uma única olhada foi o bastante para me mostrar o que era — não havia dúvida sobre isso —, mas não quem era. Madeline, na minha frente, chamava Gwenn. Parei. Então ela me chamou: "Você está vindo?". Eu respondi que estava e comecei a avançar. Estava abrindo a boca para dizer a ela que faria uma pausa e a alcançaria em um minuto, quando ela chamou Gwenn outra vez, e uma débil resposta chegou do meio das árvores, no escuro. Era a voz de Gwenn.

"Aqui, Mad. Estou aqui!"

Por causa disso tive de adiar uma inspeção mais detida no objeto que estava atrás do arbusto. Madeline lançou um gritinho de alívio, correu, e eu a segui. Inadvertidamente, fiquei enroscado no mato, tive um trabalhão para me soltar e quase caí no riacho; quando consegui me recompor, andei na direção das vozes, e minha lanterna iluminou-as do outro lado de uma clareira. Fui até elas.

"Por que todo esse alvoroço?", perguntava Gwenn à irmã. "Meu Deus, vim dar uma volta numa noite de verão, qual é o problema? Todo mundo sabe que isso já aconteceu outras vezes, não sabe? E você ainda trouxe junto um detetive!"

"Esta não é uma noite de verão como outras", replicou Madeline, "e você sabe muito bem que não é. Como eu podia saber... Além disso, você nem vestiu um casaco."

"Sim, eu sei. Que horas são?"

Apontei a lanterna para meu pulso e respondi: "Onze e cinco".

"Então ele também não veio naquele trem."

"Ele quem?", perguntou Madeline.

"Quem você acha?", Gwenn estava lacônica. "Aquele perigoso bandido! Ah, deve ser mesmo. Tudo bem, ele é. Mas eu não ia descartá-lo sem falar com ele primeiro, e não por telefone ou por carta. Liguei para ele e pedi que viesse aqui."

"Claro", disse Madeline, mas não como uma irmã afetuosa. "Assim você poderia fazê-lo dizer quem é X e regenerá-lo."

"Eu não", declarou Gwenn. "Regeneração é seu departamento. Eu ia apenas dizer a ele que terminamos e adeus. Simplesmente preferi fazer dessa maneira, antes de falar com papai e com todos vocês. Ele deveria ter vindo no trem das 21h23, e pegaria um táxi na estação para me encontrar aqui. Pensei que ele pudesse ter perdido o trem... E agora estou achando que também não pegou o seguinte... Mas... que horas são?"

"23h09", eu disse.

"Há um trem às 23h32, vou esperar por ele e depois desisto. Normalmente não espero duas horas por um homem, mas esse caso é diferente. Você entende, não é, Mad?"

"Se quiser aceitar a sugestão de um detetive", eu disse, "acho que deveria telefonar outra vez para ele e saber o que aconteceu. Por que vocês duas não vão fazer isso enquanto eu espero aqui para o caso de ele aparecer? Prometo não dizer nada a ele, apenas que você já vai voltar. Aproveite para pegar um casaco."

A ideia lhes pareceu boa. A única parte que não me pareceu boa foi que elas usariam lanternas no trajeto até o caminho de acesso, mas foram em outra direção, por um atalho através do roseiral. Esperei até que estivessem longe e me dirigi para o caminho de acesso, localizei com minha lanterna o objeto no chão, atrás do arbusto, e fui até ele.

Em primeiro lugar, ele estava morto? Estava. Em segundo, como teria morrido? A resposta não era conclusiva, mas não havia muitas alternativas. Em terceiro, há quanto tempo estaria morto? Eu tinha um palpite para essa pergunta, com base na minha experiência. Em quarto, o que haveria no bolso dele? Essa pergunta exigiu cuidado e tempo por causa de algumas dificuldades. Por exemplo, quando o revistei na rodovia no domingo à noite, depois que Ruth o preparara para mim, tive bastante cuidado, mas agora todo cuidado era pouco. Dei uma boa esfregada na carteira de couro com meu lenço, por dentro e por fora, distribuí impressões digitais das mãos dele aleatoriamente por toda a carteira e devolvi-a ao bolso. Ela continha uma boa quantidade de notas, portanto ele devia ter descontado um cheque depois que eu o limpei no domingo. Eu queria muito repetir a façanha com a carteirinha do Partido Comunista e sua capa de celofane, mas não foi possível porque ela não estava lá. Isso, naturalmente, me irritou e apalpei todas as costuras e forros para me certificar. Não estava com ele.

Eu só pensava em concluir o trabalho, direito e a tempo, antes que as moças voltassem; mas quando resolvi desistir da carteirinha senti um frio no estômago, levantei-me e dei um passo atrás. Isso acontece às vezes, quando você menos espera, independentemente de quanto acha que sua carapaça é grossa e dura. Virei o rosto para o outro lado, inflei o peito e respirei fundo várias vezes. Quando isso não funciona, o único remédio é se deitar. Mas não precisei fazer isso, e de qualquer forma teria de me levantar em seguida porque entre duas inspirações ouvi vozes. Então percebi que tinha deixado a lanterna acesa no chão. Peguei a lanterna, apaguei-a e voltei no escuro para a clareira que ficava além dos arbustos, tentando não levantar suspeitas.

Estava em meu posto, uma sentinela paciente, quando as moças apareceram, cruzaram a clareira até chegar a mim, e Madeline perguntou, ao se aproximar: "Ele veio?".

"Nem sinal dele", disse eu, que prefiro a verdade sempre que possível. "Então, não o encontraram?"

"Falei com um serviço de mensagens", disse Gwenn. "Disseram que ele estaria de volta depois da meia-noite e perguntaram se eu não queria deixar um recado. Vou ficar aqui um pouco mais, para o caso de ele chegar no trem das 23h32, e aí desisto. Acha que aconteceu alguma coisa com ele?"

"Certamente alguma coisa aconteceu, se ele lhe deu

o bolo, mas sabe Deus o quê. O tempo dirá." Nós três formávamos um pequeno triângulo. "Vocês não vão precisar de mim, e se ele chegar não vão me querer aqui. Vou falar com Wolfe. Os nervos dele estão à flor da pele com o suspense, e quero fazer o possível para acalmá-lo. Não vou andar pela casa anunciando isso, mas quero dizer a ele que poderá ir para casa em breve."

Elas não se importavam muito com Wolfe, mas admitiram que minha decisão era razoável, e fui embora. Peguei o atalho que indicaram, me perdi entre as árvores duas vezes, mas finalmente cheguei à clareira, circundei o roseiral e atravessei o gramado, entrando na casa pela porta principal. Lá em cima, no quarto, Wolfe ainda estava lendo seu livro. Assim que fechei a porta, me fuzilou com um olhar de indignação por eu ter demorado tanto, mas quando viu meu rosto, que conhece melhor do que eu mesmo, mudou de atitude.

"Tudo bem?", perguntou com calma.

"Nem tudo está bem", eu disse. "Alguém matou Louis Rony, acho que jogando um carro em cima dele, mas é preciso ver isso melhor. Está detrás de um arbusto a uns vinte metros do caminho de acesso, num ponto que fica a dois terços da distância entre a casa e a rodovia. Em todo caso é um azar, porque Gwenn tinha resolvido dispensá-lo."

Wolfe rosnava. "Quem o encontrou?"

"Eu."

"Quem mais sabe disso?"

"Ninguém. Agora, você."

Wolfe levantou-se de um salto. "Onde está meu chapéu?" Olhou em volta. "Ah, está lá embaixo. Onde estão o senhor e a senhora Sperling? Vamos lhes dizer que já não temos nada a fazer aqui e que estamos indo para casa — mas não às pressas — apenas porque já é tarde e podemos ir agora. Vamos!"

"Que pressa é essa? Você sabe muito bem que estamos presos."

Ele parou e olhou para mim. Como isso não parecia melhorar em nada a situação, ele voltou para a cadeira, tateou em busca do livro debaixo do traseiro, achou-o, agarrou-o — e por um segundo achei que ia jogá-lo em alguma coisa, talvez em mim. O fato de atirar um livro, amando os livros como ele amava, teria sido uma grande novidade. Ele se controlou, jogou o livro numa mesinha, sentou-se de novo e gritou irritado para mim: "Que diabos, sente-se! Será que preciso ficar esticando o pescoço?".

Não o culpo nem um pouco. Eu mesmo teria tido um ataque se não estivesse tão ocupado.

9

"A primeira pergunta", eu disse, "é a seguinte: eu o vi ou não? Se vi, aí está o telefone, e qualquer providência a ser tomada, antes que a polícia chegue, tem de ser rápida. Se não vi, você tem o tempo que quiser. Está atrás de um arbusto, fora do caminho de acesso e não deve ser descoberto antes de uma semana, a não ser por cachorros. E então?"

"Não sei o bastante sobre isso ainda", disse Wolfe, nervoso. "O que você estava fazendo lá?"

Contei a ele. A primeira pergunta era muito urgente, para mim, pessoalmente, para que me ativesse a detalhes como a parada no estábulo para contar os cavalos, mas não omiti nenhum ponto que fosse importante, como os motivos de Madeline para se preocupar com a saída de Gwenn, ou a maneira como lidei com o problema das digitais na carteira. Fiz um resumo rápido para Wolfe sem deixar escapar o essencial. Quando acabei, ele tinha três perguntas:

"Em algum momento passou pela sua cabeça, ainda que vagamente, com ou sem indícios para isso, que a senhorita Sperling tenha feito você passar por aquele lugar intencionalmente?"

"Não."

"Pode haver pegadas identificáveis nas proximidades do corpo?"

"Não tenho certeza, mas duvido."

"Seu percurso de ida e volta entre o matagal e o corpo poderá ser detectado de alguma forma?"

"Mesma resposta. David Crockett poderia. Na hora não pensei nele, e de qualquer modo estava escuro."

Wolfe grunhiu. "Estamos longe de casa. Não podemos arriscar. Traga-os todos aqui para cima — os Sperling. Vá você mesmo atrás das moças, senão a mais nova pode não vir. Limite-se a trazê-los; deixe as notícias por minha conta. Traga as moças primeiro e depois volte à casa para buscar os demais. Não quero o senhor Sperling aqui antes dos outros."

Fui e não perdi tempo. Era um servicinho fácil se comparado a outras ocasiões em que ele me mandara sair do escritório para buscar gente, e dessa vez eu estava dedicado de coração ao trabalho. É claro que a resposta à pergunta sobre se eu tinha visto ou não o corpo seria sim, e nesse caso o quanto antes o telefone fosse usado melhor. Wolfe com certeza desempenharia seu papel, mas na verdade a responsabilidade era minha, já que eu tinha idade bastante para votar e sabia discar um número. Na longa lista de coisas de que os policiais não gostam, uma das primeiras é agir como se encontrar um corpo fosse apenas uma questão particular.

Foi fácil com as garotas. Eu disse a Gwenn que Wolfe acabara de receber informações segundo as quais era certo que Rony não apareceria, e que queria vê-la imediatamente para falar sobre isso, e é claro que não houve contestação. De volta a casa, com os outros foi igualmente simples. Jimmy estava no andar de baixo jogando pingue--pongue com Connie, e Madeline foi buscá-lo. O sr. e a sra. Sperling estavam na sala de estar com Webster Kane e Paul Emerson, e eu lhes disse que Wolfe gostaria de falar com eles um minuto. Só com os Sperling.

Não havia cadeiras para todos no quarto, e dessa vez Wolfe teve de começar a conversa com a maior parte dos ouvintes de pé, gostasse ele disso ou não. Obviamente,

Sperling estava bastante irritado com a longa espera, que agora completava sete horas, por uma decisão importante sobre seus assuntos, a ser tomada por outra pessoa, embora essa pessoa fosse sua própria filha, e ele quis começar com Gwenn, mas Wolfe o conteve imediatamente. Dirigiu uma pergunta a eles.

"Esta tarde estivemos discutindo um assunto sério. Não estivemos?"

Todos concordaram.

Wolfe fez que sim com a cabeça. "Estivemos. Agora ele se tornou mais sério ou menos sério, eu não saberia dizer. É uma questão de ter Rony vivo ou morto. Porque agora ele está morto."

Existe uma teoria segundo a qual é um ótimo truque anunciar a morte de um homem a um grupo de pessoas quando você acha que uma delas pode ser o assassino, e observar o rosto de cada uma. Na prática, eu nunca vi alguém ter muito sucesso com esse truque, e muito menos obter com ele um êxito estrondoso, nem mesmo se tratando de Nero Wolfe, mas ainda é atraente como teoria, e por isso eu estava tentando observar todos eles ao mesmo tempo, e sem dúvida Wolfe fazia o mesmo.

Todos eles emitiram sons, alguns com palavras, mas ninguém gritou, nem desmaiou ou se apoiou em alguma coisa. A expressão predominante era de pura e simples perplexidade, absolutamente autêntica até onde pude notar, mas, como eu digo, por mais simpática que uma teoria possa ser, não passa de uma teoria.

Gwenn indagou: "O senhor quer dizer... Louis?".

Wolfe assentiu. "Sim, senhorita Sperling, Louis Rony está morto. Goodwin achou o corpo há cerca de uma hora, quando saiu com sua irmã para procurá-la. Está nesta propriedade, atrás de um arbusto, perto de onde a senhorita foi encontrada. Ao que parece..."

"Então... então ele veio!"

Duvido que aquilo tivesse sido tão frio quanto pareceu. Eu não diria que Gwenn fosse fria. Só que, no engarrafamento causado em sua cabeça pelo choque, aquele pequeno detalhe se desembaraçou primeiro. Vi Madeline lançar um olhar penetrante para ela. Os outros estavam procurando a língua para fazer perguntas. Wolfe os deteve com a mão.

"Por favor. Não há tempo..."

"Como ele foi morto?", interrogou Sperling.

"Era justamente o que eu ia dizer. Ao que tudo indica, um carro o atropelou, e o corpo foi arrastado do caminho de acesso e escondido atrás de um arbusto, mas é claro que isso exigirá exames mais detidos. Não havia muito tempo que estava lá quando foi encontrado, no máximo duas horas. A polícia deve ser avisada logo. Penso, senhor Sperling, que o senhor deveria se ocupar disso pessoalmente. Fica melhor."

Gwenn começou a tremer. Madeline pegou-a pelo braço, levou-a até uma das camas e deitou-a, com Jimmy tentando ajudar. A sra. Sperling estava boquiaberta.

"O senhor está dizendo...", Sperling parou. Ele estava incrédulo ou representando muito bem. "O senhor quer dizer que ele foi assassinado?"

"Não sei. Assassinato requer premeditação. Se depois da investigação a polícia concluir que se trata de assassinato, vai ter de provar. Isso, é claro, requer a habitual busca do motivo, dos meios, da oportunidade... Não sei se o senhor tem algum conhecimento disso, mas se não tem, acho que em breve terá. O senhor vai ligar para as autoridades do condado ou para a polícia estadual? Pode escolher, mas não deve adiar mais. O senhor deveria..."

A sra. Sperling falou pela primeira vez: "Mas isso é... isso é horrível! Aqui, em nossa casa! Por que vocês não o levam para algum lugar — a quilômetros de distância — e o deixam lá?".

Ninguém prestou atenção. Sperling perguntou a Wolfe: "O senhor sabe o que ele estava fazendo aqui?".

"Sei quem o trouxe. Sua filha ligou para ele pedindo que viesse."

Sperling correu para a cama. "Você fez isso, Gwenn?"

Gwenn não disse nada. Madeline respondeu por ela. "Sim, papai, ela fez. Tinha decidido romper e queria falar com ele primeiro."

"Espero que a sugestão de sua mulher não seja levada em conta por no mínimo uma dúzia de razões. Na estação ele tomou um táxi para cá..."

"As sugestões de minha mulher raramente são levadas em conta. Não há meio de manter a polícia fora disso? Conheço um médico..."

"Não há como. Esqueça isso."

"O senhor é um especialista. Eles vão considerar que foi assassinato?"

"Um especialista precisa de fatos para aplicar sua especialidade. Não tenho fatos suficientes. Mas se querem um palpite, acho que vão, sim."

"Devo chamar um advogado?"

"Isso virá depois. O senhor provavelmente precisará de um, ou mais." Wolfe estendeu um dedo. "Isso não pode mais ser adiado, senhor. Goodwin e eu estamos obrigados a orientá-lo nesse sentido, tanto como cidadãos quanto como portadores de licença de detetive particular."

"O senhor tem obrigações para comigo também. Sou seu cliente."

"Sabemos disso. Em momento algum nos esquecemos. Eram onze horas quando Goodwin encontrou um corpo com marcas de violência, e era dever dele informar imediatamente às autoridades. Já passa bastante da meia-noite. Sentimos que lhes devíamos uma chance de pôr as ideias em ordem. Agora, lamento, mas devo insistir."

"Que diabos, preciso pensar!"

"Chame a polícia e pense enquanto eles estiverem a caminho."

"Não!" Sperling puxou com força uma cadeira e sentou-se na beirada, perto de Wolfe, cara a cara. "Olhe aqui. Contratei o senhor para um assunto confidencial e tenho o direito de esperar que seja mantido assim. Não há razão para que seja revelado, e com certeza não quero que seja. É uma questão de sigilo..."

"Não, senhor." Wolfe foi rápido. "Não sou advogado, e as informações dadas a detetives, não importa o quanto lhes paguem, não são protegidas por sigilo."

"Mas o senhor..."

"Não, por favor. O senhor está pensando que, se eu repetir a conversa que tive com o senhor e sua família esta tarde, isso vai dar a impressão de que todos vocês, exceto uma pessoa, tinha boas razões para desejar a morte de Rony, e o senhor tem razão. Isso tornaria quase impossível para eles ver essa morte como algo que não fosse assassinato, e, não importa qual seja sua posição nesta comunidade, o senhor e sua família estarão metidos numa grande encrenca. Sinto muito, mas não posso evitar isso. Já soneguei informação à polícia muitas vezes, mas só quando dizia respeito a um caso em que eu estivesse envolvido e supusesse que faria melhor uso dela se não a transmitisse. Outro..."

"Que diabos, o senhor está envolvido neste caso!"

"Não, não estou. O trabalho para o qual o senhor me contratou está encerrado, e fico feliz com isso. O senhor lembra como eu defini o objetivo? Ele foi alcançado. Embora eu admita que não foi por minha..."

"Então eu o contrato agora para outro trabalho. Investigar a morte de Rony."

Wolfe fechou a cara. "Melhor não. Sou contra."

"Está contratado."

Wolfe balançou a cabeça. "O senhor está em pânico e se precipitando. Se Rony foi assassinado, e se eu for investigar isso, vou pegar o assassino. É possível que o senhor se arrependa de ter me conhecido."

"Mas está contratado."

Wolfe deu de ombros. "Eu sei. Seu problema imediato é impedir que eu relate nossa conversa para a polícia, e, como é decidido e autoconfiante, resolve os problemas assim que eles se apresentam. Mas não pode me contratar hoje e me despedir amanhã. O senhor sabe o que eu faria se tentasse fazer isso."

"Eu sei. O senhor não será dispensado. Está contratado." Sperling se levantou. "Vou telefonar para a polícia."

"Espere um minuto!" Wolfe ficou exasperado. "Que diabos, o senhor é tonto? Não sabe como isto é delicado? Havia sete pessoas naquela conversa..."

"Cuidaremos disso depois que eu telefonar."

"Nada disso. Cuidarei disso agora." Os olhos de Wolfe percorreram o quarto. "Todos vocês, por favor. Senhorita Sperling?"

Gwenn estava de bruços, e Madeline estava sentada na beirada da cama.

"O senhor tem de gritar com ela agora?", indagou Madeline.

"Tentarei não gritar. Mas tenho de falar com ela... Com todos vocês."

Gwenn se sentou. "Estou bem", disse. "Ouvi tudo. Papai contratou-o outra vez para... Ah, meu Deus." Ela não estava chorando, o que era uma bênção porque isso teria abatido Wolfe, mas parecia bem perturbada. "Continue", disse.

"Vocês sabem", Wolfe falou sem rodeios, "qual é a situação. Antes de mais nada, preciso de uma resposta direta a uma pergunta: algum de vocês revelou a conversa que tivemos na biblioteca, ou parte dela, a quem quer que seja?"

Todos disseram que não.

"Isso é importante. Têm certeza?"

"Connie estava...", Jimmy teve de limpar a garganta. "Connie esteve fazendo perguntas. Estava curiosa." Ele parecia aborrecido.

"O que você disse a ela?"

"Oh, só... Quase nada."

"Que diabos, o que você disse?"

"Nada, papai, de verdade. Acho que mencionei Louis... Mas nada sobre X e toda aquela historiada."

"Você deveria ter mais juízo." Sperling olhou para Wolfe. "Devo chamá-la?"

Wolfe balançou a cabeça. "De jeito nenhum. Temos de arriscar. Isso foi tudo? Nenhum de vocês falou sobre aquela conversa?"

Eles disseram que não outra vez.

"Muito bem. A polícia vai fazer perguntas. Eles vão se interessar especialmente por minha presença aqui — e a de Goodwin. Vou dizer que o senhor Sperling suspeitava que Rony, que estava cortejando sua filha, fosse comunista e que..."

"Não!", objetou Sperling. "Não vai dizer isso! Isso é..."

"Absurdo." Wolfe ficou indignado. "Se eles investigarem em Nova York, e vão fazer isso com certeza, saberão que o senhor contratou Bascom e para quê, e então? Não. Pelo menos isso temos de informar. Vou falar a eles sobre sua suspeita e contarei que o senhor me contratou para confirmá-la ou acabar com ela. O senhor estava tomando uma simples precaução muito natural e adequada. Nem bem eu tinha dado início ao serviço, enviando Goodwin para cá e pondo três homens para trabalhar, quando um ataque no meio da noite contra meus viveiros causou grande prejuízo. Achei provável que Rony e seus camaradas tivessem sido responsáveis pela agressão; temendo que eu fosse capaz de expô-lo e desacreditá-lo, tentaram me intimidar.

"Então hoje — agora ontem — vim aqui para discutir a questão com o senhor Sperling. Ele chamou a família, porque se tratava de um assunto familiar, e nos reunimos na biblioteca. Ele então ficou sabendo que o que eu queria era ressarcimento; pretendia que ele pagasse pelos danos causados a meus viveiros. O tempo todo foi dedicado a uma discussão entre Sperling e eu sobre esse ponto. Ninguém mais disse nada — pelo menos nada digno de nota. Vocês ficaram lá porque lá estavam, e não havia motivo para se levantar e sair. Isso foi tudo."

Os olhos de Wolfe perpassaram por todos eles. "Está bem?"

"Está bem", concordou Sperling.

Madeline estava muito concentrada. Tinha uma pergunta: "E por que o senhor teria ficado aqui a noite toda?".

"Boa pergunta, senhorita Sperling, mas pode deixar minha conduta por minha conta. Recusei-me a sair daqui sem o dinheiro ou pelo menos sem um sério compromisso de pagamento."

"E sobre o telefonema de Gwenn pedindo a Louis que viesse?"

Wolfe olhou para Gwenn. "O que a senhorita disse a ele?"

"Isto é horrível", sussurrou Gwenn. Ela olhava para Wolfe como se não pudesse crer que ele estava ali. Repetiu, mais alto: "Isto é horrível!".

Wolfe assentiu. "Ninguém diria o contrário. Lembra-se do que disse a ele?"

"Sim, é claro. Eu disse apenas que queria vê-lo, e ele respondeu que tinha alguns compromissos e que o primeiro trem que poderia tomar era o que sai da Grand Central às 20h20. Chega a Chappaqua às 21h23."

"Disse-lhe algo do que tinha acontecido?"

"Não, eu... Eu não pretendia fazer isso. Ia dizer apenas que tinha decidido terminar."

"Então é isso o que dirá à polícia." Wolfe voltou a Madeline. "Tem uma cabeça organizada, senhorita Sperling, e pretende que tudo seja claramente determinado. Mas isso não pode ser assim, são coisas demais. O único ponto vital, para todos vocês, é que a conversa na biblioteca girou exclusivamente em torno de nossa discussão sobre o pagamento dos prejuízos a meus viveiros. Quanto ao mais, devem ater-se estritamente aos fatos. Se tentarem algo mais, estarão perdidos. Provavelmente estarão perdidos de qualquer forma, se for levantada uma suspeita plausível de que um de vocês matou Rony deliberadamente e se um dos investigadores for de primeira linha, mas isso é improvável e por isso temos uma chance."

"Sempre menti muito mal", disse a sra. Sperling, desanimada.

"Que diabo!", disse Sperling, sem querer ofender. "Suba e vá para a cama!"

"Ótima ideia", concordou Wolfe. "Faça isso, minha senhora." Voltou-se para Sperling. "Agora, creio que o senhor..."

O presidente da Continental foi até o telefone.

10

Às onze da manhã seguinte, terça-feira, Cleveland Archer, promotor distrital do condado de Westchester, disse a James U. Sperling: "Este é um caso profundamente lamentável. Lamentabilíssimo".

É provável que não fosse Archer em pessoa, e sim um de seus assistentes, que estaria ali sentado falando daquele jeito, não fosse o tamanho de Stony Acres, o número de aposentos da casa e o volume de impostos pagos por Sperling. Era muito natural. Wolfe e eu tínhamos tido alguns contatos anteriores com Cleveland Archer, o mais recente quando fomos à casa de Pitcairn, perto de Katonah, para procurar um substituto para Theodore, quando a mãe dele adoeceu. Archer era um tanto rechonchudo, tinha um rosto redondo e vermelho e era capaz de distinguir um eleitor de um turista a quinze quilômetros, mas não era mau sujeito.

"Lamentabilíssimo", repetiu.

Nenhum dos habitantes da casa ficou acordado durante a noite inteira, nem mesmo eu, que tinha encontrado o corpo. Os policiais do estado chegaram primeiro, logo seguidos de dois outros do condado de White Plains, e, depois de algumas rodadas de perguntas, que não foram muito rudes, disseram a todos que fossem para a cama — quer dizer, todos menos eu. Fui escolhido não só porque tinha encontrado o corpo, o que era uma boa desculpa, mas porque o homem que me escolheu teria adorado fazer comigo o mesmo que eu teria adorado fazer com ele. Era o tenente Con Noonan, da polícia estadual, e ele jamais esqueceria que eu ajudara Wolfe a fazê-lo de palhaço no caso Pitcairn. Acrescente-se a isso o fato de que ele estava destinado desde o berço a uma carreira de feitor de escravos e por algum motivo nasceu no país errado, e pode-se imaginar a cara dele quando chegou e nos viu ali. Ficou amargamente desapontado quando soube que Wolfe estava na folha de pagamento de Sperling e que por isso ele teria de fingir que sabia ser cortês. Era alto, grandalhão, apaixonado pela farda e se achava bonito. Às duas da manhã, um dos rapazes do condado — que estavam realmente no comando, já que o corpo não tinha sido encontrado na via pública — me mandou para a cama.

Dormi cinco horas, levantei-me, me vesti, desci e tomei café com Sperling, Jimmy e Paul Emerson, que parecia azedo como sempre, mas dizia se sentir ótimo por uma experiência incomum. Disse que já não se lembrava da última vez que tinha dormido bem, por causa da insônia, mas que na noite anterior adormecera assim que encostara a cabeça no travesseiro, dormindo como uma pedra. Aparentemente, concluiu, ele precisava era do estímulo de um homicídio à hora de dormir, mas não via como providenciar isso todas as vezes que fosse necessário. Jimmy tentou contribuir sem muito entusiasmo com uma piada boba, Sperling não estava interessado, e eu queria acabar de comer logo para levar uma bandeja com o café para Wolfe.

Do quarto, telefonei para Fritz e soube que Andy e os demais tinham voltado a trabalhar no terraço e que tudo estava sob controle. Disse-lhe que não sabia quando voltaríamos para casa e pedi a Saul que ficasse perto do telefone, mas que saísse para tomar ar se quisesse. Achei que ele e Ruth estavam a salvo, já que com Rony morto ninguém, a não ser eu, poderia identificar nossos assaltantes. Contei a Saul também sobre o acidente fatal que tinha vitimado um amigo da família Sperling, e ele achou, como Archer, que aquilo era profundamente lamentável.

Depois que Wolfe esvaziou a bandeja, levei-a de volta para baixo e dei uma olhada ao redor. Madeline estava tomando café com torradas e morangos na varanda, com um casaco nos ombros por causa da brisa matinal. Aparentemente, homicídios não a ajudavam a dormir como faziam com Paul Emerson. Imaginei como estariam os olhos dela, se muito abertos ou meio fechados, quando sua cabeça estava ocupada demais para controlá-los, e a resposta parecia ser muito abertos, embora avermelhados e com as pálpebras pesadas.

Madeline me disse que tinham acontecido coisas enquanto eu estava lá em cima. O promotor distrital Archer e o chefe dos detetives do condado, Ben Dykes, tinham chegado e estavam na biblioteca com Sperling. Um assistente do promotor distrital estava conversando com Gwenn no quarto dela. A sra. Sperling estava de cama com uma terrível dor de cabeça. Jimmy tinha ido à garagem pegar o carro para ir a Mount Kisco, a fim de tratar de um assunto pessoal, mas lhe disseram que não podia fazer isso porque a perícia dos cinco veículos dos Sperling não terminara. Paul e Connie Emerson concluíram que os hóspedes poderiam ser uma amolação naquelas circunstâncias e decidiram ir embora, mas Ben Dikes os aconselhou incisivamente a ficar. De qualquer modo, o carro deles, como todos os demais que havia na garagem, não estava disponível. O repórter de um jornal de Nova York conseguira chegar até o gramado da casa, depois de escalar uma cerca e se esgueirar por entre as árvores, mas fora enxotado por um policial estadual.

Parecia que a coisa não seria um rápido oi e até logo, apesar do tamanho da casa e do parque, com todas as belas árvores e arbustos e as três mil roseiras. Deixei Madeline na varanda com sua terceira xícara de café e caminhei até a pracinha atrás dos arbustos onde eu tinha deixado o carro. Ele ainda estava lá, e estavam lá também dois peritos se familiarizando com ele. Observei-os durante um tempo, sem receber nem um olhar sequer, então fui embora. Perambulando por lá, me pareceu que faltava alguma coisa. Como teriam chegado ali todos os homens da lei, a pé ou a cavalo? Isso precisava ser investigado. Dei a volta na casa e enveredei pelo caminho de acesso. Ao sol refulgente da manhã de junho, a paisagem certamente não era a mesma da noite anterior, quando saí para caminhar com Madeline. O caminho de acesso era perfeitamente liso, enquanto que na noite anterior parecia ter calombos onde quer que meu pé pisasse.

Quando me aproximei da ponte sobre o riacho, tive resposta para minha pergunta. A quinze passos dali, na mesma margem do riacho em que eu me encontrava, havia um carro estacionado no meio do caminho de acesso. Outro estava parado na ponte. Mais peritos trabalhavam no caminho, concentrados na lateral, no espaço entre os dois carros. Portanto, deviam ter achado alguma coisa ali, na noite passada, que pretendiam preservar para inspeção diurna, e nenhum carro tinha sido autorizado a passar, nem mesmo o do promotor distrital. Achei perfeitamente compreensível. Sempre querendo aprender alguma coisa, aproximei-me e observei as operações com profundo interesse. Uma pessoa que presumi não ser perito, mas um executivo, já que estava apenas olhando, perguntou: "Está investigando?".

"Não, senhor", respondi. "Senti cheiro de sangue, e meu avô era canibal."

"Ah, um engraçadinho. Não precisamos de você. Se manda!"

Pouco disposto a discutir, continuei ali, olhando. Daí a cerca de dez minutos, não menos que isso, ele repetiu: "Eu disse para se mandar".

"Sim, eu sei. Não pensei que estivesse falando sério, porque tenho um amigo que é advogado e isso teria sido uma bobagem." Joguei a cabeça para trás e funguei duas vezes. "Sangue de galinha. De um galo White Wyandotte encatarrado. Sou detetive."

Tive vontade de dar uma olhada no lugar onde encontrara Rony, que parecia muito mais perto do caminho de acesso do que na noite anterior, mas decidi que isso daria início a uma briga de verdade, e eu não queria fazer inimigos. O executivo estava olhando para mim. Sorri para ele, como se fosse um amigo, e peguei o caminho de volta.

Quando subia os três degraus para a ampla varanda da frente, um funcionário da estadual veio em minha direção.

"Seu nome é Goodwin?"

Assenti.

Ele inclinou a cabeça para um lado. "Estão chamando lá dentro."

Entrei e atravessei o vestíbulo em direção à sala de visitas. Madeline, que estava passando, me viu e parou.

"Seu chefe precisa de você."

"O verme. Onde, lá em cima?"

"Não, na biblioteca. Mandaram buscá-lo e querem ver você também."

Fui para a biblioteca.

Wolfe não estava na melhor cadeira dessa vez, provavelmente porque quando chegou ela já tinha sido ocupada por Cleveland Archer. Porém no braço da cadeira que ele conseguiu havia uma mesinha, e sobre ela uma bandeja com um copo e duas garrafas de cerveja. Sperling estava de pé, mas depois que puxei uma cadeira e me juntei ao grupo ele se sentou também. Archer, que tinha diante de si uma mesa com alguns documentos, era bastante atilado para lembrar que me conhecia, pois é claro que sempre haveria uma chance de eu comprar um lote em Westchester e estabelecer meu domicílio eleitoral na região.

Wolfe disse que Archer queria me fazer umas perguntas.

Archer, que não estava agressivo em absoluto, concordou com a cabeça. "Realmente, tenho de me assegurar da exatidão do relato. Domingo à noite, o senhor e Rony foram assaltados na Hotchkiss Road."

Não parecia uma pergunta, mas eu estava ansioso para colaborar e disse que estava certo.

"Veja o senhor que coincidência", explicou Archer. "No domingo à noite ele leva uma pancada e é roubado e na segunda-feira à noite é atropelado e morto. Uma espécie de epidemia de violência. Isso me leva a questionar se não haveria alguma ligação."

"Se é a mim que pergunta, nenhuma, que eu saiba."

"Talvez não. Mas há circunstâncias... eu não diria suspeitas, mas peculiares. O senhor deu nome e endereço falsos quando prestou queixa no posto da polícia estadual."

"Disse que me chamava Goodwin."

"Uma bobagem", resmungou Wolfe, servindo-se de cerveja.

"Suponho que o senhor saiba", disse eu a Archer, "que eu estava aqui a mando de Wolfe, que é meu chefe, e que o senhor Sperling e eu combinamos o nome e a profissão com que eu me apresentaria à família e aos convidados dele. Rony estava presente quando dei queixa no posto, e achei que não deveria confundi-lo com uma troca de nomes quando ele ainda estava atordoado."

"Atordoado?"

"Como o senhor disse, ele acabara de ser agredido. Suas ideias não estavam claras."

Archer assentiu. "Mesmo assim, dar nome e endereço falsos à polícia deve ser evitado sempre que possível. Vocês foram assaltados por um homem e uma mulher."

"É verdade."

"O senhor deu o número da placa do carro deles, mas era falsa."

"Não me surpreende."

"Não. Nem a mim. O senhor reconheceria o homem ou a mulher?"

Balancei a cabeça. "O senhor não estaria perdendo seu tempo, senhor Archer?" Indiquei os papéis sobre a mesa. "Tudo isso deve estar aí."

"Está, com certeza. Mas agora, já que o homem que estava com o senhor foi morto, isso pode ter avivado sua memória. O senhor é detetive, andou por todo lado e viu muita gente. Lembra-se de ter visto aquele homem ou aquela mulher antes?"

"Não, senhor. Apesar de tudo, é isso mesmo... Não, senhor."

"Por que Rony e o senhor se negaram a entregar as carteiras à polícia para tomar impressões digitais?"

"Porque era tarde e queríamos ir para casa, e de qualquer forma me pareceu que era apenas um procedimento de rotina que não tinha importância de verdade."

Archer olhou para um dos papéis. "Tiraram trezentos dólares de Rony e cerca de duzentos seus. Está certo?"

"Foi o que Rony declarou. No meu caso, está certo."

"Ele estava usando joias de valor — prendedor de gravata, abotoaduras e um anel. Nada disso foi levado. Havia bagagem no carro, inclusive duas câmeras de alto valor. Nada foi tocado. Não lhe parece estranho?"

Ergui a mão. "Ouça, senhor Archer. O senhor sabe muito bem que eles têm seus princípios. Alguns levam tudo o que estiver dando sopa, inclusive cintos e suspensórios. Por acaso, aqueles garotos preferiram dinheiro vivo, levaram cerca de quinhentos dólares. A única coisa que me causou forte impressão foi algo na minha cabeça."

"Não deixou marcas."

"Em Rony também não. Suponho que eles tivessem prática."

"O senhor foi ao médico?"

"Não, senhor. Eu não sabia que Westchester exigia atestado médico em caso de agressão. Deve ser um condado muito avançado. Vou me lembrar disso da próxima vez."

"Não precisa ser sarcástico, Goodwin."

"Não, senhor." Sorri para ele. "O senhor também não devia ser *tão* solidário com um rapaz que levou um golpe na cabeça numa via pública de sua jurisdição. Obrigado, mesmo assim."

"Tudo bem." Ele abanou a mão, dando o assunto por encerrado. "Por que o senhor se sentiu tão mal que não conseguiu comer nada no domingo inteiro?"

Reconheço que aquilo me surpreendeu. Wolfe tinha mencionado a possibilidade de haver homens de primeira linha entre os investigadores, e, embora essa pergunta repentina não fosse prova de genialidade, certamente mostrava que alguém tinha sido bom e eficiente.

"Os rapazes andaram trabalhando bem", respondi, com admiração. "Não sei se algum dos empregados aqui da casa quis armar para cima de mim — talvez tenham recorrido a métodos de pressão. Ou será que algum dos hóspedes me denunciou?" Inclinei-me para a frente e disse em voz baixa: "Tomei nove drinques e todos eles estavam batizados".

"Sem palhaçadas", resmungou Wolfe, pondo na mesa o copo vazio.

"E o que faço?", perguntei. "Digo a ele que deve ter sido alguma coisa que comi, com meu anfitrião sentado aqui?"

"O senhor não tomou nove drinques", disse Archer. "Tomou dois ou três."

"Está bem", capitulei. "Então deve ter sido o ar do campo. Tudo o que sei é que tive dor de cabeça e meu estômago me proibiu de pôr qualquer coisa para dentro. Agora pergunte se fui ao médico. Devo lhe dizer, senhor Archer, que acho que posso ficar irritado, e se isso acontecer vou começar a fazer gracinhas, e o senhor é quem vai se irritar. De que nos serviria isso?"

O promotor riu. Seu riso era bem diferente do de Sperling, mais próximo de um gritinho que de um rugido, mas lhe caía muito bem. Ninguém o acompanhou, e depois de um momento ele olhou em volta com ar de quem pede desculpas e disse a James U. Sperling:

"Espero que não pense que não estou levando isto a sério. É um caso profundamente lamentável. Lamentabilíssimo."

"Com certeza", concordou Sperling.

Archer assentiu, contraindo os lábios. "Profundamente lamentável. Não há razão para que eu não seja totalmente franco com o senhor — e na presença de Wolfe, que o senhor contratou para cuidar de seus interesses. Não é costume da repartição que represento causar problemas a pessoas de sua posição. Isso não passa de uma questão de bom senso. Consideramos sua sugestão, segundo a qual Rony teria sido morto em outro lugar, num acidente rodoviário, e o corpo trazido até aqui e escondido em sua propriedade, mas não podemos... Quer dizer, não é possível que o sinistro tenha acontecido assim. Ele desceu do trem em Chappaqua às 21h23, o taxista o trouxe até a entrada de sua propriedade e o viu começar a percorrer o caminho até a casa. Como se não bastasse, há indícios claros de que ele foi morto, atropelado por um carro, nesse caminho, num ponto situado a aproximadamente dez metros da ponte que cruza o riacho, do lado de cá. Esses indícios ainda estão sendo colhidos, mas já são em número suficiente para não deixar margem a dúvidas. Quer que mande buscar um homem que possa lhe dar detalhes?"

"Não", disse Sperling.

"Sinta-se à vontade para isso a qualquer momento. Os indícios mostram que o carro seguia na direção leste, afastando-se da casa, em direção à entrada da propriedade, mas isso não é definitivo. A perícia dos carros ainda não foi concluída. É possível que tenha sido algum outro veículo — qualquer veículo — que tivesse vindo da rodovia, mas o senhor há de convir que essa teoria é a menos plausível. Ela parece improvável, mas não a rejeitamos e, francamente, não vemos por que rejeitá-la a menos que sejamos obrigados a isso."

Archer contraiu os lábios de novo, evidentemente estudando as palavras que estava a ponto de dizer, e decidiu deixá-las vir. "A repartição que represento não pode se permitir tratar de modo atabalhoado uma morte tão repentina e violenta, mesmo que quisesse. Neste caso, temos de responder não só à nossa própria consciência, e ao povo deste condado, do qual somos servidores, mas também — se posso assim me expressar — a outros interesses. Já recebemos pedidos de esclarecimento por parte das autoridades de Nova York, além de uma oferta de cooperação. Essas autoridades têm as melhores intenções, e somos os primeiros a reconhecer isso, mas menciono o fato apenas para mostrar que o interesse pela morte de Rony não se restringe à minha jurisdição, o que, naturalmente, aumenta minha responsabilidade. Espero que tenha me feito entender."

"Perfeitamente", assentiu Sperling.

"Nesse caso, o senhor há de compreender que nada pode ser examinado de modo superficial. Não que em outros casos deva ou possa ser. De qualquer maneira, não pode. Como o senhor sabe, interrogamos cada pessoa com bastante rigor — inclusive todos os empregados da casa — e não temos sequer a mais remota pista sobre o que aconteceu. Ninguém sabe rigorosamente nada sobre isso, com a única exceção de sua filha mais nova, que admite — eu deveria dizer que ela afirma — que pediu a Rony que viesse até aqui naquele trem e se encontrasse com ela em certo ponto desta propriedade. Ninguém..."

Wolfe resmungou. "A senhorita Sperling não pediu a ele que viesse naquele trem. Pediu-lhe que viesse. Foi a conveniência dele que determinou o trem."

"Erro meu", admitiu Archer. "Seja como for, foi o pedido dela que o trouxe até aqui. Ele veio naquele trem. Estava no horário. Pegou o táxi sem delongas, e a corrida da estação até a entrada da propriedade é de seis ou sete minutos; portanto ele chegou aqui às nove e meia, talvez um minuto ou pouco mais depois disso. Pode ter ido direto ao lugar do encontro, ou pode ter demorado no caminho. Não sabemos."

Archer folheou os papéis que tinha diante de si, examinou um deles e se endireitou de novo. "Se ele demorou um pouco, sua filha devia estar no lugar do encontro no momento em que ele foi morto. Ela pretendia chegar às nove e meia, mas demorou-se numa conversa com a irmã e estava um pouco atrasada... Ela acha que dez minutos, talvez quinze. Sua irmã, que a viu sair de casa, confirma. Se Rony se demorou..."

"Isso já não foi suficientemente detalhado?", interveio Sperling.

Archer assentiu. "Essas coisas normalmente são assim. Se Rony se demorou no caminho de acesso, e se sua filha estava no lugar do encontro, como foi que não ouviu o carro que o matou? Ela disse não ter ouvido nenhum carro. Isso foi exaustivamente averiguado. Há um leve declive no caminho em direção à entrada. No lugar do encontro, à frente daqueles arbustos, o ruído de um carro descendo é extremamente fraco. Mesmo se o carro estiver subindo é difícil ouvi-lo, e na noite passada soprava um vento noroeste. Então Rony pode ter sido morto enquanto sua filha esperava por ele, e ela pode não ter ouvido nada."

"Então, por que diabos tanta falação sobre isso?"

Archer era paciente. "Porque isso é tudo o que temos para falar. Com exceção das afirmações de sua filha, ninguém mais deu nenhuma contribuição. Ninguém viu nem ouviu nada. A contribuição de Goodwin é totalmente negativa. Ele saiu daqui às dez para as dez..." Archer olhou para mim. "Devo entender que essa foi a hora exata?"

"Sim, senhor. Quando entro no carro tenho o hábito

de comparar o relógio do painel com meu relógio de pulso. Eram 21h50."

Archer voltou a Sperling. "Ele saiu para Chappaqua para dar um telefonema às dez para as dez, e não viu nada no caminho de acesso. Voltou trinta ou trinta e cinco minutos depois e tampouco notou nada, de modo que sua contribuição é totalmente negativa. Aliás, sua filha também não ouviu o carro dele, ou não se lembra de ter ouvido."

Sperling estava de cara amarrada. "Eu ainda gostaria de saber por que toda essa concentração em minha filha."

"Eu não estou me concentrando nela", objetou Archer. "Mas as circunstâncias, sim."

"Quais circunstâncias?"

"Ela era amiga próxima de Rony. Diz que não estava comprometida a se casar com ele, mas ela... Bem, ela o via bastante. Sua ligação com ele deu motivo a... Bem, muita discussão familiar. Foi isso que levou o senhor a contratar os serviços de Nero Wolfe, e ele não se ocupa de trivialidades. Foi o que o trouxe aqui ontem, e seu..."

"Não foi isso. Ele queria que eu pagasse pelo prejuízo causado a seus viveiros de plantas."

"Mas por achar que a destruição tinha relação com o serviço para o qual o senhor o contratou. Sua aversão por sair de casa para o que quer que seja é bem conhecida. Houve uma longa conferência de família..."

"Não foi uma conferência. Foi ele que falou o tempo todo. Insistiu em que eu devia pagar pelo prejuízo."

Archer assentiu. "Todos vocês estão de acordo a esse respeito. Por falar nisso, como ficou? O senhor vai pagar?"

"Isso importa?", perguntou Wolfe.

"Talvez não", admitiu Archer. "É que como o senhor se comprometeu a investigar esse outro assunto... Retiro a pergunta, se for impertinente."

"Não há necessidade", declarou Sperling. "Vou pagar pelo prejuízo, mas não porque seja obrigado a isso. Não há prova de que teve relação comigo ou com meus assuntos."

"Então não tenho mesmo nada a ver com isso", admitiu Archer mais uma vez. "Mas persiste o fato de que alguma coisa aconteceu ontem para que sua filha tenha decidido chamar Rony e lhe dizer que estava rompendo com ele. Ela declarou que foi simplesmente porque o transtorno que a amizade deles estava causando acabou sendo demais para ela, e por isso decidiu terminar. Pode muito bem ser assim. Nem posso dizer que duvido disso. Mas é extremamente deplorável, *deplorabilíssimo*, que ela tenha tomado a decisão exatamente no dia em que Rony viria a sofrer morte violenta, em circunstâncias que ninguém sabe explicar e pela qual ninguém pode ser responsabilizado."

Archer inclinou-se para a frente e falou com sinceridade: "Ouça, senhor Sperling. O senhor sabe muito bem que não é minha intenção causar-lhe problemas. Mas tenho um dever e uma responsabilidade e, além do mais, não trabalho sozinho. Longe disso! Não saberia dizer quantas pessoas têm conhecimento da ligação entre sua filha e Rony, mas certamente algumas estão a par disso. Há três hóspedes na casa neste instante, e um deles é um conhecido radialista. Não importa o que eu faça ou deixe de fazer, as pessoas vão pensar que aquela ligação e a morte de Rony estão relacionadas, e, por conseguinte, se eu tentasse fazer vista grossa, seria expulso do condado. Tenho de ir até o fim com relação a esse homicídio, e irei. Tenho de descobrir quem matou Rony e por quê. Se foi um acidente, ninguém ficaria mais feliz que eu, mas tenho de saber quem foi o responsável. Vai ser desagradável..." Archer parou porque a porta tinha sido aberta. Nos voltamos para ver quem era o invasor. Era Ben Dykes, o chefe dos detetives do condado, e atrás dele vinha o espécime que tinha nascido no país errado, o tenente Con Noonan, da polícia estadual. Não gostei da cara de Noonan, mas nunca gosto mesmo.

"O que foi, Ben?", perguntou Archer, impaciente. Sem dúvida estava irritado por ter sido interrompido no meio de seu belo discurso.

"Algo que o senhor deve saber", disse Dykes, aproximando-se.

"O que é?"

"Talvez fosse melhor contar-lhe em particular."

"Por quê? Não temos nada a esconder do senhor Sperling, e Wolfe está trabalhando para ele. O que é?"

Dykes deu de ombros. "Acabaram a perícia dos carros e descobriram qual foi o que o matou. Foi o último a ser periciado, o único que estava do lado de fora, nos fundos. O carro de Nero Wolfe."

"Não há dúvida quanto a isso!", berrou Noonan, exultante.

11

Experimentei sentimentos desencontrados. Estava surpreso, até mesmo estupefato, é verdade. Mas também é certo que a surpresa foi anulada por seu oposto, que era o fato de eu estar esperando por aquilo o tempo todo. Dizem que a consciência é o décimo superior da mente, e que tudo o mais está debaixo dela. Não sei como chegaram a essas proporções, mas se são corretas acho que nove décimos de mim estavam à espera e irromperam na camada superior quando Ben Dykes transformou isso em palavras.

Wolfe lançou-me um olhar. Ergui as sobrancelhas e balancei a cabeça. Ele assentiu e ergueu o copo para tomar o resto da cerveja.

"Isso muda as coisas", disse Sperling, nem um pouco triste. "Parece que isso resolve."

"Veja, senhor Archer", ofereceu o tenente Noonan, "agora é apenas atropelamento com fuga, e o senhor é um homem ocupado, assim como Dykes. Esse Goodwin pensa que é o tal. Por que não me deixa levá-lo ao quartel da polícia?"

Archer ignorou-o e perguntou a Dykes: "A informação é segura? É possível provar?".

"Plenamente", declarou Dykes. "Tudo isso vai ter de ir ao laboratório, mas há sangue na parte de baixo do para-choque, um botão e um pedaço do paletó dele entre o eixo e uma mola, além de outras coisas. Bastante segura."

Archer olhou para mim. "Goodwin?"

Sorri para ele. "Eu não poderia me expressar melhor do que o senhor fez, senhor Archer. Minha contribuição é inteiramente negativa. Se aquele carro matou Rony, eu estava em outro lugar no momento. Gostaria de poder ajudar, mas isso é o máximo que posso fazer".

"Vou levá-lo ao quartel", prontificou-se Noonan outra vez.

Outra vez foi ignorado. Archer voltou-se para Wolfe. "O senhor é o dono do carro, não é? Tem algo a dizer?"

"Só que não sei dirigir, e que se Goodwin for levado a um quartel da polícia, como sugere esse impertinente, eu irei com ele."

O promotor distrital virou-se para mim. "Por que não esclarece tudo? Poderíamos encerrar em dez minutos e ir embora."

"Desculpe", eu disse, gentilmente. "Se eu tentar simular algo às pressas, estragaria tudo, e o senhor me pegaria mentindo."

"Não quer nos dizer como aconteceu?"

"Não é que não queira. Eu não posso."

Archer ficou de pé e falou com Sperling. "Haveria outro aposento para onde eu possa levá-lo? Tenho de estar no tribunal às duas horas e gostaria de acabar com isto, se possível."

"Podem ficar aqui", disse Sperling, levantando-se da cadeira, ansioso para cooperar. Olhou para Wolfe. "Vejo que terminou sua cerveja. Queira vir comigo..."

Wolfe pôs as mãos nos braços da cadeira, levantou-se, deu três passos e encarou Archer. "Como o senhor disse, sou o dono do carro. Se Goodwin for tirado daqui sem que me notifiquem, e sem uma ordem de prisão, este caso se tornará ainda mais lamentável do que já é. Não o critico por querer falar com ele. O senhor não o conhece tão bem quanto eu. Mas tenho a obrigação de lhe dizer que está perdendo seu valioso tempo."

Caminhou até a porta, com Sperling atrás dele, e saiu. Dykes perguntou: "Precisa de mim?".

"Posso precisar", disse Archer. "Sente-se."

Dykes foi até a cadeira da qual Wolfe tinha se levantado, sentou-se, pegou lápis e papel, examinou a ponta do lápis e recostou-se. Enquanto isso, Noonan foi até a cadeira que tinha sido usada por Sperling e largou-se nela. Não tinha sido convidado nem perguntou se iam precisar dele. Com certeza fiquei contente, porque se ele tivesse agido de outro modo eu teria de me dar ao trabalho de mudar minha opinião sobre ele.

Archer, com os lábios contraídos, estava me dando uma boa olhada. Ele falou: "Não o entendo, Goodwin. Não sei como não vê que sua posição é insustentável".

"É simples", eu disse. "Pela mesma razão que o senhor não vê."

"Que sua posição é insustentável? Mas eu vejo."

"Vê coisa nenhuma. Se visse, iria embora agora mesmo, deixando-me entregue a Ben Dykes ou a um de seus assistentes. O senhor tem um dia cheio diante de si, mas ainda está aqui. Posso fazer uma declaração?"

"Certamente. É tudo o que eu quero que faça."

"Muito bem." Cruzei as mãos na nuca. "Não há necessidade de repassarmos o que fiz e quando. Já relatei isso três vezes, e está tudo registrado. Mas com essa novidade, de que foi o carro de Wolfe que matou Rony, o senhor não precisa mais se preocupar com o que cada um estava fazendo, inclusive eu, às oito horas, às nove ou às dez. O senhor sabe exatamente quando ele foi morto. Não pode ter sido antes das 21h30, porque a essa hora ele desceu do táxi na entrada. Não pode ter sido depois das 21h50, porque foi quando peguei o carro para ir a Chappaqua. Na verdade, o intervalo é ainda mais breve, digamos que entre 21h32 e 21h45. Apenas catorze minutos. Nesse intervalo, eu estava no quarto com Wolfe. Onde estavam os outros? Porque agora, é claro, está tudo em família, já que nosso carro foi usado. Alguém que estava aqui fez isso, e foi durante aqueles catorze minutos. O senhor vai querer saber onde estava a chave do carro. Na ignição. Não guardo a chave quando estaciono em propriedade particular de amigo ou cliente. Mas guardei-a ao voltar de Chappaqua, já que o carro ficaria ali a noite inteira. Eu não sabia quanto tempo Sperling levaria para decidir soltar quarenta mil dólares. O senhor também vai querer saber se o motor estava quente quando eu dei a partida. Não sei. Ele pega à maravilha, esteja quente ou frio. Além disso, estamos em junho. Como se não bastasse, se tudo o que ele fez foi descer o caminho de acesso e matar Rony, dar a volta na entrada e regressar — e não houve tempo para muito mais do que isso —, não esquentaria tanto que desse para notar."

Pensei por um instante. "Essa é a questão."

"Engula esse seu cronograma", disse Noonan com o tom de voz normal, que espantaria qualquer um. "Tente de novo, meu chapa. Ele não foi morto naqueles quinze minutos. Foi morto às 21h52, quando você desceu o caminho de acesso para ir a Chappaqua. Corrija sua declaração."

Virei a cabeça para encontrar os olhos dele. "Oh, você por aqui?"

Archer disse a Dykes: "Faça-lhe algumas perguntas, Ben".

Eu conhecia Ben Dykes superficialmente havia um bom tempo, e até onde sabia ele não era nem amigo nem inimigo. A maioria dos agentes da lei dos distritos de subúrbio, fardados ou não, tem complexo de inferioridade em relação a detetives de Nova York, particulares ou não, mas Dykes era uma exceção. Tinha sido detetive em Westchester por mais de vinte anos e só se preocupava em fazer bem seu trabalho para manter o emprego, evitando encrencas e sendo tão honesto quanto possível.

Ele me interrogou, com poucas intervenções de Archer, durante mais de uma hora. No meio da sessão, um colega nos trouxe sanduíches e café, e prosseguimos enquanto comíamos. Dykes fez o que pôde, e era bastante experiente nisso, mas mesmo que estivesse entre os melhores — e não estava —, ele só tinha um caminho para me alcançar, e por ali acabava sempre batendo de frente comigo. Ele estava preso a um simples fato concreto: o de que, descendo o caminho de acesso em direção a Chappaqua, eu matara Rony, e eu contrapunha com o simples fato concreto de que não tinha feito isso. Não restava muito espaço para um questionamento criativo, e a única coisa que o prolongou para mais de uma hora foi o empenho deles em levar o assunto o mais rápido possível para longe de Stony Acres.

Archer olhou para o relógio de pulso pela décima vez. No meu, pude ver que era uma e vinte.

"A única coisa a fazer", ele disse, "é conseguir uma ordem de prisão. Ben, você poderia telefonar... Não, um dos homens pode descer comigo e trazê-la de volta para cá."

"Eu vou", ofereceu-se Noonan.

"Já temos muitos homens", disse Dykes incisivamente, "considerando que me parece que terminamos por aqui."

Archer tinha se levantado. "Você não nos deixa alternativa, Goodwin", disse-me. "Se tentar sair do condado antes que chegue a ordem de prisão, será detido."

"Peguei a chave do carro dele", disse Dykes.

"Isso é totalmente dispensável!", reclamou Archer, exasperado. Sentou-se outra vez e inclinou-se em minha direção. "Pelo amor de Deus, será que não fui claro o suficiente? Não há possibilidade de acusação por crime grave, e muito pouca de qualquer tipo de acusação. Era de noite. Você só o viu quando estava em cima dele. Quando desceu e chegou perto, viu que estava morto. Você ficou perturbado e tinha uma ligação confidencial urgente a fazer. Não quis deixar o corpo ali, no meio do caminho, então arrastou-o pela grama até um arbusto. Foi a Chappaqua, fez a ligação e voltou. Entrou na casa, pretendendo telefonar para avisar sobre o acidente e encontrou a senhorita Sperling, que estava preocupada com a ausência da irmã. Saiu com ela para procurar a irmã e encontrou-a. É claro que você não quis contar a ela, assim intempestivamente, sobre a morte de Rony. Em poucos minutos você foi até a casa e contou a Wolfe o sucedido, ele contou a Sperling, e Sperling chamou a polícia. Compreensivelmente, você relutou em admitir que foi seu carro que o matou, e não conseguiu fazer isso até que o curso da investigação lhe mostrou que era inevitável. Então, para mim, a mais alta autoridade judiciária do condado, você relatou os fatos. Todos eles."

Archer inclinou-se mais um pouquinho para a frente. "Se esses fatos forem relatados numa declaração assinada por você, o que vai acontecer? Você não pode sequer ser acusado de ter deixado o local do acidente, porque não o fez... Está aqui e daqui não saiu. Sou o promotor do distrito. Caberá a mim decidir se alguma acusação será feita contra você, e que tipo de acusação. O que acha que vou decidir? Considerando todas as circunstâncias, que você conhece tão bem quanto eu, o que decidiria qualquer homem de bom senso? Quem você feriu, a não ser um homem, por um acidente inevitável?"

Archer voltou-se para a mesa, encontrou um bloco, tirou uma caneta do bolso e ofereceu-os a mim. "Aqui está. Escreva, assine e vamos acabar com isso. Você não vai se arrepender, Goodwin, tem minha palavra."

Sorri para ele. "Agora sou *eu* quem sente muito, senhor Archer, sinceramente."

"Não sinta! Escreva, assine e pronto."

Balancei a cabeça. "Imagino que o senhor vai pedir uma ordem de prisão, mas seria melhor que contasse até dez. Dou graças a Deus pelo fato de o senhor não ser vendedor de aspirador de pó, senão eu teria comprado um. Mas não vou atender a seu interesse assinando uma declaração como essa. Se tudo o que tivesse de conter fosse o que o senhor disse — atropelá-lo, arrastá-lo para fora da estrada, ir fazer a ligação telefônica, voltar e ajudar a senhorita Sperling a caçar a irmã, notificar os tiras sem mencionar o fato de que fui eu quem o atropelou —, se isso fosse todo o necessário, eu poderia talvez fazer-lhe esse favor, apesar de não corresponder à verdade, só para evitar problemas de todo tipo. Mas um detalhe que o senhor não incluiu é demais para mim."

"O que é? De que está falando?"

"Do carro. Sou um detetive. É de supor que eu saiba algumas coisas. Certamente é de supor que eu saiba que, se atropelo um homem e o esmago da maneira como Rony foi esmagado, o carro teria tantos indícios que até um escoteiro de olhos vendados conseguiria encontrá-los com um pé nas costas. No entanto, eu trouxe o carro de volta para cá, estacionei e banquei o inocente toda a noite e toda a manhã, de modo que Ben Dykes pudesse nos procurar, triunfante, ao meio-dia, e anunciar: 'Opa, foi o carro de Nero Wolfe!'. Nessa eu não caio. Ririam de mim, às gargalhadas, de uma ponta a outra de Manhattan. Eu nunca me perdoaria. E por falar em ordem de prisão, duvido também que algum juiz ou júri engula isso."

"Poderíamos apresentar de modo que..."

"O senhor não poderia apresentar os fatos a não ser como são. E vou lhe dizer mais uma coisa. Não creio que Ben Dykes tenha engolido a ideia e duvido muito que o senhor a tenha engolido. Ben pode não gostar muito de mim, não sei, mas sabe muito bem que não sou um pateta. Ele me interrogou o melhor que pôde porque o senhor mandou, e o senhor é o chefe. Quanto ao senhor, não posso dizer nada, a não ser que não o culpo nem um pouco por não querer abrir fogo contra gente como os Sperling. Se não for por outra coisa, porque eles só contratam os melhores advogados. No que se refere a essa vaca fardada chamada Noonan, pode ser que o senhor seja membro da igreja, então é melhor eu manter a compostura."

117

"Veja como ele é, senhor", disse Noonan tentando se controlar. "Eu disse que ele se acha o tal e mais alguma coisa. Se tivesse me deixado levá-lo ao quartel..."

"Cale a boca!", guinchou Archer.

Não sei se aquilo poderia ser chamado de guincho, mas era quase isso. Estava atormentado, e eu sentia pena dele. Além de tudo, ia chegar atrasado ao tribunal, o que percebeu ao dar outra olhada para o relógio. Deixou-me de lado e falou com Dykes.

"Tenho de ir, Ben. Cuide destes papéis. Se alguém, qualquer pessoa, quiser ir embora, você não poderá retê-la, do jeito que as coisas estão, mas peça a todos que não saiam desta jurisdição."

"E quanto a Wolfe e Goodwin?"

"Eu disse qualquer pessoa. Não podemos retê-los sem uma ordem de prisão, e isso vai ter de esperar. Mas o carro fica onde está. Imobilize-o e o mantenha vigiado. Você procurou impressões digitais?"

"Não, senhor, achei que..."

"Então faça isso. Cuidadosamente. Mantenha um homem junto ao carro, outro na entrada, e fique aqui. Você podia tentar mais uma vez com os criados, especialmente com o ajudante de jardinagem. Diga ao senhor Sperling que estarei de volta entre cinco e seis da tarde, depende do quanto demore no tribunal. Diga-lhe que eu agradeceria se todos eles não se importassem de ficar aqui."

Ele saiu sem sequer olhar para mim, o que achei descabido.

Dirigi um sorriso a Ben Dykes, saí do aposento com calma e insolência e fui procurar Wolfe para me gabar um pouco. Encontrei-o na estufa, examinando umas bancadas de concreto com irrigação automática.

12

Horas depois, Wolfe e eu estávamos no quarto. Ele achou que a maior cadeira de lá, embora servisse para dar uma rápida esticada, não era boa para um longo descanso, e por isso estava na cama com seu livro, deitado de costas, apesar de detestar ler deitado. Sua camisa amarelo-clara ainda estava clara, mas terrivelmente amarrotada, pior do que ficava em nossa casa, já que ele a trocava todos os dias; e suas meias amarelas mostravam o princípio de uns buracos nos dedões, o que não era de estranhar, considerando que também não tinham sido trocadas e estavam suportando pelo segundo dia o peso de mais de um oitavo de tonelada.

Finalmente encontrei tempo para as revistas que tinha levado para cima na noite anterior. Ouvi uma batida na porta e mandei entrar.

Era o presidente da Continental. Ele fechou a porta e se aproximou. Eu disse oi. Wolfe baixou o livro até a barriga, mas continuou deitado.

"O senhor parece estar à vontade", disse Sperling, como bom anfitrião.

Wolfe grunhiu. Eu disse alguma coisa gentil.

Sperling mudou a posição de uma cadeira e sentou-se.

"Com que então, livrou-se dessa confusão, hem?", disse.

"Duvido que eu mereça o crédito por isso", respondi, modesto. "A foto estava fora de foco, isso é tudo. Teria exigido muitos retoques, e tudo o que fiz foi indicar isso."

Ele aquiesceu. "Creio ter ouvido de Dykes que o promotor distrital lhe ofereceu garantia de imunidade se você assinasse uma declaração."

"Não exatamente. Ele não deu garantia escrita. Não que eu ache que ele viesse a me passar a perna, mas prefiro a garantia que já tenho. Como ouvi um sujeito dizer uma vez, a virtude nunca anda sozinha."

"De onde você tirou isso?", indagou Wolfe, com a cabeça nos travesseiros. "Isso é Confúcio."

Dei de ombros. "Acho que foi dele que ouvi isso."

Nosso anfitrião desistiu de mim e voltou-se para Wolfe. "O promotor distrital estará de volta entre cinco e seis horas. Ele deixou recado dizendo que gostaria que estivéssemos todos aqui. O que significa isso?"

"Tudo indica", disse Wolfe, secamente, "que isso significa que ele se sente obrigado a aborrecê-lo um pouco mais, muito embora preferisse não fazê-lo. Aliás, eu não subestimaria Archer. Não permita que os defeitos da personalidade dele o iludam."

"Não me iludo. Mas que indício ele tem de que foi algo mais que um acidente?"

"Não sei, além do que ele lhe disse. Possivelmente nenhum. Mas mesmo que ele aceite que foi um acidente, precisa saber quem estava dirigindo o carro. Ser um homem de sua posição, senhor Sperling, um homem de posses e de destaque, traz muitas vantagens e privilégios, mas também inconvenientes. Archer sabe que não pode permitir rumores de que fechou os olhos nesse caso pelo fato de o senhor ser quem é. Coitado."

"Compreendo." Sperling estava se controlando admiravelmente, considerando que tinha declarado ante testemunhas que pagaria pelo prejuízo nos viveiros. "Mas, e o senhor? O senhor passou três horas desta tarde interrogando minha família, hóspedes e empregados. O senhor não tem intenção de se candidatar, não?"

"Céus, não." Pelo tom de voz de Wolfe, alguém poderia achar que tinham perguntado se ele pretendia se dedicar ao basquete. "Mas o senhor me contratou para investigar a morte de Rony. Eu estava tentando fazer jus a meus honorários. Reconheço que não parece muito até agora, mas tive uma noite de domingo difícil e estou esperando descobrir que linha de investigação Archer vai tomar. Que horas são, Archie?"

"Quatro e quinze."

"Então ele estará aqui em uma hora ou pouco mais."

Sperling ficou de pé. "As coisas estão se acumulando em meu escritório", disse, num tom neutro, e saiu do quarto com passo firme.

"Uma coroa não ficaria mal nele", observei.

"Nem lhe desagradaria", concordou Wolfe, voltando ao livro.

Depois de algum tempo, ver seus dedões perfurando as meias amarelas começou a me irritar. Joguei as revistas numa mesa, caminhei para fora do quarto, desci e saí. Ouvi sons vindos da piscina e fui para lá. Não havia nem mesmo uma brisa, o sol estava quente e agradável, e para quem gosta mais de grama, flores e árvores do que de calçadas e edifícios, aquilo era uma delícia.

Connie Emerson e Madeline estavam na piscina. Paul Emerson, vestido com uma camisa de algodão e calças confortáveis, não muito limpas, estava de pé na beirada de mármore da piscina, olhando a cena de cara amarrada. Gwenn, com um vestido de cor escura mas leve, estava numa cadeira, debaixo de um guarda-sol, com a cabeça para trás e os olhos fechados.

Madeline interrompeu seu nado crawl impecável para me chamar. "Venha, entre!"

"Não estou de calção!", respondi.

Gwenn ouviu, virou a cabeça para me lançar um olhar demorado e firme e, não tendo nada a dizer, voltou à mesma posição e fechou os olhos.

"Não vai se molhar?", perguntei a Emerson.

"Tive cãibras no sábado", ele disse, em tom de irritação, como se eu devesse ter o bom senso de saber disso. "Como estão as coisas agora?"

"O quê? As cãibras?"

"Não. Rony."

"Oh, ele continua morto."

"Isso é impressionante." O eminente radialista lascou-me uma olhada, mas gostou mais da luz do sol na água. "Aposto que ele se levanta da tumba. Ouvi dizer que foi seu carro."

"O carro de Wolfe, sim. Foi o que eles disseram."

"E aqui está você, sem um guarda, sem algemas. O que eles pretendem, dar-lhe uma medalha?"

"Estou aguardando esperançoso. Por quê, acha que eu mereço uma?"

Emerson contraiu os lábios e afrouxou-os logo depois, um hábito que tinha. "Depende de se você fez de propósito ou não. Se foi um acidente, acho que deve receber apenas uma menção honrosa. E como fica? Ajudaria se eu intercedesse em seu favor?"

"Eu não... Desculpe, estou sendo chamado."

Inclinei-me para segurar a mão que Madeline me estendia, me firmei, endireitei-me e puxei-a para fora da água, sobre o mármore, apoiada nos pés.

"Nossa, você é grande e forte", ela disse, de pé e pingando. "Parabéns!"

"Só por isso? Uau, se eu quisesse poderia puxar Elsa Maxwell..."

"Não, não por isso. É por ficar fora da cadeia. Como conseguiu?"

Fiz um gesto de humildade. "Me dou bem com o promotor distrital."

"Não diga, é mesmo? Venha, sente-se aqui e me conte isso enquanto me seco no sol."

Ela se estendeu num declive do gramado, e me sentei ao lado dela. Tinha nadado muito, mas não estava ofegante. Os seios dela, minimamente cobertos, subiam e desciam num ritmo suave. Mesmo com os olhos fechados por causa do sol, parece que ela sabia para onde eu estava olhando e disse tranquilamente: "Meu tórax se expande sete centímetros. Se não está de seu gosto, posso fumar mais e baixar a marca. É verdade que você estava dirigindo o carro que atropelou Louis?".

"Não. Não tenho culpa."

"Então, quem foi?"

"Ainda não sei. Pode perguntar de novo amanhã e continuar perguntando. Ligue para minha secretária e marque encontros, assim poderá continuar perguntando. O tórax dela se expande dez centímetros."

"Da sua secretária?"

"Sim, senhora."

"Traga-a para cá. Disputamos um pentatlo, e a vencedora fica com você. O que me aconselha?"

Os olhos dela, abertos por força do hábito, piscaram por causa do sol e se fecharam de novo. Perguntei: "Você quer dizer sobre como treinar para o pentatlo?".

"Claro que não. Eu não preciso disso. Quero dizer sobre quando o procurador distrital vier para fazer mais perguntas. Você está sabendo que ele vem?"

"Sim, ouvi falar."

"Certo, então o que devo fazer? Devo dizer a ele que suspeito que talvez tenha uma ideia de quem usou seu carro?"

"Você pode tentar fazer isso. Vamos fazer juntos? Quem vamos infernizar?"

"Não quero infernizar ninguém. Esse é o problema. Por que alguém deveria ser punido por ter matado Louis Rony sem querer?"

"Talvez não devesse." Passei a mão no ombro redondo e moreno, delicado e firme, para ver se já estava seco. "Nisso concordo com a senhora. Mas o diabo é que..."

"Por que continua me chamando de senhora?"

"Para fazê-la pedir que a chame de outra forma. Observe e veja se não funciona. Sempre funciona. O diabo é que tanto o promotor distrital quanto Nero Wolfe insistem em saber, e o quanto antes eles descobrirem, mais depressa poderemos nos dedicar a outras coisas, como o pentatlo. Sabendo como você é esperta, imagino que tenha ideia de quem usou meu carro. O que a fez chegar a essa ideia?"

Ela se sentou e disse: "Acho que a parte da frente está seca". Mudou de lugar e se deitou de novo, de bruços. A tentação de acariciá-la tornou-se ainda maior que antes, mas resisti.

"O que a fez chegar a essa ideia?", perguntei, como se não me importasse muito.

Não houve resposta. Depois de um momento, ouvi a voz dela, abafada. "Preciso pensar nisso um pouco mais."

"Sim, pensar nunca é demais, mas você não tem muito tempo. O promotor distrital estará aqui a qualquer momento. Você pediu minha opinião, e eu estaria em melhores condições de dá-la se soubesse alguma coisa sobre sua ideia. Continue, fale sobre isso."

Ela voltou a cabeça o suficiente para pôr os olhos em mim, agora protegidos do sol, de soslaio. "Você poderia ser esperto se fizesse algum esforço", ela disse. "É engraçado ver você tentando descobrir alguma coisa. Digamos que eu tenha visto ou ouvido algo a noite passada e agora lhe conte isso. Em trinta segundos, já que você diz que não há muito tempo, você diria que precisa lavar as mãos e, assim que se visse dentro de casa, correria lá para cima e contaria tudo a Nero Wolfe. Ele se ocuparia disso de imediato, e, provavelmente, quando o promotor distrital chegasse, a resposta estaria prontinha para ele... Ou, se a coisa não for tão rápida, quando eles descobrirem a resposta, terá sido Nero Wolfe quem deu início a ela, e assim a conta que ele vai mandar a meu pai será maior do que seria em outras circunstâncias. Não sei quanto dinheiro

124

papai já gastou comigo em meus vinte e seis anos, mas foi muito, e agora, pela primeira vez na vida, posso ajudá-lo a poupar algum. Não é maravilhoso? Se você tivesse uma filha viúva de meia-idade cujo tórax se expandisse sete centímetros, não ia querer que ela agisse como eu?"

"Não, senhora", eu disse, enfático.

"Claro que sim. Pode me chamar de outra coisa, como querida ou chuchuzinho. Aqui estamos nós, enrolados num conflito, você tentando ganhar dinheiro para seu chefe, e eu tentando poupar dinheiro para meu pai, e, no entanto, estamos..."

Ela se sentou de repente. "Está chegando um carro? Está, sim." Ficou de pé. "Ele está chegando, e ainda tenho de arrumar o cabelo!" E disparou para dentro.

13

Entrei no quarto e anunciei: "A lei chegou. Quer que combine a reunião aqui em cima?".

"Não", disse Wolfe, irascível. "Que horas são?"

"Faltam dezoito para as seis."

Ele grunhiu. "Vai ser difícil chegar a qualquer conclusão a respeito disso no escritório, com essa gente passando o verão aqui. Você devia fazer tudo sozinho, mas parece que este lugar não está lhe fazendo bem. Você engole drinques batizados, planeja e executa assaltos e deixa meu carro num lugar em que pode ser usado para matar gente."

"Sim", concordei alegremente. "Já não sou mais o mesmo. Se eu fosse você, me demitia. Estou demitido?"

"Não. Mas se eu tiver de passar mais uma noite aqui, e quem sabe outras, você terá de ir lá em casa e me trazer camisas, meias e outras coisas." Ele olhava melancolicamente para os dedões. "Já viu esses buracos?"

"Vi. Nosso carro está proibido de sair, mas posso pegar um emprestado. Se você quer se inteirar das novidades, é melhor começar a se mexer. A filha mais velha acha que viu ou ouviu alguma coisa na noite passada que lhe deu uma ideia sobre quem usou nosso carro, e está decidindo se fala ou não ao promotor distrital. Tentei fazê-la me contar o que era, mas ela teve receio de que eu dissesse a você. Outra prova de que já tive melhores dias. Pelo menos você poderia estar lá quando ela der com a língua nos dentes, se sair dessa cama e calçar os sapatos."

Ele se arrastou para fora da cama, sacudiu as pernas e resmungou, à procura dos sapatos. Calçou-se e estava amarrando os cadarços quando alguém bateu na porta, que se abriu antes que eu pudesse convidar o visitante a entrar. Jimmy Sperling apareceu e disse: "Papai está chamando na biblioteca", e foi embora, sem fechar a porta. Aparentemente, suas visitas às minas estavam tendo uma má influência sobre seus modos.

Sem pressa, Wolfe ajeitou a camisa, pôs a gravata, o colete e o paletó. Saímos para o corredor em direção à escada, descemos e tomamos o intrincado caminho da biblioteca, sem encontrar vivalma, então supus que já estivessem todos reunidos, mas não estavam. Quando entramos, havia ali apenas três pessoas: o promotor distrital, o presidente da Continental Mines e Webster Kane. Archer tinha se apossado da melhor cadeira de novo, e Wolfe teve de ficar com outra. Fiquei surpreso ao ver Webster Kane, e não Ben Dykes, e satisfeito por não ver Madeline. Talvez eu ainda tivesse tempo de conseguir em primeira mão a ideia dela.

Wolfe falou com Archer. "Parabéns, senhor, por sua decisão sensata. Eu sabia que Goodwin seria incapaz de tal façanha, mas o senhor, não. O senhor teve de usar a cabeça, e fez o que devia."

Archer assentiu. "Obrigado. Foi o que tentei." Ele olhou a sua volta. "Tive uma tarde difícil no tribunal e estou cansado. Não devia estar aqui, mas tinha dito que viria. Estou transferindo esse assunto a Gurran, um de meus assistentes, que é muito melhor investigador que eu. Ele estava ocupado hoje e não pôde vir comigo, mas gostaria de vir amanhã de manhã falar com todos vocês. Enquanto isso..."

"Posso dizer uma coisa?", perguntou Sperling.

"Certamente. Gostaria muito que o fizesse."

Sperling falou com calma, sem tensão na voz ou nos gestos. "Gostaria de dizer exatamente o que aconteceu.

Quando Dykes chegou, hoje de manhã, e disse que havia indícios de que tinha sido o carro de Wolfe, pensei que isso resolvia tudo. Acho até que disse isso. É claro que pensei que tinha sido Goodwin, sabendo que ele fora a Chappaqua na noite anterior. Depois, quando soube que o senhor não estava convencido de que tinha sido Goodwin, passei a ficar insatisfeito, porque sabia que o senhor teria aceitado essa solução, se ela fosse admissível. Comecei a pensar no problema tal como ele se apresentava, com o pouco tempo que tinha a minha disposição, e me lembrei de uma coisa. A melhor maneira de lhe contar isso é lendo uma declaração."

Sperling levou a mão ao bolso interno do paletó e tirou um papel dobrado. "Isto é uma declaração", ele disse, abrindo o papel. "Com data de hoje, assinada por Kane. Webster Kane."

Archer ficou sério. "Por Kane?"

"Sim. Diz o seguinte:

Na noite de segunda-feira, 20 de junho, pouco antes das nove e meia, entrei na biblioteca e vi, em cima da mesa do senhor Sperling, algumas cartas que, eu sabia, ele queria despachar. Eu o ouvira falar nisso. Como sabia que ele estava preocupado com algum problema pessoal, achei que tivesse esquecido as cartas. Resolvi ir a Mount Kisco e levá-las ao correio, para que seguissem no primeiro trem da manhã seguinte. Saí de casa pela varanda, com a intenção de pegar um carro na garagem, mas lembrei que o carro de Nero Wolfe estava estacionado por ali, bem mais perto do que a garagem, e decidi usá-lo.

A chave estava na ignição. Liguei o motor e desci o caminho de acesso. Eram os últimos minutos do crepúsculo, ainda não estava totalmente escuro, e como conheço bem o caminho, não acendi os faróis. O caminho é em ligeiro declive, e eu ia provavelmente entre trinta e quarenta quilômetros por hora. Quando chegava perto da ponte sobre o riacho, me dei conta de que havia algo na estrada, do lado esquerdo, bem na frente do carro. Não tive tempo de perceber, na penumbra, que se tratava de um homem. Mal acabava de ver que havia um objeto quando choquei com ele. Pisei no freio, mas não com muita urgência, já que naquele momento nem passava pela minha cabeça que eu tinha atropelado uma pessoa. Parei o carro logo adiante. Desci, corri para trás do carro, e pude ver que era Louis Rony. Estava no chão, a um metro e meio do carro, morto. Metade do corpo dele estava completamente esmagada pelas rodas do carro.

Eu poderia dar uma longa explicação sobre o que fiz então, mas bastará igualmente me limitar a uma única frase e dizer simplesmente que perdi a cabeça. Não tentarei descrever o que senti, mas direi o que fiz. Quando tive certeza de que ele estava morto, tirei o corpo da estrada, arrastei-o pela grama até um arbusto a uns quinze metros de distância e deixei-o do outro lado do arbusto, o lado que não era visto do caminho de acesso. Entrei no carro, cruzei a ponte, segui até a entrada, dei a volta e retornei à casa. Estacionei o carro onde ele estava antes e desci.

Não entrei na casa. Caminhei de um lado para outro na varanda, tentando decidir o que fazer, reunindo meus nervos em frangalhos para poder entrar e relatar o acontecido. Enquanto estava ali, Goodwin saiu da casa, cruzou a varanda e foi em direção ao carro. Ouvi-o ligar o motor e sair. Eu não sabia aonde ele estava indo. Achei que poderia ir a Nova York e que o carro poderia não voltar. Seja como for, a saída dele de alguma forma me pareceu que resolvia as coisas por mim. Entrei na casa, subi para meu quarto e tentei pôr as ideias em ordem trabalhando no relatório que preparava para o senhor Sperling.

Esta tarde, o senhor Sperling me disse que as cartas que estavam sobre a mesa, prontas para o correio, tinham desaparecido. Eu lhe disse que as levara para meu quarto, o que realmente tinha feito, com a intenção de levá-las a

Chappaqua na manhã seguinte, mas que com o bloqueio policial na estrada e a apreensão de todos os carros isso tinha sido impossível. Mas o fato de ele levantar a questão das cartas mudou totalmente a situação para mim, não sei por quê. De imediato contei a ele, de livre e espontânea vontade, todos os fatos aqui declarados. Quando ele me contou que o promotor distrital viria para cá no fim da tarde, eu lhe disse que queria narrar esses fatos numa declaração escrita, e assim foi feito. Esta é a declaração.

Sperling levantou os olhos. "Assinada por Webster Kane", disse. Estendeu o papel para o promotor distrital. "Testemunhada por mim. Se o senhor quiser maiores detalhes, não creio que ele tenha alguma objeção. Ele está aqui, o senhor pode lhe perguntar."

Archer pegou o papel e correu os olhos por ele. Depois de um momento, levantou os olhos e, com a cabeça inclinada para um lado, fitou Kane, que sustentou seu olhar.

Archer bateu no papel com o dedo. "Escreveu e assinou isto, senhor Kane?"

"Sim", disse Kane, em voz firme e clara, mas sem bazófia.

"Bem... Está um pouco atrasado, não?"

"Com certeza." Kane não parecia feliz, mas estava segurando a onda. O fato de deixar o cabelo de qualquer jeito era uma vantagem, pois fazia com que parecesse menos provável que o homem com cabeça e fisionomia de jovem estadista — quero dizer, jovem para um estadista — estivesse se fazendo de bobo. Hesitou mas seguiu em frente. "Estou plenamente consciente de que minha conduta foi indefensável. Não posso explicá-la em termos que façam sentido nem mesmo para mim. Pelo visto, não sou tão bom numa crise como gostaria de pensar."

"Mas isso não foi bem uma crise, foi? Um acidente inevitável? Acontece com muita gente."

"Suponho que sim... Mas matei um homem. Isso para mim é uma crise infernal." Kane fez um gesto. "De qualquer modo, o senhor vê como fiquei. Isso me deixou totalmente desequilibrado."

"Totalmente, não." Archer olhou para o papel. "Sua cabeça estava funcionando muito bem, pois quando Goodwin pegou o carro e desceu pelo mesmo caminho quinze minutos depois do acidente, o senhor pensou que seria uma boa chance de que ele fosse tido como culpado. Não foi?"

Kane aquiesceu. "Escrevi isso deliberadamente na declaração, mesmo sabendo que podia ser interpretado dessa forma. Só posso dizer que se esse pensamento estava em minha cabeça, eu não tinha consciência disso. Como foi que escrevi?"

Archer olhou para o papel. "Assim: 'A saída dele de alguma forma me pareceu que resolvia as coisas por mim. Entrei na casa, subi para o meu quarto' et cetera."

"É isso." Kane dava a impressão de estar sendo muito sincero. "Eu pretendia apenas ser absolutamente franco sobre o assunto, depois de uma conduta que me envergonhou. Se havia em mim a intenção calculista que o senhor me atribui, eu não sabia."

"Sei." Archer olhou o papel, dobrou-o e sentou-se com ele na mão. "Conhecia bem Louis Rony?"

"Bem... Intimamente, não. Eu o vi com frequência nos últimos meses, principalmente na casa dos Sperling, em Nova York, ou aqui."

"Dava-se bem com ele?"

"Não."

Foi um não intransigente. "Por que não?", quis saber Archer.

"Eu não aprovava a maneira como, pelo que fiquei sabendo, ele exercia a profissão. Eu não tinha nada contra ele em termos pessoais. Simplesmente não gostava dele. Sabia que o senhor Sperling suspeitava que ele fosse comunista, e embora eu mesmo não tivesse nenhum indício ou informação a esse respeito, achava que a suspeita poderia ter fundamento."

"Sabia que Gwenn Sperling era muito amiga dele?"

"Claro que sim. Era só por isso que ele era admitido aqui."

"O senhor não aprovava essa amizade?"

"Não, não aprovava... Não que minha aprovação ou desaprovação tivesse alguma importância. Eu não só sou funcionário da empresa do senhor Sperling, como também, nos últimos quatro anos, tive o prazer e a honra de ser um amigo... Um amigo da família, creio que posso falar assim."

Olhou para Sperling, que fez que sim com a cabeça: ele podia falar assim.

Kane prosseguiu. "Tenho grande respeito e afeto por todos eles, inclusive pela senhorita Gwenn Sperling, e achava que Rony não era a pessoa adequada para ela. Posso fazer uma pergunta?"

"Pois não."

"Não sei por que o senhor está pedindo minha opinião sobre Rony, a menos que suspeite que o matei não por acidente, mas com intenção. Estou certo?"

"Eu não diria que suspeito disso, senhor Kane. Mas essa declaração descreve o episódio de maneira claríssima, e antes que eu a aceite como está eu...", Archer contraiu os lábios. "Por que o senhor se ressente das minhas perguntas?"

"Não me ressinto", respondeu Kane, enfático. "Não estou em posição de me ressentir de perguntas, especialmente as suas. Mas é que..."

"Eu me ressinto", interrompeu Sperling. Ele estivera fazendo força para se conter. "O que está tentando fazer, Archer, criar marola onde não consegue descobrir nada? Disse esta manhã que não era política de sua repartição causar problemas a homens de minha posição. Quando foi que isso mudou?"

132

Archer riu de um jeito ainda mais parecido com uma risadinha nervosa do que de manhã, mas o riso durou mais tempo e deu a impressão de que ele estava achando mais graça.

"O senhor tem toda a razão", disse ele a Sperling. "Estou cansado e estendi esse interrogatório por pura força do hábito. Eu disse também esta manhã que, se foi um acidente, ninguém ficaria mais satisfeito do que eu, mas que precisava saber quem era o responsável. Bem, com certeza isto atende as minhas necessidades." Pôs o papel dobrado no bolso. "Não, não quero fazer marola. Deus sabe que já existe marola suficiente sem minha ajuda." Ele se levantou. "Pode ir até meu gabinete em White Plains amanhã de manhã, senhor Kane, lá pelas onze? Se eu não estiver, fale com Gurran."

"Estarei lá", prometeu Kane.

"Para quê?", indagou Sperling.

"Uma formalidade." Archer anuiu. "É só isso, uma formalidade. Dou minha palavra que não passará disso. Não vejo razão para denúncia ou indiciamento. Vou ligar para Gurran esta noite e pedir-lhe que examine a legislação a respeito de acidentes com veículos dentro de propriedades particulares. É possível que haja multa, ou suspensão da carteira de habilitação, mas, nessas circunstâncias, eu preferiria passar uma borracha nisso."

Estendeu a mão para Sperling. "Sem ressentimentos, espero."

Sperling disse que estava bem. Archer apertou a mão de Kane, a de Wolfe e até a minha. Disse-nos que esperava nos ver numa próxima ocasião mais agradável. Foi embora.

Wolfe estava sentado com a cabeça meio caída de lado, como se muita energia fosse necessária para mantê-la levantada, e tinha os olhos fechados. Kane, Sperling e eu tínhamos ficado de pé para nos despedirmos de Archer, ao contrário de Wolfe.

133

Kane disse a Sperling: "Graças a Deus, acabou. Se não precisa mais de mim, vou ver se consigo adiantar o trabalho. Acho melhor não aparecer para o jantar. Claro que todos precisam saber do que aconteceu, mas prefiro não enfrentá-los até amanhã".

"Pode ir", concordou Sperling. "Passo no seu quarto mais tarde."

Kane fez menção de sair. Wolfe abriu os olhos, resmungou: "Espere um minuto", e endireitou a cabeça.

Kane se deteve e perguntou: "Quem, eu?".

"Se o senhor não se importar." O tom de voz que usou não era tão cortês quanto suas palavras. "Seu trabalho pode esperar um pouco?"

"Se for preciso, sim. Por quê?"

"Gostaria de conversar um pouco com o senhor."

Kane olhou para Sperling, mas seus olhos não encontraram os do presidente da Continental, que tinha tirado outro papel do bolso e estava olhando para ele. O papel, desdobrado, era retangular e cor-de-rosa. Com Kane ainda hesitante, Sperling aproximou-se de Wolfe e estendeu-lhe o papel.

"O senhor fez por merecer", disse. "Estou satisfeito por tê-lo contratado."

Wolfe pegou o papel, baixou os olhos e o examinou. "Muito bem", disse. "Cinquenta mil dólares."

Sperling fez um gesto de cabeça, como eu faço para um engraxate quando lhe dou uma moeda. "Com mais cinco são cinquenta e cinco. Se não bastar para cobrir seu prejuízo e seus honorários, mande-me uma conta."

"Obrigado, farei isso. É claro que não tenho como lhe falar das despesas que estão por vir. Posso..."

"Despesas de quê?"

"De minha investigação sobre a morte de Rony. Eu poderia..."

"O que há para investigar?"

"Não sei." Wolfe pôs o cheque no bolso. "Ficarei satisfeito com pouco. Gostaria de fazer algumas perguntas a Kane."

"Por quê? Por que deveria?"

"Por que não deveria?" Wolfe estava afável. "Com certeza tenho tanto direito quanto Archer. Ele se opõe a responder a uma dezena de perguntas? O senhor se opõe, senhor Kane?"

"Claro que não."

"Muito bem. Serei breve, mas gostaria que o senhor se sentasse."

Kane sentou-se, mas na beirada da cadeira. Sperling não se dignou fazer o mesmo. Ficou em pé, com as mãos nos bolsos, olhando para Wolfe sem admiração.

"Em primeiro lugar", perguntou Wolfe, "como foi que o senhor determinou que Rony estava morto?"

"Meu Deus, o senhor devia tê-lo visto!"

"Mas não vi. E o senhor não pode tê-lo visto muito bem, já que estava quase escuro. O senhor pôs a mão sobre ele para sentir o coração?"

Kane balançou a cabeça. Não me surpreendeu que ele não tivesse aquiescido, pois vi com meus olhos que a parte superior do tronco de Rony não estava em condições de ser submetida a esse teste, com as roupas misturadas às costelas. Foi assim que eu o descrevi para Wolfe.

"Não foi preciso", disse Kane. "Ele estava todo esmagado."

"O senhor pôde ver no escuro que ele estava tão esmagado assim?"

"Senti isso. De qualquer modo, ainda não estava completamente escuro... Eu enxergava alguma coisa."

"Imagino que o senhor possa ter visto um osso, já que os ossos são brancos. Soube que um dos úmeros — o osso do braço — perfurou a carne e as roupas e ficou com um bom pedaço exposto. Em qual dos braços isso aconteceu?"

Era uma grossa mentira. Ele não tinha ouvido isso, e não era verdade.

"Meu Deus, não sei", protestou Kane. "Eu não estava tomando nota de coisas como essa."

"Suponho que não", admitiu Wolfe. "Mas o senhor viu o osso exposto ou tocou nele?"

"Talvez... não sei."

Wolfe desistiu da pergunta. "Quando o senhor o arrastou até o arbusto, por onde o segurou? Por qual parte do corpo?"

"Não me lembro."

"Impossível. O senhor não o arrastou por alguns centímetros, mas por uns quinze metros ou mais. Não é plausível que tenha esquecido. O senhor o puxou pelos pés? Pela cabeça? Pela gola do paletó? Por um braço?"

"Não me lembro."

"Não vejo como pode ter esquecido. Talvez isto o faça recordar: quando o deixou atrás do arbusto, a cabeça dele estava voltada para a casa ou para o outro lado?"

Kane franziu a testa. "Eu deveria me lembrar disso."

"Sem dúvida."

"Mas não lembro." Kane balançou a cabeça. "Simplesmente não lembro."

"Entendo." Wolfe recostou-se na cadeira. "Isso é tudo, senhor Kane." Abanou a mão. "Vá e prossiga com seu trabalho."

Kane ficou de pé nem bem Wolfe terminou. "Fiz o melhor que pude", disse, em tom de desculpa. "Como já disse, parece que não me comporto bem numa crise. Devo ter ficado tão perturbado que não sabia o que estava fazendo." Olhou para Sperling, não recebeu nenhuma instrução, olhou de novo para Wolfe, esgueirou-se entre duas cadeiras, encaminhou-se para a porta e foi embora.

Quando a porta se fechou, Sperling olhou para Wolfe e indagou: "De que adiantou isso?".

Wolfe grunhiu. "De absolutamente nada. Só piorou as coisas. Agora ficou impossível para mim, quando voltar para casa, esquecer tudo isso e começar a recuperar minhas plantas." Levantou a cabeça para ver o rosto de Sperling. "Ele provavelmente está em grande débito com o senhor... ou tem pavor de perder o emprego. Como o senhor o convenceu a assinar aquela declaração?"

"Não o convenci. Como diz a declaração, ele a escreveu e a assinou de livre e espontânea vontade."

"Puf. Eu sei o que ela diz. Mas por que devo acreditar nisso se não acredito em nada do que está ali?"

"O senhor não está falando sério." Sperling sorriu como um anjinho. "Kane é um dos maiores economistas deste país. Um homem com essa reputação e na posição dele seria capaz de assinar semelhante declaração se não fosse verdadeira?"

"Capaz ou não, foi o que ele fez", Wolfe estava ficando mal-humorado. "Com uma boa dose de estímulo, é claro que seria capaz, e estímulo o senhor tem de sobra. Teve sorte de ele estar por perto, já que era a pessoa ideal para esse fim." Wolfe abanou a mão e parou de falar de Kane. "O senhor fez tudo direitinho; a declaração foi admiravelmente bem bolada. Mas fico pensando se entende bem a posição em que me deixou..."

"Claro que entendo." Sperling foi compreensivo. "O senhor se comprometeu a prestar um serviço e o fez corretamente. Seu desempenho aqui na tarde de ontem foi impecável. Persuadiu minha filha a deixar Rony, e isso era tudo o que eu queria. O acidente que lhe causou a morte não diminui a excelência de seu trabalho."

"Sei disso", concordou Wolfe, "mas aquele trabalho estava concluído. O problema é que o senhor me contratou para outro trabalho, que é investigar a morte de Rony. E agora eu..."

"Esse trabalho também está concluído."

"Oh, não, de jeito nenhum. O senhor pode ter empulhado Archer fazendo Kane assinar aquela declaração, mas a mim não engana." Wolfe balançou a cabeça e suspirou. "Tudo o que eu queria era que me enganasse."

Sperling olhou para ele um instante, foi até a cadeira que tinha sido ocupada por Archer, sentou-se, inclinou-se para a frente e indagou: "Ouça, senhor Wolfe, quem pensa que é, São Jorge?".

"Não." Wolfe repudiou a ideia, indignado. "Não importa quem tenha matado um infeliz como Louis Rony, nem se o fez por acidente ou de propósito, eu gostaria muito de deixar aquela declaração falsa ser a última palavra. Mas estou comprometido com isso. Menti para a polícia. Isso não é nada, faço isso sempre. Avisei-lhe na noite passada que somente sonego informações à polícia quando dizem respeito a um caso em que estou envolvido; e isso me obriga a permanecer no caso até chegar a uma solução que seja, a meu juízo, satisfatória. Eu lhe disse que o senhor não poderia me contratar num dia e despedir no outro, e o senhor concordou. Agora acha que pode. Agora acha que pode se livrar de mim porque já não tenho como deixá-lo em apuros fazendo a Archer um relatório verdadeiro da conversa que tivemos nesta sala ontem à tarde, e o senhor tem razão. Se eu o procurasse e confessasse, agora que ele tem a declaração, ele me censuraria cortesmente e esqueceria o assunto. Eu também gostaria de esquecer isso, mas não posso. É minha autoestima de novo. O senhor me engambelou, e não estou para ser engambelado."

"Paguei-lhe cinquenta e cinco mil dólares."

"Efetivamente. E nada mais?"

"Nada mais. A título de quê?"

"Para terminar o trabalho. Vou descobrir quem matou Rony e vou provar isso." Wolfe apontou um dedo para ele. "Se eu fracassar, senhor Sperling..." Baixou o dedo e deu de ombros. "Não. Não vou fracassar. O senhor verá."

De repente, sem o menor sinal prévio, Sperling enlouqueceu. Num segundo os olhos deles mudaram, sua cor mudou — ele era outro homem. Saltou da cadeira e, de pé, falou entredentes.

"Fora! Fora daqui!"

Evidentemente, não havia nada a fazer senão cair fora. Isso não me dizia grande coisa, porque já tivera experiências similares, mas para Wolfe, que quase sempre estava em seu escritório quando uma conversa chegava ao ponto de rompimento de relações, ser expulso era uma novidade e tanto. Saiu-se bem, na minha opinião. Não exagerou sua atitude de dignidade nem a abandonou por completo. Apenas caminhou como se precisasse ir ao banheiro, mas sem muita urgência. Deixei que fosse na minha frente, como convinha.

Sperling, no entanto, era um homem de múltiplas faces. Não era possível que sua explosão tivesse se aplacado tão depressa, mas quando passei adiante de Wolfe para abrir a porta, ouvi a voz dele.

"Não vou sustar aquele cheque!"

14

O pacote chegou pouco antes do meio-dia da quarta-feira.

Ainda não tínhamos voltado ao normal, pois havia um pequeno exército trabalhando nos viveiros, mas em muitos aspectos as coisas haviam se acalmado. Wolfe tinha camisa e meias limpas, as refeições eram regulares e dentro do padrão habitual, a rua estava livre de vidros quebrados, e nosso sono tinha sido posto em dia. Ainda não tínhamos feito muita coisa quanto ao cumprimento da promessa de Wolfe sobre concluir o caso Rony, mas estávamos em casa havia apenas catorze horas, nove delas na cama.

Foi então que o pacote chegou. Wolfe, que tinha ficado nos viveiros desde o café da manhã, estava comigo no escritório, verificando contas e encomendando de tudo, de substrato para plantio a massa para fixação de esquadrias. Quando fui até a porta para atender à campainha, um mensageiro me entregou um pacote do tamanho de uma valise e um recibo para assinar. Deixei o pacote no vestíbulo porque imaginei se tratar apenas de mais um artigo para as operações lá de cima, e eu estava ocupado. Mas depois que voltei ao escritório, pareceu-me estranho não haver o nome do remetente no pacote, por isso voltei ao vestíbulo para dar uma olhada. Não havia anotação alguma no grosso papel de embrulho, além do nome e do endereço de Wolfe. Estava firmemente amarrado com barbante grosso. Ergui-o e calculei que pesava uns três quilos. Levei-o ao ouvido e prendi a respiração durante trinta segundos, mas não ouvi nada.

Ora bolas, pensei, e cortei o barbante com o canivete e rasguei o papel. Dentro havia uma caixa de papelão fechada com fita adesiva. Com cuidado, cortei as bordas da tampa, ao redor da caixa toda, e levantei uma ponta para dar uma espiada. Tudo o que pude ver foi jornal. Inseri a ponta do canivete e rasguei um pedaço do jornal. O que vi me deixou de orelha em pé. Tirei a tampa e o jornal, vi que havia mais da mesma coisa, pus a caixa debaixo do braço e fui para o escritório, onde perguntei a Wolfe: "Você se incomoda se eu desembrulhar isto na sua mesa? Não quero fazer bagunça no vestíbulo".

Ignorei o protesto dele, pus o pacote na mesa e comecei a tirar maços de notas de vinte dólares. Eram notas usadas; pelo que pude ver pelos cantos, não havia nenhuma nota nova, e elas estavam em maços de cinquenta, o que dava mil pratas por maço.

"Que diabo é isso?", indagou Wolfe.

"Dinheiro", respondi. "Não toque nisso, pode ser uma armadilha. Pode estar coberto de germes." Arrumei os maços em pilhas de dez, formando cinco pilhas. "É uma coincidência", observei. "É claro que teremos de contar as notas, mas se as etiquetas estiverem corretas são exatamente cinquenta mil dólares. Interessante."

"Archie." Wolfe estava de cara feia. "Que absurdo maluco é esse? Eu lhe disse para depositar aquele cheque, não para sacá-lo." Indicou o dinheiro. "Embrulhe de novo e leve para o banco."

"Sim, senhor! Mas antes..." Fui até o cofre e tirei o livro do banco, abri-o na página do dia e mostrei a ele. "Como pode ver, o cheque foi depositado. Isto não é maluquice, é mera coincidência. Você ouviu a campainha e me viu atendendo. Um mensageiro entregou este pacote e me deu um recibo para assinar — General Messenger Service, rua 47 oeste, número 28. Achei que podia ser uma bomba-relógio e o abri no vestíbulo, longe de você. Não há nada dentro do pacote ou do lado de fora que indique quem o mandou. A única pista é o jornal que forrava a caixa: parte do *New York Times*. Conhecemos alguém que leia o *Times* e tenha cinquenta mil pratas para fazer uma brincadeira?" Fiz um gesto. "Responda e saberemos quem foi."

Wolfe ainda estava de cara feia, mas para a pilha de dinheiro, não para mim. Pegou um dos maços, folheou as notas e o pôs no lugar. "Guarde no cofre. O pacote também."

"Não vamos contar primeiro? E se num dos maços estiver faltando vinte?"

Não houve resposta. Ele estava recostado na cadeira, espichando e encolhendo os lábios seguidas vezes. Segui as instruções. Primeiro repus os troços na caixa para economizar espaço, depois voltei ao vestíbulo, peguei o papel de embrulho e o barbante e guardei-os no cofre também.

Sentei-me à minha mesa, esperei até que Wolfe parasse com os lábios e perguntei friamente: "Que tal um aumento? Eu bem poderia gastar mais vintão por semana. Até agora este caso nos rendeu cento e cinco mil, trezentos e doze dólares. Deduza despesas e o prejuízo...".

"De onde vieram os trezentos e doze?"

"Da carteira de Rony. Estão com Saul. Eu lhe contei isso."

"Você sabe, é claro, quem mandou aquele pacote."

"Não exatamente. D, C, B ou A, mas qual? Não viria direto de X, viria?"

"Direto? Não." Wolfe balançou a cabeça. "Gosto de dinheiro, mas não estou gostando disso. Só queria que você respondesse uma pergunta."

"Já respondi milhões de perguntas. Pode me pôr à prova."

"Já tentei pôr você à prova. Quem batizou aquele drinque na noite de sábado — o que era destinado a Rony e você bebeu?"

"Ah! Essa é *a* questão. Ontem pensei nisso várias vezes, e hoje de manhã também, e não sei."

Wolfe suspirou. "Isso, é claro, é o que está pegando. É o que nos obriga a supor que não foi acidente, e sim assassinato. Se não fosse isso, talvez eu me convencesse a dar o caso por encerrado, apesar de ter passado a perna em Archer." Suspirou de novo. "Estando as coisas no pé em que estão, temos de fundamentar nossa suposição ou refutá-la, e só Deus sabe como vou resolver isso. O telefone lá de cima foi consertado. Quis testá-lo, e achei que a melhor maneira de fazer isso seria ligar para Lowenfeld, do laboratório da polícia. Ele foi prestativo, mas não ajudou muito. Disse que se um carro, ao descer um ligeiro declive, a quarenta quilômetros por hora, colidir pela esquerda com um homem que estiver de pé, e suas rodas passarem por cima dele, é provável mas não é certo que o impacto deixe mossas ou outras marcas visíveis na dianteira do carro. Eu disse que o problema era determinar se o homem estava de pé ou deitado quando o carro o atingiu, e ele respondeu que a ausência de marcas na dianteira do carro indica certas coisas, mas não de maneira conclusiva. Perguntou também por que eu ainda estava interessado na morte de Louis Rony. Os policiais não poderiam ser mais fofoqueiros, mesmo que fossem mulheres. À noite, a história que vai circular é que eu estou prestes a apontar aquele réptil do Paul Emerson como assassino. Tudo o que eu queria é que fosse verdade." Wolfe olhou para o relógio. "Aliás, telefonei também para o doutor Vollmer, e ele deve chegar logo."

Então eu estava errado ao supor que Wolfe nada tinha feito no sentido de cumprir sua promessa. "Sua ida ao campo lhe fez bem", declarei. "Você está cheio de energia. Viu que a *Gazette* deu a declaração de Kane na íntegra?"

"Sim. E notei um detalhe que me escapou quando o

senhor Sperling a leu. O fato de ele pegar meu carro, o carro de outro hóspede, que ele mal conhecia, foi tratado com muita naturalidade. Lendo a declaração, soa como uma nota falsa. Eu disse a Sperling que ela tinha sido bem bolada, mas aquela parte não foi. Deviam ter inventado uma explicação melhor e tê-la expressado num enunciado breve. Eu poderia..."

O toque do telefone interrompeu-o. Atendi e disse: "Escritório de Nero Wolfe".

"Poderia falar com o senhor Wolfe, por favor?"

Senti um friozinho na base da espinha. A voz não mudara nada em treze meses.

"Quem fala, por favor?", perguntei, esperando que minha voz também fosse a mesma.

"Diga que é um assunto pessoal."

Cobri o fone com a mão e disse a Wolfe: "X".

Ele franziu a testa. "O quê?"

"Você ouviu. X."

Ele pegou seu telefone. Como não fez sinal em contrário, continuei no meu.

"Aqui é Nero Wolfe."

"Como vai, senhor Wolfe? Goodwin lhe disse quem era? Ou reconheceu minha voz?"

"Conheço a voz."

"Sim, ela é fácil de reconhecer, não é mesmo? O senhor ignorou o conselho que lhe dei no sábado. Ignorou também a demonstração que recebeu no domingo à noite. Acredita que isso não me surpreendeu?"

"Acredito em qualquer coisa que me disser."

"Pois não me surpreendeu. Espero que não haja ocasião para uma demonstração mais direta. O mundo é mais interessante tendo o senhor nele. Abriu o pacote que recebeu há pouco?"

"Sim."

"Não preciso explicar por que resolvi ressarci-lo dos prejuízos causados a sua propriedade. Preciso?"

"Sim."

"Ora, vamos! Claro que não preciso. Não ao senhor. Se a quantia que recebeu é maior que o prejuízo, não se preocupe. Pretendi que fosse mesmo. O promotor distrital decidiu que a morte de Rony foi explicada de forma cabal e satisfatória com a declaração de Kane, e não haverá indiciamento. Com a consulta que fez ao laboratório da polícia de Nova York, o senhor já deu mostras de que não concorda com essa decisão, e de qualquer forma é claro que não concordaria. Não o senhor. Rony era um jovem competente e de grande futuro e merece que sua morte seja investigada pela melhor cabeça de Nova York. A sua. Eu não moro em Nova York, como o senhor sabe. Até logo e boa sorte."

A ligação foi interrompida. Wolfe pôs o fone no gancho. Fiz o mesmo.

"Jesus", eu disse, baixinho. Assobiei. "Isso é que é cliente! Dinheiro entregue em casa, telefonemas-relâmpago, votos de que ele nunca tenha de apagar você, guarde o troco, melhor cabeça de Nova York, vá em frente... e clique. Como acho que já disse antes, o canalha é rápido."

Wolfe ficou sentado com os olhos quase totalmente fechados. Perguntei: "Onde dou entrada nisto? Em X, ou em Z, de Zeck?".

"Archie."

"Sim, senhor."

"Uma vez eu lhe disse para esquecer o nome daquele homem, e era isso mesmo que eu queria que você fizesse. O motivo disso é simplesmente que não quero ouvir o nome dele porque é o único homem no mundo de quem tenho medo. Não tenho medo de que ele possa me atingir. Tenho medo daquilo que ele algum dia me obrigue a fazer para evitar que me atinja. Você ouviu o que eu disse ao senhor Sperling."

"Está bem. Mas sou o contador. Onde dou entrada nisso, em X?"

"Não dê entrada nenhuma. Primeiro examine tudo muito bem. Depois que tiver feito isso, conte o dinheiro, mas a questão é verificar se há algo além do dinheiro. Deixe dez mil dólares no cofre. Vou precisar deles em breve, talvez amanhã, para uma coisa que não deve aparecer em nossos registros. Só para sua informação, são para o senhor Jones. Leve o resto a um banco de subúrbio, em algum lugar de Nova Jersey, por exemplo, e guarde-o num cofre alugado com nome falso. Se precisar de uma referência, dê o nome de Parker. Depois do que aconteceu no sábado à noite, devemos estar preparados para emergências. Se algum dia batermos de frente com ele e tivermos de sumir daqui e de todas as pessoas que conhecemos, vamos precisar de recursos. Espero nunca ter de tocar nesse dinheiro. Espero que fique lá até eu morrer, e nesse caso serão seus."

"Muito obrigado. Terei uns oitenta anos nessa época e vou precisar deles."

"De nada. Agora para hoje à tarde: primeiro, o que tem a dizer sobre as fotos que fez lá?"

"Às seis horas. Foi o mais cedo que puderam fazer."

"E as chaves?"

"Você disse depois do almoço. Estarão prontas à uma e meia."

"Ótimo. Saul estará aqui às duas?"

"Sim, senhor."

"Chame Fred e Orrie para virem aqui esta noite, depois do jantar. Acho que não vai precisar deles esta tarde, você e Saul se arrumam. Isso é o que nós queremos. Deve..."

Mas a conversa foi interrompida pela chegada do dr. Vollmer. A casa e o consultório dele ficavam em nossa rua, perto da Décima Avenida, e durante anos usamos os serviços dele para tudo, desde costurar a cabeça de Dora Chapin a assinar um atestado de que Wolfe estava louco. Quando chegava, ia sempre até uma das menores cadeiras amarelas, por causa das pernas curtas, sentava, tirava os óculos, olhava para eles, colocava-os outra vez e perguntava: "Quer algumas pílulas?".

Dessa vez ele acrescentou: "Desculpe, mas estou com pressa".

"O senhor sempre está com pressa", disse Wolfe, num tom que usa apenas com as poucas pessoas de quem realmente gosta. "Leu sobre o caso Rony?"

"É claro. Já que você está envolvido nele... Ou estava."

"Ainda estou. O corpo está no necrotério de White Plains. Poderia ir até lá? Terá de passar pelo escritório do promotor distrital para conseguir uma autorização. Diga que vai de minha parte, e que fui contratado por um dos colegas de Rony. Se não ficarem satisfeitos, que me telefonem, tentarei convencê-los. Peça para examinar o corpo — não se trata de uma autópsia, mas de um exame superficial para determinar se ele morreu instantaneamente ou padeceu uma lenta agonia. O que eu quero na verdade é que examine a cabeça dele e veja se ele foi golpeado antes do atropelamento. Sei que a chance de encontrar alguma coisa conclusiva é remota, mas gostaria que tentasse, e não haverá reclamação sobre o preço que cobrar pela viagem."

Vollmer pestanejou. "Isso precisa ser feito ainda hoje?"

"Sim."

"Tem ideia de que arma pode ter sido usada?"

"Não."

"Segundo os jornais, ele não tinha família nem nenhum parente. Talvez eu devesse saber quem estou representando — um dos sócios dele?"

"Eu respondo isso se perguntarem. O senhor está representando a mim."

"Entendo. Sempre os mistérios." Vollmer ficou de pé. "Se um de meus pacientes morrer enquanto eu estiver fora..." Deixou isso no ar e saiu rápido, fazendo-me correr para chegar à porta a tempo de abri-la para ele. O hábito de sair dessa forma, assim que sabia de tudo de que precisava, era uma das razões pelas quais Wolfe gostava dele.

Voltei ao escritório.

Wolfe recostou-se na cadeira. "Temos só dez minutos para o almoço. Então esta tarde, você e Saul..."

15

O chaveiro me extorquiu oito dólares e oitenta por onze chaves. Isso equivalia a mais ou menos o dobro do preço normal, mas nem fiz menção de chiar porque sabia o motivo: ele ainda estava cobrando por uma espécie de mentira que contara a um policial da área de homicídios seis anos antes, por incitação minha. Acho que ele imaginava que éramos cúmplices e que devíamos dividir tudo.

Mesmo tendo as chaves, entrar na casa de Louis Rony poderia ter exigido algumas manobras, se ele morasse num prédio com porteiro e ascensorista, mas não era o caso. O endereço da rua 37 Oeste correspondia a um velho edifício de cinco andares bem restaurado, em cujo saguão, no térreo, havia uma fila de caixas de correio, botões e interfones individuais. O nome de Rony estava no canto direito, o que correspondia ao último andar. A primeira chave que experimentei estava certa. Saul e eu entramos, fomos até o elevador sem ascensorista e apertamos o botão número 5. Era o melhor tipo de moradia para um jovem competente e promissor como Rony, que provavelmente recebia visitas de todo tipo a qualquer hora.

Lá em cima, a segunda chave que experimentei funcionou. Sentindo que, de certa maneira, eu era o anfitrião, segurei a porta aberta para que Saul entrasse na frente. Estávamos no centro de um vestíbulo, nem largo nem comprido. Virando para a direita, em direção à frente do prédio, nos vimos num aposento bem grande, com mobília moderna e harmoniosa, tapetes de cores claras lavados havia pouco, quadros de cores chamativas nas paredes, uma boa quantidade de livros e uma lareira.

"Bem bonito", observou Saul, passando os olhos por tudo. Uma diferença entre nós é que em algumas oportunidades tenho de olhar duas vezes para uma coisa para ter certeza de que nunca vou esquecê-la, mas para ele basta uma vez, sempre.

"Sim", concordei, pondo minha pasta numa cadeira. "Soube que o inquilino o desocupou, de modo que talvez você pudesse alugá-lo." Tirei as luvas de borracha da pasta e lhe dei um par. Ele começou a calçá-las.

"É pena", disse ele, "que você não tenha ficado com aquela carteirinha no domingo à noite, quando pôs as mãos nela. Teria poupado problemas. É ela que estamos procurando não é?"

"É nosso principal objetivo", respondi, e comecei a calçar a segunda luva. "Vamos pegar tudo o que nos pareça interessante, mas adoraríamos ter uma lembrança do Partido Comunista americano. A melhor aposta seria algum tipo de cofre, mas não vamos andar feito barata tonta." Fui para o lado esquerdo. "Você pega aquele lado."

É um prazer trabalhar com Saul porque posso me concentrar completamente em minha parte do trabalho sem ter de prestar atenção na dele. Nós dois gostamos de trabalho de busca, quando não é do tipo que você precisa virar sofás de pernas para cima ou usar lentes de aumento, porque quando acaba você tem uma resposta final clara — sim ou não. Para aquele aposento, onde passamos uma boa hora, a resposta foi não. Não havia nenhum atestado de filiação nem coisa alguma que merecesse ser levada para Wolfe. A única coisa parecida com um cofre era uma caixa de valores trancada e guardada numa das gavetas da mesa. Uma das chaves abriu a fechadura da caixa, e tudo o que havia dentro dela era uma garrafa de uísque McCrae's pela metade. Aparentemente, era a única

150

coisa que ele não queria dividir com a faxineira. Deixamos a parte mais entediante, que era folhear os livros, para o fim, e fizemos isso juntos. Não havia neles nada além de páginas.

"Esse sujeito não confiava em ninguém", queixou-se Saul.

Em nosso objetivo seguinte, o quarto, que tinha mais ou menos a metade do tamanho da sala, Saul deu uma olhada em torno e disse: "Graças a Deus não há livros".

Concordei de todo o coração. "Devíamos trazer sempre um menino para isso. Para adultos, folhear livros é um meio infernal de ganhar a vida."

O quarto não nos tomou tanto tempo, mas deu o mesmo resultado. À medida que avançávamos, eu ia me convencendo de que ou Rony nunca tivera nenhum tipo de segredo, ou os que tinha eram tão perigosos que de nada adiantava alguma precaução convencional; e em vista do que tinha acontecido aos viveiros, a escolha era fácil. Quando terminamos a cozinha, que era mais ou menos do tamanho do elevador de Wolfe, e o banheiro, muito maior e imaculado, afligiu-me a presença patética da garrafa de uísque trancada na caixa de valores, escondida da faxineira — o único segredo inocente a ponto de poder ficar em casa.

Achando que essa ideia mostrava bem o quanto eu era tolerante, experimentando esse tipo de sentimento até por um patife de primeira como Rony, pensei que devia falar com Saul sobre isso. As luvas tinham voltado para a pasta, a pasta para debaixo do meu braço, e nós estávamos no vestíbulo, diante da porta, prontos para sair. Não pude explicar cabalmente minha ideia a Saul por causa de uma interrupção. Eu estava pondo a mão na maçaneta, protegida por um lenço, quando ouvimos o elevador chegar, parar naquele andar, e sua porta se abrir. Não havia dúvida sobre o apartamento que procuravam, visto que havia só um por andar. Ouvimos passos lá fora e o barulho de uma chave sendo introduzida na fechadura, mas na hora em que a porta se abriu, Saul e eu estávamos no banheiro, com a porta fechada mas não trancada.

Uma voz disse, não muito alto: "Tem alguém aí?". Era Jimmy Sperling.

Outra voz disse mais baixo, mas sem o menor tremor: "Você tem certeza de que é este?". Era a mãe de Jimmy.

"Claro que sim", disse Jimmy asperamente. Era a aspereza de um rapaz aterrorizado e absolutamente tenso. "É o quinto andar. Entre, não podemos ficar aqui."

Ouvimos passos entrando na sala de estar. Sussurrei o nome deles para que Saul soubesse quem eram e acrescentei: "Se estão em busca de alguma coisa, que tenham sucesso".

Abri uma fresta de um centímetro na porta, e ficamos escutando. Eles conversavam e, a julgar por outros sons, não eram nem um pouco metódicos e eficientes como Saul e eu. Um deles derrubou uma gaveta no chão, e pouco depois alguma coisa, talvez um quadro, caiu. Mais tarde deve ter sido um livro, e já era demais para mim. Se Saul e eu não tivéssemos sido tão minuciosos, aquilo poderia valer uma espera, para o caso de eles conseguirem encontrar o que procuravam e pudéssemos pedir-lhes que nos mostrassem antes que fossem embora. Mas ficar ali e deixar que perdessem tempo vasculhando os livros que acabáramos de folhear um a um seria uma idiotice sem nome. Sendo assim, abri a porta do banheiro e cumprimentei-os.

"Olá!"

Algum dia ainda vou aprender. Pensava que tinha entendido Jimmy muito bem. Tenho o hábito de nunca cuidar de um caso de homicídio sem um coldre no ombro, mas minha opinião sobre Jimmy era tal que não me dei ao trabalho de transferir a arma para o bolso, ou para minha mão. No entanto, eu tinha lido sobre mães que protegem a cria e também já me deparei com isso ocasionalmente,

152

e devia pelo menos ter ficado mais alerta. Não que o fato de ter uma arma na mão teria ajudado, a menos que eu pretendesse dar uma coronhada na cabeça dela. Como ela estava perto quando entrei, não teve de dar mais que alguns passos para me alcançar, exatamente a distância de que precisava para ganhar impulso.

Chegou em mim como um furacão, com as mãos estendidas para meu rosto, berrando a plenos pulmões: "Sai, sai, sai!".

Aquilo não fazia nenhum sentido, mas as atitudes de uma mulher naquelas condições nunca fazem. Mesmo que eu estivesse sozinho e ela conseguisse me manter ocupado pelo tempo necessário para que ele fugisse, e daí? Já que eu não era um assassino nem um condenado, a única ameaça que representava era ter flagrado Jimmy ali, e como eu já o vira, ela não poderia apagar isso por mais longas que fossem suas unhas. Mesmo assim ela tentou, e em sua primeira investida chegou tão perto de mim que realmente atingiu meu rosto. Sentindo a dor do arranhão provocado por uma de suas unhas, imobilizei-a fora do alcance de meu rosto, e teria ficado por aí não fosse por Jimmy, que estava no outro lado da sala quando entrei. Em vez de correr para reforçar o ataque de mamãe, ele ficou lá mesmo, de pé ao lado da mesa, segurando uma arma. Ao ver a arma, Saul, que vinha entrando atrás de mim, parou para pensar um pouco, e não o culpo, já que a mão direita de Jimmy, que segurava a arma, estava tudo menos firme, o que significava que qualquer coisa poderia acontecer.

Lancei-me na direção da mamãe, e antes que ela se desse conta estava firmemente segura contra meu corpo. Não conseguia nem se contorcer, embora tentasse. Com o queixo enterrado no ombro dela, falei com Jimmy.

"Posso quebrá-la em duas, e não pense que não sou capaz disso. Quer ouvir a coluna dela se partir? Largue isso. Abra a mão e deixe a arma cair."

"Sai, sai, sai!", berrava mamãe como podia, já que eu a mantinha comprimida e dificultava sua respiração.

"Vamos lá", disse eu. "Isso machuca, mas não vai durar muito."

Saul foi até Jimmy, torceu-lhe o punho, e a arma caiu no chão. Saul pegou-a e recuou. Jimmy avançou em minha direção. Quando chegou perto o bastante, atirei a mãe em cima dele. Ela então ficou nos braços do filho, e não nos meus, e viu Saul pela primeira vez. Até aquele momento, a maluca não sabia que eu não estava sozinho.

"Vá olhar seu rosto", disse Saul.

Fui ao banheiro, olhei no espelho e lamentei tê-la soltado tão facilmente. Começava logo abaixo do olho esquerdo e continuava para baixo bem uns oito centímetros. Apliquei-lhe água fria, procurei um antisséptico, mas não encontrei nenhum, e levei para a sala uma toalha umedecida. Jimmy e mamãe estavam encurralados ao lado da mesa, e Saul, com a arma de Jimmy, estava bem à vontade.

Reclamei: "Por que isso? Eu só disse olá. Para que arranhões e tiros?".

"Ele não atirou", disse a sra. Sperling, com raiva.

Contestei. "Bem, mas a senhora certamente me arranhou. Agora temos um inconveniente. Podemos revistar seu filho sem problemas, isso é fácil, mas como vamos revistá-la?"

"Tente só me revistar", disse Jimmy. Tinha voz de mau e cara de mau. Para mim ele era o único membro da família que não apitava nada em coisa alguma, mas agora já não tinha tanta certeza.

"Bobagem", disse eu. "Você está zangado porque não teve estômago para atirar, o que mostra como é burro. Sentem-se ali no sofá, os dois." Passei a toalha úmida no rosto. Eles não se mexeram. "Será que vou ter de sentá-los?"

Mamãe puxou o braço dele, foram andando de lado até o sofá e sentaram-se. Saul meteu a arma no bolso e pegou uma cadeira.

"Você nos assustou, Andy", disse mamãe. "Foi o que aconteceu. Fiquei tão assustada que não reconheci você."

Foi uma boa sacada, que nunca teria ocorrido a um homem. Ela estava nos remetendo à situação original, quando eu não passava de um hóspede bem-vindo em sua casa.

Rejeitei o retrocesso. "Meu nome agora é Archie, lembra-se? E a senhora me marcou de uma forma que agora ninguém vai me reconhecer. A senhora certamente reage com energia quando se assusta." Puxei uma cadeira e me sentei. "Como foi que entraram aqui?"

"Ora, com uma chave!"

"Onde conseguiram?"

"Ora, nós... tínhamos a chave..."

"E como *vocês* entraram?", indagou Jimmy.

Balancei a cabeça. "Isso não vai levar a nada. Suponho que você saiba que seu pai despediu Wolfe. Agora temos outro cliente, um dos colegas de Rony. Quer levar isto até o fim? Chamar a polícia, por exemplo? Acho que não. Onde conseguiram a chave?"

"Não é da sua conta!"

"Já lhe contei", disse mamãe em tom de censura. "Nós tínhamos uma chave."

Como desisti de aplicar a lógica às mulheres desde que terminei o ensino médio, relevei aquilo. "Temos uma escolha a fazer", informei. "Posso ligar para o distrito policial e solicitar dois detetives, um homem e uma mulher, para revistá-los e saber o que procuravam, o que tomaria tempo e seria desagradável, ou vocês podem nos dizer. A propósito, acho que não conhecem meu amigo e colega, o senhor Saul Panzer. É aquele da cadeira. Aliás, nunca foram ao cinema? Por que não estão usando luvas? Deixaram dez mil impressões digitais na casa toda. Ou vocês podem nos contar onde conseguiram a chave e por que estão aqui — só que tem de ser a verdade. Uma boa razão para preferirem falar conosco é que na realidade não precisamos revistá-los, porque ainda estavam procurando e portanto não tinham achado nada."

Eles se entreolharam.

"Posso dar uma sugestão?", perguntou Saul.

"Sim, claro."

"Talvez fosse melhor ligarmos para o senhor Sperling e perguntar..."

"Não!", gritou mamãe.

"Devo-lhe essa", agradeci a Saul. "Você me faz lembrar Wolfe." Voltei a eles. "Agora vai ser melhor ainda. Onde conseguiram a chave?"

"Com Rony", murmurou Jimmy, contrafeito.

"Quando foi que ele lhe deu a chave?"

"Há muito tempo. Ela estava comigo..."

"Começou bem", disse eu, animando-o. "Ele tinha alguma coisa aqui, ou você pensou que ele tivesse, algo que você queria tanto que os dois vieram buscá-lo na primeira oportunidade depois da morte dele. Mas ele tinha lhe dado a chave havia muito tempo, de modo que você poderia ter vindo algum dia enquanto ele estivesse no escritório. Panzer e eu não engolimos essa. Conte outra."

Eles trocaram olhares.

"Por que você não experimenta esta?", sugeri. "Você pegou a chave emprestada de sua irmã mais nova, e..."

"Seu filho da puta", rosnou Jimmy, levantando-se e dando um passo à frente. "Realmente, eu não atirei, mas por Deus..."

"Não seja desagradável, Andy", protestou mamãe.

"Então nos dê alguma coisa melhor." Eu tinha preparado os pés, para o caso de Jimmy avançar, mas ele não o fez. "Seja lá o que for, lembre-se de que sempre podemos checar com o senhor Sperling."

"Não, você não pode!"

"Por que não?"

"Porque ele não sabe nada sobre isto! Vou contar a verdade! Nós convencemos o zelador a nos emprestar a chave."

"E quanto custou convencê-lo?"

"Ofereci... dei-lhe cem dólares. Ele vai estar lá embaixo no saguão quando sairmos para comprovar que não estamos levando nada."

"Conseguiram uma pechincha", declarei, "a menos que ele pretenda revistá-los. Você não acha que devemos conhecê-lo, Saul?"

"Acho."

"Então vá buscá-lo. Traga-o para cá."

Saul foi. Estávamos os três sentados, esperando, quando mamãe perguntou de repente: "Seu rosto está doendo, Andy?".

Pensei em três respostas, todas elas boas, mas optei por uma quarta porque era mais curta.

"Está."

Quando a porta de entrada abriu-se de novo, eu me pus de pé, pensando que com a chegada do zelador ficávamos dois contra dois, sem contar mamãe, e que ele talvez pudesse ser um atleta. Mas assim que o vi, sentei-me de novo. Era um peso médio, seu tórax não se expandia nem a metade do de Madeline, e ele não levantava os olhos acima dos joelhos de uma pessoa.

"Ele se chama Tom Fenner", informou Saul. "Tive de trazê-lo na marra."

Olhei para ele. Ele olhou para meus tornozelos. "Olhe", eu disse, "isto pode ser rápido e simples. Represento um colega de Rony. Pelo que sei, estes dois não causaram nenhum dano aqui, e não vou deixar que causem. Não gosto de envolver as pessoas em problemas se não for obrigado a isso. É só mostrar as cem pratas que eles lhe deram."

"Puxa, eu nunca vi cem pratas juntas", guinchou Fenner. "Por que eles me dariam cem pratas?"

"Para pegar a chave do apartamento. Vamos, mostre."

"Eles não pegaram chave nenhuma comigo. Sou o encarregado daqui. Sou responsável."

"Pare de mentir", cortou Jimmy.

"Aqui está a chave", disse mamãe, mostrando-a. "Estão vendo, é a prova!"

"Me dê isso", disse Fenner, e deu um passo. "Me deixe dar uma olhada nela."

Peguei o braço dele e o torci. "Para que alongar isso? Por mais corajoso e forte que você seja, é provável que nós três sejamos capazes de segurá-lo, enquanto a senhora revista seus bolsos. Economize tempo e energia, cara. Talvez eles tenham enfiado o dinheiro na sua roupa quando você não estava olhando."

Ele estava tão aturdido e desarmado que seus olhos quase chegaram à altura dos meus joelhos antes que ele conseguisse controlá-los. Baixaram de novo, enquanto a mão dele procurava o bolso da calça e saía com um rolinho apertado entre os dedos. Peguei o dinheiro, desenrolei-o, vi uma nota de cinquenta, duas de vinte e uma de dez, e entreguei-o de volta. Foi a única vez que ele levantou os olhos; eles chegaram à altura dos meus, extremamente perplexos.

"Pegue e se mande", eu disse. "Eu só queria dar uma olhada. Espere aí." Peguei a chave que estava com mamãe e entreguei-a a ele também. "Não empreste a ninguém de novo sem me telefonar antes. Vou deixar trancado quando sair."

Ele estava sem fala. O pobre panaca nem sequer atinou com perguntar o meu nome.

Depois que ele saiu, Saul e eu nos sentamos de novo. "Vocês estão vendo", eu disse, amavelmente, "é fácil ficarmos satisfeitos quando nos dizem a verdade. Agora sabemos como pegaram a chave. Para que vieram aqui?"

Mamãe tinha a resposta na ponta da língua, sabendo que a pergunta seria feita. "Você se lembra", disse ela, "que meu marido achava que Louis era comunista."

Eu disse que lembrava.

"Bem, nós continuávamos achando isso... Quero dizer, depois do que Wolfe nos disse na segunda-feira à tarde. Nós ainda achávamos isso."

"Nós quem?"

"Meu filho e eu. Falamos a respeito e ainda pensávamos assim. Hoje, depois que meu marido nos disse que Wolfe não acredita na declaração de Webster e que podem surgir mais problemas sobre o caso, achamos que se viéssemos aqui, encontrássemos algo que provasse que Louis era comunista e mostrássemos a prova a Wolfe, tudo ficaria resolvido."

"Tudo ficaria resolvido", eu disse, "porque se ele fosse comunista Wolfe não se importaria com quem ou com que o matou. É isso?"

"Claro, você não está vendo?"

Perguntei a Saul: "Você aceita isso?".

"Nem de graça", ele disse, enfático.

Concordei. Virei-me para Jimmy. "Por que você não faz uma tentativa? A maneira como a cabeça de sua mãe funciona torna as coisas difíceis para ela. O que você tem a oferecer?"

Os olhos de Jimmy ainda eram de poucos amigos. Olhavam diretamente nos meus. "O que eu acho", ele disse, raivoso, "é que fui um idiota em cair nesta."

"Está bem. E?"

"Acho que você nos pegou, que diabos."

"E?"

"Acho que vamos ter de lhe dizer a verdade. Senão..."

"Jimmy!" Mamãe agarrou o braço dele. "*Jimmy!*"

Ele não lhe fez caso. "Senão vocês vão acabar pensando que é algo pior. Você mencionou o nome de minha irmã, insinuando que ela teria uma chave do apartamento. Gostaria de fazer você engolir isso, e talvez um dia o faça, mas penso que devemos lhe dizer a verdade, e não posso fazer nada se isso diz respeito a ela. Ela escreveu algumas cartas para ele, não do tipo que você pode pensar, mas de qualquer modo minha mãe e eu sabíamos disso e não queríamos que viessem à tona. Então viemos buscá-las."

159

Mamãe soltou o braço dele e sorriu para mim, radiante. "Foi isso!", ela disse, ansiosa. "Na verdade, não eram cartas comprometedoras, mas eram... pessoais. Entende, não?"

Se estivesse no lugar de Jimmy, eu a estrangularia. Da maneira como ele contara, pelo menos a coisa não era inverossímil, mas o fato de ela se agarrar a Jimmy quando ele anunciou que ia dizer a verdade, e depois reagir daquela forma quando ele acabou de dizer o que queria, era o bastante para duvidar até de que ela iria atravessar uma rua. No entanto, reagi à explosão dela com indiferença. Com a expressão que vi nos olhos de Jimmy, duvidei que outro arrocho pudesse render coisa melhor, e, se era assim, melhor fazer crer que a verdade dele era a minha verdade. Dessa maneira, minha expressão de indiferença foi substituída por um sorriso de compaixão.

"Mais ou menos quantas cartas?", perguntei a Jimmy, só por curiosidade.

"Não sei exatamente. Mais ou menos uma dúzia."

Assenti. "Entendo por que você não quereria vê-las por aí, mesmo sendo inocentes. Mas ou ele as destruiu ou elas estão em outro lugar. Você não vai encontrá-las aqui. Panzer e eu já procuramos alguns documentos — nada a ver com sua irmã ou com você —, e sabemos procurar. Acabamos pouco antes de vocês chegarem, e pode ter como certo que aqui não há carta alguma de sua irmã, que dirá uma dúzia. Se quiser que assine uma declaração a esse respeito, assino com prazer."

"Talvez vocês não tenham reparado nelas", objetou Jimmy.

"*Você* poderia não ter reparado", corrigi. "Nós, não."

"E os documentos que estavam procurando? Encontraram?"

"Não."

"Eram o quê?"

"Ah, umas coisas necessárias para acertar os negócios dele."

"Você está dizendo que não têm relação com... minha família?"

"Nenhuma relação com sua família, pelo que eu saiba." Fiquei de pé. "Sugiro então terminarmos com isto. Você volta de mãos vazias, e nós também. Gostaria de acrescentar que não haverá menção disto ao senhor Sperling, já que ele não é mais nosso cliente e parece que você acha que poderia perturbá-lo."

"É muita gentileza de sua parte, Andy", disse mamãe, agradecida. Ela se levantou para me examinar. "Mil desculpas pelo seu rosto!"

"Nem fale nisso", respondi. "Eu não devia tê-la assustado. Vai ficar bom em alguns meses." Virei-me para Saul: "Você não vai querer aquela arma, vai?".

Saul tirou a arma do bolso, despejou os cartuchos na palma da mão, foi até Jimmy e devolveu-lhe sua propriedade.

"Não vejo por que", disse mamãe, "não podemos ficar um pouco mais e procurar melhor, só para ter certeza em relação àquelas cartas."

"Ora, vamos", disse Jimmy rudemente.

Foram embora.

Saul e eu saímos pouco depois. Quando descíamos pelo elevador, ele perguntou: "Alguma dessas coisas cola, afinal?".

"Para mim, não. Para você?"

"Não. Foi difícil ficar de cara séria."

"Acha que eu devia ter insistido?"

Ele balançou a cabeça. "Não havia nada que pudesse fazê-lo abrir o bico. Você viu os olhos e a fuça dele."

Antes de sair eu tinha ido ao banheiro para olhar meu rosto, e era um espetáculo. Mas o sangue parara de escorrer, e eu não me importava que as pessoas me encarassem, desde que fossem do sexo feminino, atraentes, e que tivessem entre dezoito e trinta anos. Além disso, eu tinha outra missão naquela parte da cidade. Saul foi comigo porque havia uma remota possibilidade de que ele pudesse ajudar. É sempre engraçado andar com ele numa calçada porque você sabe que está assistindo a um desempenho notável. Olhe para Saul e tudo o que você vai ver é um cara andando, mas acredito piamente que se você lhe mostrar qualquer uma daquelas pessoas um mês depois e perguntar se ele já a viu antes, Saul não vai demorar mais de cinco segundos para responder: "Sim, uma única vez, na quarta-feira, 22 de junho, na avenida Madison, entre a rua 39 e a 40". Ganha de mim longe.

Acabou que ele não foi necessário para a missão. O quadro que estava na parede do saguão de mármore informava que os escritórios de Murphy, Kearfort e Rony ficavam no vigésimo oitavo andar, e tomamos o elevador. Era o conjunto que dava para a avenida, e lá tudo funcionava como numa colmeia. Depois de dar uma olhada, tive de reconsiderar minha ideia inicial, porque não esperava aquele tipo de organização. Disse à recepcionista, que já passava de minha idade-limite e parecia eficiente e durona, que eu queria ver um dos sócios da firma, dei meu nome e me sentei ao lado de Saul num sofá de couro que já conhecera um milhão de bundas. Pouco depois, outra mulher, que fazia bom contraponto com a recepcionista e era só um pouquinho mais velha, apareceu para me levar por um corredor e, depois, para uma sala que ficava num canto e tinha quatro janelões duplos.

Um sujeito forte, de cabelos brancos e olhos azuis fundos, sentado a uma mesa ainda maior que a de Wolfe, levantou-se para apertar-me a mão.

"Archie Goodwin?", disse com ruidosa cordialidade, como se estivesse esperando aquele encontro havia anos. "Do escritório de Nero Wolfe? É um prazer. Sente-se. Sou Aloysius Murphy. O que posso fazer pelo senhor?"

Como não tinha mencionado nome algum além do meu para a recepcionista, me senti famoso. "Não sei", disse a ele, sentando-me. "Imagino que possa fazer qualquer coisa."

"Posso tentar." Ele abriu uma gaveta. "Pegue um charuto."

"Não, obrigado. Wolfe está interessado na morte de seu sócio minoritário, Louis Rony."

"Achei que fosse isso." Num instante seu rosto passou das sorridentes boas-vindas para uma tristeza solene. "Uma carreira brilhante ceifada brutalmente quando começava a florescer."

Isso me pareceu Confúcio, mas deixei passar. "Uma desgraça horrível", concordei. "Wolfe tem uma teoria segundo a qual a verdade se esconde de nós."

"Conheço. Uma teoria muito interessante."

"Sim, ele está investigando isso um pouco. Acho melhor ser franco. Ele achou que poderia haver algo no escritório de Rony — documentos, qualquer coisa — que pudesse nos dar uma pista. A ideia era que eu viesse dar uma olhada. Por exemplo, se lá houvesse duas salas e numa delas uma estenógrafa, eu poderia dominá-la — provavelmente amordaçá-la e amarrá-la —, e se lá houvesse um cofre, eu poderia espetar alfinetes debaixo das unhas dela até que ela me entregasse o segredo... e fazer um bom serviço. Trouxe um homem comigo para ajudar, mas mesmo com nós dois não vejo como poderemos..."

Parei porque ele estava rindo tão alto que já não me ouvia. Seria de imaginar que eu fosse Bob Hope e que finalmente tivesse arranjado uma piada nova. Quando achei que seria ouvido, protestei com modéstia: "Não mereço tanto".

Ele foi diminuindo o volume. "Devia tê-lo conhecido há mais tempo", declarou. "Estava perdendo um artista. Vou lhe dizer uma coisa, Archie, e transmita a Wolfe: vocês podem contar conosco — com todos nós — para o que precisarem." Abriu os braços. "A casa é sua. Não vai ser preciso nos espetar alfinetes. A secretária de Louis vai lhe mostrar tudo, dizer tudo... todos nós faremos isso. Faremos o que for possível para ajudá-los a encontrar a verdade. Para um homem de caráter, a verdade é tudo. Quem arranhou seu rosto?"

Ele estava me dando nos nervos. Estava tão feliz por finalmente me conhecer, tão ansioso para ajudar, que levei cinco minutos para me livrar dele e sair da sala, mas até que enfim consegui.

Voltei para a recepção, fiz sinal para Saul e, assim que nos vimos fora do conjunto, disse a ele: "Mataram o sócio errado. Comparado a Aloysius Murphy, Rony era o ápice da honradez".

16

As fotos saíram bastante bem, em vista das circunstâncias. Como Wolfe me pedira para encomendar quatro cópias de cada, ficamos com uma montanha delas. Naquela noite, depois do jantar, quando Saul e eu estávamos no escritório examinando e organizando as imagens, tive a impressão de que havia mais fotos de Madeline do que eu me lembrava de ter feito, e deixei a maior parte delas fora da pilha que separávamos para Wolfe. Havia três boas fotos de Rony — de rosto, de frente e de perfil —, e uma das fotos da carteirinha do partido era de envaidecer qualquer um. Só com ela eu poderia ter conseguido um emprego na *Life*. Webster Kane não era fotogênico, mas Paul Emerson, sim. Mencionei esse fato para Wolfe quando fui pôr as fotos sobre a mesa dele. Ele grunhiu. Perguntei se queria ouvir meu relatório sobre aquela tarde, e ele respondeu que olharia as imagens primeiro.

Paul Emerson era uma das causas do atraso de meu relatório. Saul e eu tínhamos chegado de volta ao escritório pouco depois das seis, mas a programação de Wolfe tinha sido alterada pela emergência no terraço, e ele só desceu às 18h28. Assim que voltou, ligou o rádio, sintonizou-o na WPIT, foi até sua cadeira atrás da mesa e sentou-se, com os lábios contraídos.

Vieram um comercial, a vinheta musical e, a seguir, a voz ácida e abaritonada de Emerson.

Nesta agradável tarde de junho não tenho nenhum prazer em anunciar que os professores estão fazendo das suas outra vez — mas, afinal, sempre estão —, oh, é claro, os professores não falham. Um deles fez um discurso em Boston ontem à noite, e se você tiver alguma sobra do pagamento da semana passada, é melhor escondê-la debaixo do colchão. Ele pretende que nós, além de alimentar e vestir todas as pessoas do mundo, também as eduquemos...

Parte de minha formação consistia em observar a fisionomia de Wolfe enquanto ele ouvia o programa de Emerson. Os lábios dele começavam levemente contraídos, mas iam se apertando cada vez mais, até se transformarem numa linha finíssima, e suas bochechas ficavam infladas e com dobras, como um mapa topográfico. Quando a tensão chegava a certo ponto, sua boca de abria num estouro, para fechar-se em seguida e começar tudo outra vez. Eu gostava de testar minha capacidade de observação tentando determinar o segundo exato em que ocorreria o estouro.

Minutos depois, Emerson estava comentando outro de seus alvos prediletos:

...eles se autodenominam federalistas mundiais, esse grupo de estadistas amadores, e pretendem que desistamos da única coisa que nos resta: o direito de tomar decisões sobre nossos próprios assuntos. Eles acham que seria ótimo se tivéssemos de pedir licença a todos os pigmeus e a todo bobo alegre do mundo cada vez que quisermos mudar nossos móveis de lugar, ou até mesmo para deixá-los onde estão...

Antecipei o estouro da boca de Wolfe em três segundos, o que era minha média. Eu não podia esperar acertar bem na mosca. Emerson desenvolveu um pouco aquele assunto e depois anunciou o *grand finale*. Ele sempre encerrava com uma estocada ferina em alguma personalidade que naquele momento se destacava da multidão.

Bem, amigos e concidadãos, um certo detetive considerado genial está deitando e rolando aqui em Nova York, onde moro porque sou obrigado. Vocês já ouviram falar dessa gorda criatura fantástica que responde pelo bom e velho nome americano de Nero Wolfe. Pouco antes de entrar no ar, recebi aqui no estúdio o comunicado de um escritório de advocacia de Manhattan — escritório que agora tem um sócio a menos porque um deles, um homem chamado Louis Rony, morreu num acidente de carro na segunda-feira à noite. As autoridades fizeram uma investigação completa e adequada, e não há dúvida de que se trata de um acidente e de quem o causou. As autoridades sabem tudo sobre o caso, e o público, ou seja, vocês, também.

Mas esse personagem tido como gênio sabe mais do que todo mundo junto — como de costume. E como o acidente ocorreu na propriedade de um cidadão proeminente — homem que tenho a honra de considerar meu amigo e grande americano —, esse gênio não poderia perder a excelente oportunidade de conseguir publicidade barata. O comunicado do escritório de advocacia diz que Nero Wolfe pretende dar continuidade à investigação da morte de Rony até descobrir a verdade. Que lhes parece isso? O que vocês acham desse insolente desdém pela máquina da justiça num país livre como o nosso? Se me permitem expressar minha opinião, acho que passaríamos muito bem sem essa espécie de gênio em nossa América.

Entre as bestas quadrúpedes há um animal que não trabalha para conseguir alimento nem luta por ele. O esquilo procura suas bolotas, e a ave de rapina conquista a duras penas sua refeição. Mas esse animal fica à espreita entre as árvores, as pedras e o mato, à espera de desgraça e sofrimento. Que modo de vida! Que dieta essa, alimentar-se da desgraça! Como somos felizes pelo fato de que só entre bestas quadrúpedes encontramos um necrófago dessa espécie!

Talvez eu devesse pedir desculpas, amigos e concidadãos, por esta digressão no campo da história natural. Até daqui a dez dias. Amanhã, e pelo resto de minhas férias, Robert Burr estará com vocês em meu lugar. Tive de vir à cidade hoje, e a tentação de chegar até o estúdio e conversar com vocês foi demais para mim. Com vocês o senhor Griswold, em nome de meu patrocinador.

Outra voz, tão cordial e radiante quanto era ácida a de Emerson, começou a falar sobre o papel desempenhado pela Continental Mines Corporation na grandeza da América. Levantei-me e fui até o rádio para desligá-lo.

"Espero que ele saiba grafar seu nome corretamente...", comentei. "O que você acha? Ele se deu a todo esse trabalho bem no meio das férias só para descer a lenha em você. Devemos escrever agradecendo?"

Nenhuma resposta. Obviamente não era hora de perguntar se ele queria ouvir nosso relatório sobre aquela tarde, de modo que não perguntei. E, depois, em seguida ao jantar, como já disse, ele decidiu estudar as fotos primeiro.

Wolfe gostou tanto das fotos que praticamente sugeriu que eu abandonasse o trabalho de detetive e me dedicasse à fotografia. Havia trinta e oito imagens diferentes no conjunto que pus na mesa dele. Ele descartou nove, pôs seis na gaveta de cima e pediu as quatro cópias das vinte e três restantes. Quando Saul e eu as reunimos, notei que ele não tinha preferência por nenhuma. Toda a família e os hóspedes estavam bem representados, e a carteirinha do partido, naturalmente, estava incluída. Então, todas as fotos foram identificadas no verso e guardadas em envelopes separados, também identificados. Wolfe passou um elástico em torno deles e os enfiou na gaveta de cima.

O relatório foi adiado mais uma vez, agora por causa da chegada do dr. Vollmer. Ele aceitou a cerveja que Wolfe lhe ofereceu, como sempre fazia quando vinha de noite, e depois que Fritz a trouxe e ele molhou a garganta, contou sua história. A acolhida em White Plains não tinha sido calorosa nem fria, disse, apenas profissional, e, depois de fazer uma ligação para Wolfe, um promotor distrital assistente acompanhou-o até o necrotério. Quanto ao que encontrou, o melhor que podia oferecer era uma suposição. O centro do impacto das rodas do carro tinha sido a quinta costela, e o único sinal de ferimento na parte superior do corpo de Rony era uma contusão do lado direito da cabeça, perto da orelha. O estado dos quadris e das pernas mostrava que essa parte tinha ficado debaixo do carro, portanto a cabeça e os ombros deviam ter sido projetados para fora do alcance das rodas. Era possível que a contusão da cabeça tivesse sido causada pelo cascalho do caminho de acesso, mas também era possível que ele tivesse sido golpeado com algum objeto e ficado inconsciente antes que o carro passasse sobre ele. Se esse fosse o caso, o objeto não teria sido cortante, nem teria uma área de impacto pequena, como um martelo ou uma chave inglesa, nem ainda uma superfície totalmente lisa, como um bastão de beisebol. Teria sido um objeto rombudo, áspero e pesado.

Wolfe estava sério. "Um taco de golfe?"

"Acho que não."

"Uma raquete de tênis?"

"Muito leve."

"Um cano de ferro?"

"Não. Muito liso."

"Um galho de árvore com cotos dos ramos?"

"Seria perfeito se tivesse o peso necessário". Vollmer tomou um gole da cerveja. "Claro que tudo o que eu tinha era uma lupa. Examinando o cabelo e o couro cabeludo ao microscópio, talvez se encontrasse algum indício. Sugeri isso ao promotor distrital assistente, mas ele não mostrou entusiasmo. Se houvesse possibilidade de cortar um pedaço, eu o teria trazido para casa, mas ele não tirou os olhos de mim. Agora é tarde, porque estavam a ponto de preparar o corpo para o enterro."

"O crânio estava fraturado?"

"Não. Intacto. Aparentemente, o legista também quis saber isso. O couro cabeludo tinha sido arrancado e reposto no lugar."

"Você poderia jurar que ele provavelmente foi deixado inconsciente antes que o carro o atropelasse?"

"Não 'provavelmente'. Eu posso jurar que ele foi golpeado na cabeça, e que isso ocorreu quando ainda estava de pé — até onde minha pesquisa pôde concluir."

"Que diabo", resmungou Wolfe. "Eu esperava simplificar as coisas obrigando aquela gente a trabalhar um pouco. Você fez o que pôde, doutor, eu estou agradecido." Virou a cabeça. "Saul, Archie lhe deu um dinheiro para guardar na outra noite, não?"

"Sim, senhor."

"Está aí com você?"

"Sim, senhor."

"Por favor, entregue-o ao doutor Vollmer."

Saul tirou do bolso um envelope, pegou de dentro dele algumas notas dobradas, foi até Vollmer e entregou-lhe o dinheiro.

O doutor estava atônito. "Por que isto?", perguntou a Wolfe.

"Por esta tarde, senhor. Espero que seja suficiente."

"Mas... vou mandar uma conta. Como sempre."

"Se preferir assim, com certeza. Mas se não se importar, gostaria que acreditasse que é particularmente apropriado que eu lhe pague com esse dinheiro pelo exame da cabeça de Rony na tentativa de descobrir a verdade sobre a morte dele. Isso agrada à minha imaginação, se não ofende a sua. É o suficiente?"

O doutor desdobrou as notas e deu uma olhada. "É muito."

"Fique com ele. Tem de ser esse dinheiro, e só esse."

O médico guardou o dinheiro no bolso. "Obrigado. Sempre os mistérios." Levantou o copo de cerveja. "Assim que acabar aqui, Archie, vou dar uma olhada em seu rosto. Eu sabia que um dia você tentaria agarrar alguém antes da hora."

Dei-lhe a resposta adequada.

Depois que ele foi embora, finalmente fiz o relatório por mim e Saul. Wolfe recostou-se na cadeira e ouviu até o fim sem interrupção. No meio do relatório, chegaram Fred Durkin e Orrie Cather, recebidos por Fritz. Fiz sinal para que se sentassem e prossegui. Quando expliquei por que não insisti em extrair algo melhor do que a lorota de Jimmy sobre as cartas que Gwenn teria escrito a Rony, apesar da maneira como mamãe tinha estragado a situação para ele, Wolfe concordou com um sinal, e quando expliquei por que fui embora do escritório de Murphy, Kearfort e Rony sem ao menos tentar dar uma olhada no cesto de papéis, ele aquiesceu mais uma vez. Uma das razões pelas quais gosto de trabalhar com ele é que nunca me censura por não ter feito as coisas como ele faria. Sabe do que sou capaz, e isso é tudo o que espera; mas, com certeza, ele espera.

Quando cheguei ao fim, acrescentei: "Se posso dar uma sugestão, por que não pôr um dos rapazes para descobrir onde estava Aloysius Murphy às nove e meia da noite de segunda-feira? Gostaria de me oferecer como voluntário. Aposto que ele é um D e, ainda por cima, comuna também, e se não matou Rony devia ser enquadrado justamente por isso. Você tinha de conhecê-lo".

Wolfe grunhiu. "Pelo menos a tarde não foi em vão. Vocês não acharam a carteirinha."

"É, achei que era isso que você diria."

"E você encontrou a senhora Sperling e o filho. Tem certeza de que ele inventou a história das cartas?"

Dei de ombros. "Você me ouviu contá-la."

"E você, Saul?"

"Sim, senhor, concordo com Archie."

"Então isso resolve o assunto." Wolfe suspirou. "É uma confusão dos diabos." Olhou para Fred e Orrie. "Podem chegar mais perto? Quero dizer uma coisa."

Fred e Orrie se movimentaram ao mesmo tempo, mas não do mesmo modo. Fred era um pouco maior que Orrie. Quando fazia o que quer que fosse, andar, falar ou procurar algo, a gente sempre achava que ele ia tropeçar ou se atrapalhar todo, mas isso nunca acontecia, e era capaz de seguir alguém melhor do que qualquer pessoa que eu conhecia fora Saul, o que eu nunca vou entender. Se Fred se mexia como um urso, Orrie agia como um gato. O forte de Orrie era conseguir que as pessoas lhe contassem coisas. Não era tanto pelas perguntas que ele fazia. Para dizer a verdade, ele nem era muito bom em fazer perguntas; era a maneira como ele olhava as pessoas. Algo nele fazia as pessoas achar que deviam contar-lhe coisas.

Wolfe pousou os olhos em nós quatro. E falou.

"Como eu disse, estamos metidos numa confusão. O homem que estávamos investigando foi morto, acho que foi assassinado. Era um salafrário e um marginal, e não lhe devo nada. Mas me comprometi, por circunstâncias que prefiro não revelar, a descobrir quem o matou, por que e, se foi um crime, obter indícios satisfatórios. Podemos descobrir que o assassino é uma pessoa que, pelos padrões habituais, merece tanto viver quanto Rony merecia morrer. Quanto a isso, não posso fazer nada. Ele tem de ser encontrado. Se deve também ser desmascarado, isso eu não sei. Vou responder a essa pergunta quando ela se apresentar, e isso só vai acontecer quando eu me vir também diante do assassino."

Wolfe indicou com um gesto que ia prosseguir. "Por que estou fazendo este discurso? Porque preciso da ajuda de vocês e só vou aceitar essa ajuda de acordo com minhas próprias regras. Se vocês trabalharem comigo e encontrarmos a pessoa que procuramos, um assassino, além dos indícios necessários, alguns de vocês, ou todos vocês, talvez fiquem sabendo de tudo o que eu souber, ou pelo menos o bastante para tomar parte na decisão: o que fazer? É isso que não aceito. Reservo esse direito só para mim. Vou decidir sozinho se denuncio a pessoa ou não, e se decidir que não, espero que vocês colaborem. E colaborar significará obrigar-se a não fazer ou dizer nada que contrarie minha decisão. Terão de manter a boca fechada, e essa é uma obrigação que não deve ser assumida levianamente. Assim, antes de irmos mais longe, estou dando a vocês a oportunidade de ficar fora disso."

Ele apertou um botão na mesa. "Vou tomar uma cerveja enquanto vocês pensam no assunto. Me acompanham?"

Como era a primeira conferência, depois de muito tempo, que reunia todos os cinco de nós, achei que as coisas deviam ser bem-feitas e fui para a cozinha ajudar Fritz. Não era nada rebuscado: bourbon com soda para Saul, gim fizz para Orrie e para mim, e cerveja para Fred Durkin e Wolfe. A bebida preferida de Fred era uísque puro, mas nunca consegui demovê-lo da ideia de que Wolfe ficaria ofendido se ele não tomasse cerveja quando fosse convidado. Assim, enquanto todos nos sentávamos para tomar nossa bebida favorita, Fred tomava uns golinhos daquilo que eu já o ouvira chamar de água suja.

Como se esperava que estivessem refletindo, eles tentavam parecer pensativos, e tive o cuidado de prencher o tempo dando a Wolfe algumas informações complementares sobre os acontecimentos da tarde, como a garrafa de uísque que Rony guardava na caixa de valores. Mas aquilo foi demais para Saul, que detestava fazer hora. Quando seu bourbon com soda estava pela metade, ele ergueu o copo, esvaziou-o, apoiou-o na mesa e dirigiu-se a Wolfe.

"Sobre o que o senhor estava dizendo. Se quer que eu trabalhe nisso, tudo o que espero é que me pague. Se eu conseguir alguma coisa para o senhor, ela será sua.

Minha boca não precisa de tratamento especial para ficar fechada."

Wolfe assentiu. "Sei que você é discreto, Saul. Todos vocês são. Mas desta vez o que vocês vão descobrir para mim pode ser um indício que, se for usado, condenaria um assassino, e há a possibilidade de que não seja usado. Isso seria angustiante."

"Sim, senhor. Não vou decepcioná-lo. Se o senhor pode aguentar, eu também posso."

"Que diabos", interrompeu Fred. "Não estou entendendo. O que o senhor acha que nós fazemos, que ficamos trocando gentilezas com os tiras?"

"Não se trata disso", respondeu Orrie, impaciente. "Ele sabe o quanto gostamos dos tiras. Talvez você nunca tenha ouvido falar em consciência."

"Nunca mesmo. Me conte como é."

"Impossível. Sou requintado demais para ter consciência, e você, primitivo demais."

"Então não há problema."

"Claro que não." Orrie ergueu o copo. "Um brinde ao crime, senhor Wolfe. Não há problema." E bebeu.

Wolfe serviu-se de cerveja. "Bem", ele disse, "agora vocês sabem como é a coisa. A circunstância de que lhes falei pode nunca ocorrer, mas devia ser prevista. Com esse acordo, podemos prosseguir. A menos que tenhamos um pouco de sorte, isso pode se arrastar por semanas. O engenhoso golpe de Sperling, ao convencer um homem influente a assinar aquela surpreendente declaração, e não um simples motorista ou outro empregado doméstico, tornou tudo dificílimo. Há uma única possibilidade, que vou pedir para ser explorada por um especialista — nenhum de vocês está habilitado a isso —, mas por enquanto vamos ver o que podemos encontrar. Archie, conte a Fred sobre as pessoas que trabalham lá. Todas elas."

Foi o que fiz, datilografando os nomes para ele. Se meu fim de semana em Stony Acres tivesse sido puramente social, eu não teria sido capaz de lhe dar uma lista completa, desde o mordomo até o terceiro assistente de jardinagem, mas com os exames que fiz na segunda à noite e na terça de manhã, fiquei bem informado. À medida que eu ia resumindo isso para Fred, ele tomava notas na lista datilografada.

"Alguém em especial?", ele perguntou a Wolfe.

"Não. Não vá até a casa. Comece em Chappaqua, no povoado, em qualquer lugar onde possa levantar alguma pista. Sabemos que alguém naquela casa pôs sedativos num drinque destinado a Rony no sábado à noite, e estamos partindo do princípio de que alguém desejava tanto a morte dele que tentou provocá-la. Quando uma emoção tão violenta se manifesta num grupo, muitas vezes há sinais dela que são ouvidos ou vistos pelos criados. É tudo o que posso lhe dizer."

"Devo ir a Chappaqua para quê?"

"Para o que você quiser. Faça seu carro enguiçar, uma coisa que leve tempo, e reboque-o até a oficina local. Há uma oficina em Chappaqua, Archie?"

"Sim."

"É isso." Wolfe bebeu o resto da cerveja e limpou os lábios com um lenço. "Agora você, Saul. Conheceu o jovem Sperling hoje."

"Sim, senhor. Archie nos apresentou."

"Queremos saber o que ele e a mãe estavam procurando no apartamento de Rony. Era quase com certeza um documento, já que procuraram nos livros, e provavelmente continha uma ameaça feita por Rony ao jovem Sperling ou à mãe dele. Essa suposição é óbvia e mesmo banal, mas as coisas se tornam banais porque ocorrem com regularidade. Aqui há uma sequência clara. Há um mês, a senhora Sperling mudou de ideia e readmitiu Rony em sua casa como amigo da filha, e a atitude do filho mudou na mesma época. Uma ameaça pode ter sido o motivo para isso, sobretudo porque a principal objeção a

175

Rony se baseava numa mera suposição do senhor Sperling. Mas na tarde de segunda-feira eles souberam de algo que denegriu tanto Rony que o tornou inaceitável. Entretanto, a ameaça ainda estava de pé. Você entende para o que isso aponta."

"O que denegriu Rony?", perguntou Saul.

Wolfe balançou a cabeça. "Duvido que você precise disso, pelo menos por enquanto. Temos de saber em que consistiu essa ameaça, se é que ela existiu. Isso é para você e Orrie, com você como responsável. O lugar da busca é aqui em Nova York, e como o filho é bem mais promissor que a mãe, comece por ele — por seus amigos, seus hábitos —, mas para isso você não precisa de minhas sugestões. É um trabalho de rotina, como o de Fred, só que talvez seja mais frutífero. Faça relatórios como de costume."

Isso encerrou a conferência. Fred acabou a cerveja, para não ofender Wolfe deixando um resto. Peguei dinheiro no cofre para eles, da gaveta de notas, sem tocar na contribuição de nosso cliente mais recente. Fred fez algumas perguntas, teve as respostas, e eu os acompanhei até a porta da frente.

Quando voltei ao escritório, Fritz estava lá, retirando copos e garrafas. Espreguicei-me e bocejei.

"Sente-se", Wolfe disse, irritado.

"Você não devia descontar em mim", reclamei, obedecendo. "Não posso fazer nada se você é um gênio, como diz Paul Emerson, mas o melhor que pode fazer é atiçar Fred sobre a criadagem e mandar Saul e Orrie fuçar em não sei que antros e baiucas. Deus sabe que não tenho sugestões brilhantes, mas, afinal, não sou um gênio. Qual será minha presa? Aloysius Murphy? Emerson?"

Ele grunhiu. "Os outros responderam à pergunta que fiz. Você não."

"Besteira. Minha preocupação com esse assassino, se houver algum, não é o que você fará com ele quando

176

o pegar, mas se vai pegá-lo." Fiz um gesto com a mão. "Se o pegar, é todo seu. Dê-lhe uma descarga de dois mil volts ou uma medalha de honra ao mérito, como quiser. Vai precisar da minha ajuda?"

"Sim. Mas você pode não ter a qualificação necessária. Na semana passada pedi que entabulasse um relacionamento."

"Pediu mesmo. E eu fiz isso."

"Mas não com a pessoa certa. Eu gostaria de tirar proveito de sua aproximação com a senhorita Sperling mais velha, mas você pode se recusar. Pode ter escrúpulos."

"Muita gentileza sua. Depende do tipo de proveito. Se tudo o que eu procurar forem fatos, às favas com os escrúpulos. Ela sabe que sou detetive e sabe qual é nossa posição. Se acontecer de ela ter matado Rony, ajudo você a pendurar nela uma condecoração. O que você pretende?"

"Pretendo que você vá lá amanhã de manhã."

"Com prazer. Para quê?"

Ele me disse.

17

Como todo bom motorista, não preciso usar a cabeça para dirigir na estrada, só os olhos, os ouvidos e os reflexos. Então, quando estamos trabalhando num caso e me ponho ao ar livre, ao volante de um carro, tenho o hábito de ficar remoendo os problemas complicados. Mas enquanto rodava nas alamedas em direção ao norte, naquela manhã ensolarada de junho, tive de encontrar alguma outra coisa para remoer, pois naquele caso eu não distinguia alhos de bugalhos. Não havia nenhum enigma a deslindar; aquilo era simplesmente uma caixa de surpresas. Então deixei meus pensamentos vaguear a esmo, voltando ocasionalmente ao único enigma que eu percebia e que era o seguinte: teria Wolfe me mandado a Stony Acres por achar que eu poderia mesmo conseguir alguma coisa, ou simplesmente para me tirar do caminho enquanto consultava seu especialista? Eu não sabia. Dei por certo que o especialista era o sr. Jones, pessoa que eu nunca fora autorizado a conhecer, embora Wolfe tivesse recorrido a ele em duas ocasiões, que eu soubesse. Sr. Jones era apenas o nome que ele havia me dado quando tive de fazer um lançamento no livro de despesas.

Por telefone, eu sugerira a Madeline que talvez fosse mais prudente estacionar antes de chegar à entrada e me encontrar com ela em algum lugar do parque, mas ela retrucou que quando chegássemos ao ponto em que ela tivesse de me esconder, preferiria que eu nem viesse.

Não insisti porque, de qualquer modo, minha missão me levaria para perto da casa, Sperling estaria longe, em seu escritório de Nova York, e quanto a Jimmy e mamãe, eu duvidava que resolvessem fazer escarcéu ao me ver, já que agora nos conhecíamos bem. Assim, virei em direção à entrada, segui para a casa e estacionei na pracinha atrás dos arbustos, no mesmo lugar que tinha escolhido da outra vez.

O sol brilhava, pássaros gorjeavam, todas as folhas e flores estavam no lugar, e Madeline, na varanda, usava um vestido de algodão estampado com grandes borboletas amarelas. Veio a meu encontro, mas parou a três metros de mim para me encarar.

"Meu Deus", exclamou, "era isso mesmo o que eu queria fazer! Quem chegou na minha frente?"

"Que recepção fantástica!", respondi, pesaroso. "Isso dói."

"Claro que dói, por isso fazemos assim." Ela tinha avançado e estava examinando o meu rosto de perto. "Foi um trabalho muito bem-feitinho. Você está simplesmente horrível. Não seria melhor ir embora e voltar em uma ou duas semanas?"

"Não, senhora."

"Quem fez isso?"

"Você vai ter uma surpresa." Abaixei a cabeça para sussurrar no ouvido dela. "Sua mãe."

Ela deu uma risadinha. "Aliás, ela pode fazer do outro lado também, se você chegar perto. Precisava ver a cara dela quando eu disse que você estava vindo. Quer beber alguma coisa? Um café?"

"Não, obrigado. Tenho trabalho a fazer."

"É, tem mesmo. Que história é essa de carteira?"

"Na verdade não é uma carteira, é um porta-cartões. Quando se está com roupa de verão, sem bolso suficiente, é um problema. Como você disse que ele não foi encontrado na casa, deve estar em algum lugar aqui fora. Quando fomos procurar sua irmã, na segunda à noite, estava no bolso da calça, ou pelo menos estava lá quando saímos, e com toda aquela agitação não dei por falta dele até ontem. Preciso encontrá-lo porque minha habilitação está dentro."

"Sua habilitação para dirigir?"

Fiz que não. "Para atuar como detetive."

"Está bem, você é um detetive, não é? Perfeito, vamos lá." Ela se mexeu. "Vamos pelo mesmo caminho. Como é o porta-cartões?"

Levá-la comigo não estava nos planos. "Você é um anjo", eu disse. "É um chuchuzinho. Com esse vestido, me lembra uma garota que conheci na quinta série. Não vou permitir que o estrague zanzando por aí à cata de uma porcaria de porta-cartões. Deixe-me, mas não me esqueça. Quando o encontrar, se isso acontecer, avisarei você."

"De jeito nenhum." Ela sorriu levantando um dos cantos da boca. "Sempre quis ajudar um detetive a encontrar alguma coisa, principalmente você. Vamos lá!"

Ela podia estar ou não dando em cima de mim, mas em todo caso era claro que tinha decidido me acompanhar. Eu tinha de fingir que nada me daria maior prazer, e assim fiz.

"Como é o porta-cartões?", perguntou, enquanto circundávamos a casa e começávamos a atravessar o gramado.

Como naquele momento o porta-cartões estava no bolso interno de meu paletó, a maneira mais simples de explicar como ele era teria sido mostrá-lo, mas devido às circunstâncias preferi descrevê-lo. Disse a ela que era de couro de porco, escurecido pelo uso, e media dez por quinze centímetros. Não o vimos no gramado. Discordamos a respeito do caminho que tínhamos percorrido pelos arbustos, e deixei que ela ganhasse a discussão. De qualquer modo não estava lá, e um ramo bateu no meu rosto machucado, enquanto eu procurava debaixo dos galhos.

Depois de atravessar o portão e entrar no campo, tivemos de andar mais devagar porque a grama estava alta e podia esconder um objeto do tamanho de um porta-cartões. Naturalmente, eu me sentia um panaca perambulando a uma distância equivalente a uns três ou quatro quarteirões de onde pretendia estar, mas tinha inventado uma história e estava preso a ela.

Finalmente terminamos de percorrer o campo, inclusive o caminho que passava pelos fundos das instalações de apoio à casa principal e pelo interior do estábulo. À medida que nos aproximávamos da casa pelo outro lado, o sudoeste, fui caindo para a esquerda, mas Madeline protestou que não tínhamos passado por ali. Respondi que tinha estado fora da casa em outras ocasiões além da nossa expedição noturna e fui ainda mais para a esquerda. Finalmente estava chegando onde queria. A trinta passos dali havia uns arbustos, e atrás deles ficava a pracinha de cascalho onde eu tinha estacionado. Se alguém tivesse golpeado Rony na cabeça, por exemplo com um galho cheio de tocos de ramos antes de passar com o carro por cima dele, se tivesse posto o galho no carro, se o galho ainda estivesse no carro quando ele voltou à casa para estacionar, ou se, na pressa, o melhor que pôde fazer foi jogar o galho fora, esse galho deveria ter caído nos arbustos ou perto deles. A abundância de "ses" dá bem a ideia do tipo de tarefa que Wolfe escolhera para mim. Vasculhar o parque em busca de uma arma plausível era um procedimento de rotina bastante sensato, mas exigiria dez homens treinados e sem nenhuma inibição, não uma linda garota com um vestido de algodão estampado procurando um porta-cartões e um herói nato fingindo que estava fazendo a mesma coisa.

Alguém rosnou algo que parecia ser um bom-dia.

Era Paul Emerson. Eu estava me aproximando dos arbustos, não muito longe de Madeline. Quando olhei para cima, consegui ver apenas o tronco de Emerson, porque ele estava do outro lado de meu carro, e o capô escondia o resto. Eu lhe disse oi, sem muito entusiasmo.

"Não é o mesmo carro", ele disse.

"Não mesmo", concordei. "O outro era um sedã. Esse é um conversível. O senhor tem uma visão aguda. Por quê, gostou mais do sedã?"

"Devo supor", ele disse, ríspido, "que o senhor tem a permissão de Sperling para perambular por aqui."

"Estou aqui, Paul", disse Madeline, meigamente. "Talvez não tenha me visto por causa das árvores. Meu nome é Sperling."

"Não estou perambulando", respondi. "Estou procurando uma coisa."

"O quê?"

"O senhor. Wolfe me pediu que o felicitasse pelo programa de ontem. O telefone dele não para de tocar desde então, com gente querendo contratar seus serviços. O senhor se incomodaria de deitar para eu passar com o carro sobre seu corpo?"

Ele tinha rodeado o carro e avançado em minha direção, e eu tinha saído do meio dos arbustos. Quando estava bem perto de mim, ele parou, com o nariz e um dos cantos da boca tremendo, e os olhos me fuzilando.

"No ar tenho limitações que aqui não se aplicam", disse. "O animal que eu tinha em mente era a hiena. As hienas de quatro patas nunca são gordas, mas as bípedes às vezes sim. Seu chefe é. Você não."

"Vou contar até três", eu disse. "Um, dois, três." Com a mão aberta, dei-lhe uma bofetada no lado direito do rosto, e quando ele cambaleou coloquei-o de pé com outra, do lado esquerdo. A segunda foi um pouco mais forte, mas nem tão violenta, afinal. Dei meia-volta e caminhei sem pressa para as árvores. Quando cheguei do outro lado dos arbustos, Madeline estava perto de mim.

"Não gostei muito disso", ela declarou, numa voz que em vão pretendia ser trêmula. "Ele não é nenhum Joe Louis."

Continuei andando. "Essas coisas são relativas", expliquei. "Quando sua irmã chamou Wolfe de vermezinho ordinário e repulsivo, não levantei um dedo para ela, muito menos a esbofeteei. Mas o impulso de acabar com o ar de deboche desse sujeito teria sido irresistível mesmo que ele não tivesse dito uma só palavra e tivesse a metade do tamanho. De qualquer modo, não lhe deixei nenhum arranhão. Veja o que sua mãe me fez, e eu não estava debochando."

Ela não se convenceu. "Da próxima vez faça isso quando eu não estiver presente. Quem foi mesmo que arranhou você?"

"Paul Emerson. Eu só tirei uma desforra. Não vamos encontrar nunca esse porta-cartões se você não me ajudar a procurar."

Uma hora depois estávamos sentados na grama, um ao lado do outro, à beira do riacho, um pouco abaixo da ponte, falando sobre o almoço. A opinião dela, educada, era a de que não havia nenhum motivo para que eu não almoçasse na casa, mas eu me opunha. Almoçar com a sra. Sperling e Jimmy, a quem eu tinha tecnicamente flagrado numa invasão de domicílio; com Webster Kane, que Wolfe chamara de mentiroso; e com Emerson, que eu acabara de esbofetear em ambas as faces, não me atraía nem um pouco. De mais a mais, minha missão já me parecia sem esperanças. Eu tinha coberto, tão bem quanto possível, já que estava acompanhado, todo o terreno desde a casa até a ponte, e um pouco além, e poderia dar uma olhada no resto ao sair.

Madeline tinha uma folha de grama entre os dentes, que eram brancos e regulares mas não chamativos. "Estou cansada e com fome", disse. "Você vai ter de me carregar para casa."

"Está bem." Fiquei de pé. "Se eu começar a respirar rápido e fundo, não me entenda mal."

"Combinado." Ela inclinou a cabeça um pouco para

trás, a fim de me olhar. "Mas por que você não me conta primeiro o que está procurando? Você pensou, por um só minuto, que eu teria passado a manhã toda bufando por aí com você se acreditasse que era só um porta-cartões?"

"Você não bufou nem uma vez. O que há de errado com o porta-cartões?"

"Nada." Ela cuspiu fora a folha de grama. "Também não há nada de errado com meus olhos. Acha que não reparei em você? Passou a metade do tempo examinando lugares onde seria impossível que tivesse perdido um porta-cartões ou qualquer outra coisa. Quando descemos pela margem do riacho, achei que você fosse começar a olhar debaixo das pedras." Ela apontou para as pedras. "Elas são milhares. Todas suas." Levantou-se e sacudiu a saia. "Mas primeiro me leve para casa. E pelo caminho me conte o que esteve procurando, senão arranco seu retrato de meu álbum."

"Podemos fazer um negócio", propus. "Eu conto o que estou procurando se você contar o que tinha em mente na terça-feira à tarde. Você deve lembrar que na segunda-feira à noite talvez tenha visto ou ouvido alguma coisa que podia lhe dar uma ideia de quem teria usado meu carro, mas não quis me contar para poupar o dinheiro de seu pai. Já que esse motivo não existe mais, por que não me conta agora?"

Ela sorriu para mim. "Você não desiste, hem? Claro que vou lhe contar. Eu vi Webster Kane na varanda naquela hora, e se não foi ele quem usou o carro, deve ter visto alguém indo ou voltando."

"Não colou. Tente de novo."

"Mas foi isso!"

"Sim, claro." Fiquei de pé. "Por sorte, foi Kane quem assinou aquela declaração. Você é sortuda. Acho que vou ter de estrangulá-la. Vou contar até três. Um, dois..."

Ela subiu correndo pelo barranco e ficou esperando por mim lá em cima. Quando voltamos ao caminho de acesso, ela se mostrou bastante sarcástica, porque eu insisti em que tudo o que tinha vindo procurar era o porta-cartões, mas quando chegamos à pracinha e abri a porta do carro, ela deixou aquilo de lado para completar a observação com que tinha me recebido. Chegou bem perto, deslizou um dedo delicadamente ao longo do meu arranhão e perguntou: "Diga quem fez isso, Archie. Estou com ciúme!".

"Algum dia", eu disse, entrando no carro e dando a partida. "Vou contar tudo desde o começo."

"Sério?"

"Sim, senhora." Fui embora.

Enquanto eu fazia as curvas do caminho de acesso, várias coisas me passavam pela cabeça ao mesmo tempo. Uma delas era o recorde que acabava de ser batido por uma mulher. Eu tinha estado três horas com Madeline, e nem uma só vez ela tentou me sondar sobre o que Wolfe estaria tramando. Por isso ela merecia alguma espécie de prêmio, e arquivei a questão na memória como "assuntos inconclusos". Outra era checar um ponto que Wolfe tinha levantado. O riacho fazia bastante barulho. Não tanto para que se reparasse nele sem prestar atenção, mas o suficiente para que, se uma pessoa estivesse a uns seis metros da ponte, subindo o caminho de acesso, quase no escuro, só conseguisse ouvir um carro descendo quando ele estivesse a ponto de atropelá-la. Esse era um pormenor que apoiava a confissão de Webster Kane e, portanto, um passo atrás e não à frente, mas teria de ser relatado a Wolfe.

No entanto, a principal coisa que ficou na minha cabeça foi o comentário de Madeline de que ela esperava que eu começasse a procurar debaixo das pedras. Isso devia ter me ocorrido antes, mas de qualquer forma tinha ocorrido agora, e como eu não sou preconceituoso como Wolfe, não tenho nada contra aproveitar uma dica dada por uma mulher. Por isso peguei a rodovia, parei o carro no acostamento, tirei uma lupa do estojo de remédios, subi o caminho de acesso a pé até a ponte e desci pelo barranco até chegar à beira do riacho.

185

Claro que havia milhares de pedras, de todas as formas e tamanhos, algumas parcialmente submersas, outras ao longo da borda e na margem. Senti-me desalentado. Era uma ideia muito boa, só que eu era um só, e não era um especialista. Mudei de lugar e olhei um pouco mais. Todas as pedras que estavam na água tinham a superfície lisa. As mais altas estavam secas e claras; as mais baixas, escuras, molhadas e escorregadias. As que estavam na margem, fora da água, também eram lisas, secas e claras até certo ponto, a partir do qual se tornavam ásperas e muito mais escuras, de um cinza esverdeado. Naturalmente, a linha divisória era o nível da água na primavera, quando o riacho estava cheio.

Que bom, pensei, você fez uma grande descoberta e agora virou geólogo. Tudo o que precisa fazer é pôr cada uma das malditas pedras debaixo da lente e lá pelo Dia do Trabalho estará pronto para fazer o relatório. Ignorando meu próprio sarcasmo, continuei olhando. Caminhei pela margem do riacho, pisando nas pedras, até chegar embaixo da ponte; parei ali um pouco e recomecei a andar rio acima. Nessa altura, meus olhos já tinham assimilado a ideia, e eu não precisava recordar-lhes isso a cada instante.

Foi ali, a seis metros da ponte, que a encontrei. Estava quase junto da beira da água, acomodada num ninho de pedras maiores, meio escondida, mas depois que a avistei chamava tanto a atenção quanto um rosto arranhado. Mais ou menos do tamanho e do formato de um coco, era irregular e cinza-esverdeado, enquanto todas as suas vizinhas eram lisas e claras. Eu estava tão excitado que fiquei ali olhando para ela feito um palerma durante uns dez segundos, e quando me mexi, com os olhos grudados nela de medo que ela desse um pulo, pisei em falso e quase caí de cabeça no riacho.

Uma coisa era certa: não havia muito tempo que aquela pedra estava ali.

Agachei-me para poder levantá-la com as duas mãos, tocando-a com as pontas de quatro dedos, e me ergui para dar uma olhada. O melhor que se poderia encontrar seriam, é claro, impressões digitais, mas bastou uma olhada para ver que isso estava fora de questão. Era toda irregular, com centenas de pequenas saliências e sem um único ponto liso. Mas continuei segurando-a com as pontas dos dedos, porque, se as digitais eram a melhor coisa a encontrar, não eram absolutamente a única. Estava começando a me virar, para tomar distância do riacho e poder caminhar melhor, quando uma voz soou bem atrás de mim.

"Procurando minhocas?"

Virei a cabeça. Era Connie Emerson. Ela estava tão perto que poderia me alcançar se esticasse o braço, o que significa que, não fosse o barulho do riacho, ela seria perita em aproximação silenciosa.

Sorri para o azul forte dos olhos dela. "Não, estou procurando ouro."

"É mesmo? Quero ver..."

Ela deu um passo, pisou de mau jeito numa pedra, deu um gritinho e caiu em cima de mim. Como eu não estava muito firme, perdi o equilíbrio e me estatelei, isso porque passei o primeiro décimo de segundo tentando manter a ponta dos dedos em minha preciosidade, embora mesmo assim ela tivesse me escapado. Quando me sentei, apressadamente, Connie estava esparramada no chão, mas com a cabeça levantada e o braço bem esticado, tentando alcançar alguma coisa, e estava a ponto de conseguir. Minha pedra cinza-esverdeado tinha caído a menos de trinta centímetros da água, e os dedos dela estavam prontos a se fechar sobre ela. Odeio suspeitar que uma loura de olhos azuis seja trapaceira, mas se o que ela pretendia era atirar a pedra na água para vê-la chapinhar, só precisava de mais dois segundos, e por isso deslizei resolutamente sobre as pedras e segurei com força seu antebraço. Connie deu um grito e puxou o braço com força. Levantei-me depressa, com o pé esquerdo firmemente plantado na frente da minha pedra.

Ela se sentou, segurando o antebraço com a outra mão e olhando para mim. "Seu brutamontes, ficou maluco?", indagou.

"Eu chego lá", respondi. "O ouro faz isso com a gente. Viu aquele filme, *O tesouro de Sierra Madre*?"

"Ora, vá se danar." Ela segurou o queixo, ficou assim um momento e largou-o. "Vá se danar, acho que você quebrou meu braço."

"Só se seus ossos forem de giz. Mal toquei nele. Seja como for, você quase quebrou minhas costas." Fiz uma voz sensata. "Há muita desconfiança no mundo. Concordo em não desconfiar que você quis me derrubar se você concordar em não desconfiar que eu quis machucar seu braço. Por que não saímos destas pedras e nos sentamos na grama para conversar a respeito? Seus olhos são maravilhosos. Poderíamos começar por aí."

Ela dobrou as pernas, pôs uma das mãos — não a que tinha estendido para minha pedra — numa rocha para dar impulso, ficou de pé, caminhou com cuidado pelas pedras até a grama, subiu pelo barranco e foi embora.

Meu cotovelo direito doía, e meu quadril esquerdo também. Não me importei com isso, mas havia outros aspectos da situação de que eu não estava gostando nem um pouco. Contando com os criados, havia seis ou sete homens na casa, e se Connie lhes contasse uma história que os fizesse vir todos ao riacho a coisa poderia ficar preta. Ela já tinha causado bastante problema fazendo-me soltar a pedra. Abaixei-me e peguei-a com a ponta dos dedos outra vez, saí da parte pedregosa, subi o barranco, desci pelo caminho de acesso e fui até carro, onde abri espaço para a pedra no estojo de remédios, acomodando-a de modo que não rolasse.

Não parei nem para almoçar no condado de Westchester. Peguei as alamedas e segui em frente. Eu não estava muito feliz, já que o que eu tinha em mãos podia ser um bloco qualquer de granito, e não a prova do crime, e não pretendia cantar vitória antes da hora. Assim, quando saí da West Side Highway e entrei na rua 46, como de hábito, fui primeiro a um velho edifício de tijolinhos lá pela rua 30, perto da Nona Avenida. Ali entreguei a pedra a um certo sr. Weinbach, que prometeu fazer o possível. Voltei para casa, entrei e encontrei Fritz na cozinha, onde comi quatro sanduíches — dois de esturjão e dois de pernil — e bebi um litro de leite.

18

Quando engoli o último gole de leite ainda não eram cinco horas, e devia faltar mais de uma hora para que Wolfe descesse dos viveiros, o que era ótimo porque eu precisava de um tempo para dar uma geral em mim mesmo. Tirei a roupa no meu quarto, no terceiro andar. Havia um grande arranhão no joelho esquerdo, o início de uma mancha roxa no quadril esquerdo e faltavam seis centímetros quadrados de pele no cotovelo direito. A unhada no rosto estava progredindo a contento, escolhendo uma nova cor a cada hora. É claro que podia ter sido pior, pelo menos ninguém tinha jogado um carro em cima de mim; mas eu estava começando a sentir que seria uma boa mudança arranjar um inimigo do mesmo sexo e do meu tamanho. Decididamente, eu não estava dando sorte com as mulheres. Além dos danos provocados em meu próprio couro, meu melhor terno de grife estava arruinado, com um rasgão na manga do paletó. Tomei um banho, passei iodo, fiz um curativo, me vesti e desci para o escritório.

Uma olhada no cofre deixou claro que no caso de eu estar certo ao supor que o especialista em questão era o sr. Jones, ele ainda não tinha sido contratado, já que os cinquenta mil continuavam ali. Minha dedução se baseava numa experiência limitada. Eu nunca tinha visto o cara, mas sabia de duas coisas a seu respeito: a primeira era que tinha sido por intermédio dele que Wolfe recebera informações sobre uma dupla de comunas que ele mandara para o xilindró; e a segunda era que quando se comprava alguma coisa dele pagava-se adiantado. Então, ou não era ele ou Wolfe ainda não tinha conseguido encontrá-lo.

Eu esperava receber uma ligação de Weinbach antes que Wolfe descesse, às seis horas, mas ela não veio. Quando Wolfe entrou, sentou-se à mesa e perguntou "E aí?", eu ainda não tinha decidido se incluía a pedra em meu relatório antes de ter notícias de Weinbach, mas ele tinha de saber sobre Connie, por isso contei tudinho. No entanto, não disse a ele que tinha sido uma observação de Madeline o que me levara a pensar nas pedras, achando que podia irritá-lo ao saber que uma mulher tinha ajudado.

Ele franziu a testa.

"Fiquei um pouco surpreso", eu disse, presunçoso, "por você mesmo não ter pensado numa pedra. Doutor Vollmer falou em alguma coisa áspera e pesada."

"Puf. É claro que pensei numa pedra. Mas se ele tivesse usado uma pedra, tudo o que tinha de fazer era dar dez passos até a ponte e lançá-la na água."

"Foi o que ele pensou. Mas faltou a água. Por sorte, não pensei como você. Se eu não tivesse..."

O telefone tocou. Uma voz com os esses sibilantes invadiu o meu ouvido. Weinbach, dos Laboratórios Fisher, sibilava os esses. Como se não bastasse, ele me disse quem era. Estava ansioso quando fiz sinal para Wolfe pegar a extensão.

"Aquela pedra que você deixou comigo", disse Weinbach. "Você quer os termos técnicos?"

"Não. Só quero aquilo que perguntei. Existe alguma coisa que mostre que ela foi usada ou que pode ter sido usada para golpear a cabeça de um homem?"

"Existe."

"O quê?" Eu realmente não esperava aquilo. "Existe?"

"Sim. Está tudo seco, mas há quatro pontos que são manchas de sangue, outros cinco que podem ser manchas de sangue, um minúsculo pedaço de pele e dois pedaços de pele um pouco maiores. Um desses pedaços maiores tem um folículo inteiro. É um laudo preliminar, e nada disso é garantido. Vai demorar quarenta e oito horas para concluir os exames."

"Vá em frente, mano! Se eu estivesse aí lhe dava um beijo."

"Como?"

"Esqueça. Vou arranjar um prêmio Nobel para você. Escreva o laudo com tinta vermelha."

Pus o telefone no gancho e me virei para Wolfe. "OK. Ele foi assassinado. Foi Connie, ou ela sabe quem foi. Ela sabia sobre a pedra. Ela me seguiu. Eu devia ter estabelecido um relacionamento com ela e tê-la trazido até aqui. Quer que a traga? Aposto que consigo."

"Pelo amor de Deus, não." Ele erguera as sobrancelhas. "Devo dizer, Archie, satisfatório."

"Não se esforce tanto."

"Não vou. Mas embora você tenha empregado bem o seu tempo, com relação ao propósito para o qual foi enviado, tudo o que conseguiu foi uma confirmação. A pedra demonstra que a declaração de Kane era falsa, que Rony foi morto deliberadamente e que uma daquelas pessoas o matou, mas nisso não há nada de novo para nós."

"Desculpe", eu disse, friamente, "por ter trazido algo que não serve para nada."

"Eu não disse que não serve para nada. Se, e quando, isso for parar num tribunal, sem dúvida vai servir. Conte-me de novo o que disse a senhora Emerson."

Contei, de maneira bem sóbria. Em retrospecto, percebo que ele tinha razão, mas na hora eu estava orgulhosíssimo de minha pedra.

Como o fato de um de nós ficar cheio de ressentimento gera uma atmosfera desagradável, achei que o melhor seria dar o troco imediatamente, e fiz isso ao decidir não jantar com ele, tendo como pretexto meu recente consumo de sanduíches. Ele adora conversar nas refeições, durante as quais o trabalho é tabu, por isso fiquei sozinho no escritório, pondo minhas tarefas em dia, melhorando meu humor, e na hora em que ele se juntou de novo a mim eu já estava perfeitamente disposto a falar com ele — na verdade, eu tinha bolado alguns comentários sobre a importância de indícios em causas criminais que seriam oportunos e pertinentes.

Mas tive de adiar minha exposição porque ele ainda estava se acomodando na cadeira em posição pós-prandial quando a campainha tocou, e como Fritz estava ocupado com a louça, fui atender. Eram Saul Panzer e Orrie Cather. Levei-os ao escritório. Orrie se acomodou, com as pernas cruzadas, pegou um cachimbo e encheu-o, enquanto Saul permanecia ereto, sentado na metade dianteira da grande cadeira de couro vermelho.

"Eu poderia ter telefonado", disse Saul, "mas é um tanto complicado, e precisamos de instruções. Pode ser que tenhamos alguma coisa, pode ser que não."

"O filho ou a mãe?", perguntou Wolfe.

"O filho. O senhor disse para começarmos por ele." Saul pegou um bloco e deu uma olhada numa das páginas. "Ele conhece um monte de gente. Quer tudo com datas e detalhes?"

"Primeiro um resumo."

"Sim, senhor." Saul fechou o bloco. "Ele passa a metade do tempo em Nova York e o resto fora. Tem um avião só dele, um Mecklin, que fica em Nova Jersey. É sócio de um único clube, o Harvard. Foi detido duas vezes nos três últimos anos por excesso de velocidade, uma vez..."

"Uma biografia não", protestou Wolfe, "só coisas que possam ser úteis."

"Sim, senhor. Provavelmente vai gostar disto: ele tem cinquenta por cento de participação num restaurante de Boston chamado New Frontier. Foi aberto em 1946 por um colega de faculdade, e o jovem Sperling entrou com o capital, uns quarenta mil, provavelmente do pai, mas isso não é..."

"Um inferninho?"

"Não, senhor. Alto nível, especializado em frutos do mar."

"Está falido?"

"Não, senhor. É bem-sucedido. Nada fenomenal, mas vai em frente e rendeu bom dinheiro em 1948."

Wolfe grunhiu. "Dificilmente seria uma boa base para chantagem. O que mais?"

Saul olhou para Orrie. "Conte a ele sobre o Manhattan Ballet."

"Bem", disse Orrie, "é um grupo de bailarinos criado há dois anos. Jimmy Sperling e dois outros caras entraram com a grana, e não sei ainda de quanto é a participação dele, mas posso descobrir. Fazem troços modernos. Interromperam a primeira temporada depois de três semanas numa espelunca da rua 48, depois tentaram os subúrbios, mas também não deu certo. Na última temporada, estrearam no Herald Theater em novembro e ficaram até o fim de abril. Todo mundo acha que os três anjinhos recuperaram tudo o que tinham investido e ainda ganharam algum, mas resta confirmar isso. Seja como for, deu certo."

Começou a me parecer que estávamos diante de uma novidade. Já tinha ouvido falar de gente que ameaça contar a um homem rico quanto dinheiro seu filho esbanjou, mas nunca de gente que ameaça contar quanto o filho acumulou. Minha opinião sobre Jimmy precisava ser reformulada.

"É claro que", prosseguiu Orrie, "quando uma pessoa pensa em balé, pensa em garotas e pernas. Esse balé é levado a sério, isso foi verificado. Jimmy se interessa por balé, senão por que teria investido nisso? Ele vai até lá duas vezes por semana quando está em Nova York. Também verifica pessoalmente se as garotas ganharam o suficiente para comer. Quando cheguei a esse ponto pensei que estava na pista de alguma coisa, e talvez esteja, mas ainda não sei bem. Ele gosta das garotas, e elas gostam dele, mas se isso levou a alguma coisa que ele não quer que se saiba, teremos de esperar pelo próximo capítulo, porque não consegui chegar a isso ainda. Devo continuar tentando?"

"Deve, sim." Wolfe virou-se para Saul. "Isso é tudo o que você nos traz?"

"Não, conseguimos muita coisa", disse-lhe Saul, "mas nada que lhe possa interessar, exceto talvez o assunto sobre o qual quero perguntar. No último outono, ele contribuiu com vinte mil dólares para o CEP."

"O que é isso?"

"Comitê de Empresários Progressistas. Um desses movimentos engraçados. Apoiou Henry A. Wallace para presidente."

"Interessante." Os olhos de Wolfe, que estavam quase fechados, se abriram um pouco. "Conte-me sobre isso."

"Não posso lhe contar muito porque só descobri isso hoje à tarde. Teoricamente, ninguém deveria saber dessa contribuição, mas várias pessoas sabem, e acho que posso chegar a elas, se o senhor achar que devo. É sobre isso que queria perguntar. Tive sorte e entrei em contato com um homem do ramo de mobília que de início era partidário de Wallace, mas depois rompeu com ele. Ele alega que sabe tudo sobre a contribuição de Sperling. Diz que Sperling deu um cheque pessoal de vinte mil dólares a um homem chamado Caldecott numa quinta-feira à noite, e na manhã seguinte foi ao escritório do CEP para pedir o cheque de volta. Queria dar dinheiro em espécie em vez do cheque. Mas chegou tarde, porque o cheque já tinha sido depositado. E isto, na minha opinião, é o que torna a coisa interessante: esse homem diz que desde o começo do ano cópias de três outros cheques — contribuições de outras três pessoas — apareceram em circunstâncias peculiares. Um desses cheques era dele mesmo, no valor de dois mil dólares, mas ele não quis me dar o nome das outras duas pessoas."

A testa de Wolfe estava franzida. "Ele diz que as pessoas que comandam a organização fizeram as cópias para usá-las mais tarde... em circunstâncias peculiares?"

"Não, senhor. Ele acha que algum funcionário deve ter feito isso, seja para uso pessoal, seja como espião dos republicanos ou democratas. Esse homem diz que agora é um eremita político. Não gosta de Wallace, mas também não gosta dos republicanos nem dos democratas. Diz que da próxima vez votará na chapa dos vegetarianos, mas vai continuar comendo carne. Deixei que ele falasse. Queria ouvir tudo o que pudesse, porque se houvesse uma cópia do cheque do jovem Sperling..."

"Com certeza. Satisfatório."

"Devo continuar?"

"Sem dúvida. Consiga tudo o que puder. O funcionário que fez as cópias pode ser um achado." Wolfe virou-se para mim. "Archie, você conhece esse rapaz melhor do que eu. Ele é panaca?"

"Se já pensei que fosse", respondi, enfático, "não penso mais. Está ganhando dinheiro com um restaurante em Boston e com um balé em Manhattan. Eu o julguei mal. Aposto três contra um que sei onde está a cópia do cheque de Jimmy. Num cofre, no escritório de Murphy, Kearfort e Rony."

"Acho que sim. Algo mais, Saul?"

Eu não teria ficado surpreso se a próxima revelação fosse que Jimmy tinha ganhado um milhão jogando em cavalos ou administrando uma granja avícola, mas pelo visto ele ainda não tinha tentado esses ramos. Saul e Orrie ficaram mais um pouco, o bastante para tomar um drinque e discutir os meios para pôr as mãos no espião republicano ou democrata, e foram embora. Quando voltei ao escritório, depois de acompanhá-los até a porta, ponderei se devia desembuchar os comentários que tinha preparado sobre a importância dos indícios nas causas criminais, mas decidi deixar pra lá.

Eu deveria ter subido logo, a fim de ir para a cama e dar descanso a meus hematomas, mas eram só nove e meia, e minha gaveta do meio estava abarrotada de pedidos e faturas relacionados ao conserto do terraço. Empilhei-os sobre a mesa e comecei a cuidar deles. Ao que parecia, a estimativa de Wolfe sobre o montante dos prejuízos não estava muito errada e talvez fosse até baixa no caso de se considerar a substituição de alguns dos híbridos mais raros que tinham recebido tratamento tão rude. Quando viu o que eu estava fazendo, Wolfe se ofereceu para ajudar, e passei os papéis para a mesa dele. Mas, como eu já tinha constatado em muitas ocasiões, um homem não deve tentar comandar uma agência de investigações e uma criação de orquídeas ao mesmo tempo. Uma coisa sempre interfere na outra. Não fazia cinco minutos que estávamos mexendo nos papéis quando a campainha tocou. Normalmente sou eu quem abre a porta depois das nove, hora em que Fritz calça seus velhos chinelos, por isso fui atender.

Acionei o interruptor da entrada da casa, olhei através do vidro espelhado, abri a porta e disse: "Olá, entre". Gwenn Sperling cruzou o limiar da porta.

Fechei a porta e me voltei para ela. "Quer ver o verme?" Indiquei o caminho. "Por ali."

"Você não parece surpreso!", ela deixou escapar.

"É minha experiência. Disfarcei a surpresa para impressioná-la. Na verdade, estou pasmo. Por ali."

Ela se adiantou, e fui atrás. Entrou no escritório, deu três passos e parou. Passei à frente dela.

"Boa noite, senhorita Sperling", disse Wolfe, sério. Indicou a cadeira de couro vermelho. "É a melhor cadeira."

"Será que telefonei para avisar que estava vindo?", perguntou ela.

"Acho que não. Ela telefonou, Archie?"

"Não, senhor. É que ela está surpresa por não estarmos surpresos."

"Entendo. Não quer se sentar?"

Por um segundo achei que ela fosse dar meia-volta e ir embora, como naquela tarde na biblioteca, mas se essa possibilidade chegou a ser aventada, ela a rejeitou. Os olhos de Gwenn passaram de Wolfe para mim, e vi que pararam na minha bochecha arranhada, mas ela não estava muito interessada em saber quem tinha feito aquilo. Atirou o cachecol de pele numa cadeira amarela, foi até a de couro vermelho, sentou-se e falou.

"Vim porque não pude me convencer a não vir. Quero confessar uma coisa."

Meu Deus, pensei. Espero que ela também não tenha assinado uma declaração. Parecia perturbada, mas não abatida, e suas sardas pouco se viam naquela luz.

"As confissões sempre ajudam", disse Wolfe, "mas é importante fazê-las à pessoa certa. Serei eu?"

"O senhor está sendo gentil só porque o chamei de verme!"

"Seria uma estranha razão para ser gentil. Seja como for, não estou. Só estou tentando ajudá-la a começar."

"Não se incomode." As mãos de Gwenn estavam entrelaçadas. "Estou decidida. Sou uma boboca arrogante e intrometida."

"A senhorita usa muitos adjetivos", Wolfe disse, secamente. "Para mim foram vermezinho ordinário e repulsivo. Agora, para si mesma, boboca arrogante e intrometida. Vamos ficar só com boba. Por que motivo?"

"Por tudo. Por Louis Rony. Eu sabia muito bem que não estava apaixonada por ele de verdade, mas queria dar uma lição a meu pai. Se eu não o tivesse levado até lá, ele não teria pensado que podia me provocar flertando com Connie Emerson, e ela não teria flertado com ele, e ele não teria sido morto. Mesmo que tudo o que o senhor disse sobre ele seja verdade, é por minha culpa que ele está morto, e o que vou fazer?"

Wolfe grunhiu. "Acho que não estou acompanhando

seu raciocínio. Por que foi culpa sua que Kane decidiu pôr umas cartas no correio e no caminho atropelou Rony por acidente?"

Ela o encarou. "Mas o senhor sabe que isso não é verdade!"

"Sim, mas a senhora não sabe... ou sabe?"

"Claro que sei." As mãos dela se soltaram. "Posso ser boba, acho que isso eu não tenho como mudar, mas conheço Webster há muito tempo e sei que ele não faria uma coisa dessas!"

"Qualquer um pode ter um acidente."

"Eu sei que pode, não foi o que eu quis dizer. Mas se ele tivesse atropelado Louis e visto que estava morto, teria voltado para casa, direto para o telefone, para chamar um médico e a polícia. O senhor o conheceu. Não viu que ele é assim?"

Isso era uma novidade, uma Sperling tentando convencer Wolfe de que a declaração de Kane era falsa.

"Sim", disse Wolfe, com delicadeza. "Acho que vi que ele é assim. Seu pai sabe que está aqui?"

"Não. Eu não quis me indispor com ele."

"Não será fácil evitar isso quando ele descobrir. O que a fez decidir-se a vir?"

"Eu queria vir ontem, mas não vim. Sou uma covarde."

"Boba e covarde." Wolfe balançou a cabeça. "Não exagere. E hoje?"

"Ouvi uma pessoa dizendo uma coisa. Agora sou abelhuda também. Eu fazia isso quando era criança, mas achei que tinha superado completamente. Hoje ouvi Connie dizendo alguma coisa a Paul e fiquei atrás da porta escutando."

"E o que ela disse?"

O rosto de Gwenn se contraiu. Achei que ela fosse chorar, e foi o que fez. Isso poderia ser muito ruim, porque Wolfe perde o juízo quando uma mulher chora.

Para fazê-la parar, perguntei: "Para que você veio até aqui?".

Ela parou e apelou para Wolfe. "Tenho de lhe dizer isso?"

"Não", ele disse, lacônico.

Naturalmente aquilo resolveu a situação. Ela começou a contar. Pela cara dela, parecia que teria preferido lamber sabão, mas não gaguejou nem uma vez.

"Eles estavam no quarto, e eu ia passando. Mas não ouvi por acaso; parei e ouvi de propósito. Ela bateu nele, ou ele nela, não sei — com eles nunca se sabe quem está batendo em quem, a menos que se veja. Mas era ela quem estava falando. Ela contou a ele que tinha visto Goodwin..." Gwenn olhou para mim. "Era você."

"Eu sou Goodwin", reconheci.

"Ela disse que viu Goodwin achar uma pedra no riacho e que tentou alcançá-la e jogá-la na água, mas Goodwin a imobilizou. Disse que Goodwin estava com a pedra e que ia levá-la a Nero Wolfe, e ela queria saber o que Paul ia fazer, e ele disse que não ia fazer nada. Ela disse que não se importava com o que acontecesse com ele, mas não ia permitir que sua reputação fosse arruinada, se pudesse evitar isso, e então ele bateu nela, ou ela nele. Achei que um deles estava vindo em direção à porta e saí."

"Quando foi isso?", rosnou Wolfe.

"Pouco antes do jantar. Papai tinha acabado de chegar, e eu ia contar tudo a ele, mas resolvi não fazer isso, porque sabia que ele devia ter obrigado Webster a assinar aquela declaração, e ele é muito teimoso — eu sabia o que ele ia dizer. Mas eu não podia simplesmente não fazer nada. Sabia que era por minha culpa que Louis tinha sido morto, e, depois do que o senhor nos disse sobre ele, isso não importa tanto por Louis, mas por mim. Pode parecer uma atitude egoísta, mas decidi que de agora em diante vou ser absolutamente sincera. Vou ser sincera com todo mundo e sobre tudo. Vou deixar de ser falsa. Veja como agi no dia em que o senhor chegou. Eu devia apenas ter ligado para Louis e dito que não queria mais vê-lo, e isso

200

teria sido a coisa mais sincera a fazer e o que eu realmente queria. Mas não, não fiz isso, tive de ligar pedindo que ele viesse me encontrar para poder dizer-lhe isso na cara... E o que aconteceu? Sinceramente, acredito que estava esperando que alguém ouvisse em uma das extensões, e assim ficasse sabendo como eu era legal e altruísta! Eu sabia que Connie fazia isso o tempo todo, e talvez outros fizessem também. De qualquer modo alguém fez, e o senhor sabe o que aconteceu. É como se eu tivesse pedido a ele que viesse para ser assassinado."

Gwenn parou para tomar fôlego. Wolfe comentou: "Está se atribuindo muita responsabilidade, senhorita Sperling".

"É uma confusão horrível." Ela não tinha acabado. "Não pude contar isso a meu pai, ou a minha mãe, nem mesmo a minha irmã, porque... Bem, não consegui. Mas eu não ia começar a ser sincera escondendo a pior coisa que já fiz. Pensei muito nisso e concluí que o senhor era a única pessoa que poderia entender exatamente o que quero dizer. O senhor sabia que me meteu medo naquela tarde e me disse isso. Acho que foi a primeira vez que uma pessoa realmente me entendeu."

Tive de reprimir uma gargalhada. Uma bela garota sardenta dizendo aquilo a Wolfe na minha presença começava a passar dos limites. Se havia alguma coisa no mundo que ele não entendia, e eu sim, eram garotas.

"Então", prosseguiu Gwenn, "tive de vir e contar ao senhor. Sei que não pode fazer nada com relação a isso, porque papai fez Webster assinar aquela declaração, e isso encerra o caso, mas achei que devia contar para alguém, e quando ouvi o que Paul e Connie diziam cheguei à conclusão de que tinha mesmo de fazer isso. Mas o senhor precisa entender que estou sendo totalmente sincera. Se isso tivesse acontecido e eu fosse como era há um ano, ou há uma semana, ia preferir fingir que vim só por achar que eu devia isso a Louis, para ajudar a descobrir a verdade sobre a morte dele, mas se ele era a espécie de homem que o senhor disse que era, acho realmente que não devo nada a ele. Só que, se vou ser uma pessoa realmente franca, tenho de começar agora, ou nunca começarei. Também não quero mais voltar a ter medo de ninguém, nem mesmo do senhor."

Wolfe balançou a cabeça. "Está esperando demais de si mesma. Tenho mais do dobro da sua idade e ganho da senhora em autoestima, mas tenho medo de uma pessoa. Não exagere. Existem muitas camadas de sinceridade, e a mais profunda não deve ter o monopólio. O que mais disseram o senhor e a senhora Emerson?"

"Só o que contei."

"Nada mais... hã, informativo?"

"Contei-lhe tudo o que ouvi. Não..." Ela parou, franzindo a testa. "Não contei? Que ele disse que ela era uma idiota?"

"Não."

"Ele disse. Quando ela falou sobre a reputação. Ele disse: 'Sua idiota, foi o mesmo que você ter dito a Goodwin que o matou, ou que sabia que o assassino era eu'. Foi então que ela bateu nele, ou ele nela."

"Mais alguma coisa?"

"Não. Fui embora."

"Já suspeitou que Paul Emerson pode ter matado Rony?"

"Por que eu..." Gwenn estava chocada. "Eu não suspeito isso nem agora. Suspeito?"

"Suspeita, com certeza. Simplesmente não ousou formular isso. Pode ter optado pela sinceridade, senhorita Sperling, mas ainda há a sagacidade. Se entendi bem, e a senhorita diz que a compreendo, em sua opinião Paul Emerson matou Rony porque ele estava cortejando sua esposa. Não acredito nisso. Ouvi alguns dos programas de Emerson, estive com ele em sua casa e o considero incapaz de emoção tão intensa, direta e explosiva. A senhorita diz que não posso fazer nada a respeito da morte de Rony. Acho que posso, pretendo tentar, mas se me vir obrigado a uma suposição tão desalentadora, como a de que Paul Emerson foi levado a matar por ciúme da mulher, eu desisto."

"Então..." Gwenn olhou séria para ele. "Então o quê?"

"Não sei. Por enquanto." Wolfe pôs as mãos na borda da mesa, empurrou a cadeira para trás e se levantou. "Vai voltar para casa dirigindo esta noite?"

"Sim. Mas..."

"Então seria bom que fosse saindo. É tarde. Sua mais nova paixão pela sinceridade é admirável, mas nisso, como em qualquer coisa, moderação é a melhor escolha. Teria sido sincero dizer a seu pai que viria aqui, quando chegar em casa seria sincero contar a ele onde esteve. Mas se fizer isso ele vai pensar que me ajudou a desacreditar a declaração de Kane, o que não é verdade. Portanto, a melhor sinceridade seria mentir e dizer que foi ver um amigo."

"E fui", declarou Gwenn. "O senhor *é* um amigo. Quero ficar e conversar."

"Não esta noite." Wolfe foi peremptório. "Estou esperando uma visita. Outra hora." E acrescentou, intempestivamente: "Com hora marcada, é claro".

Ela não queria ir embora, mas o que a pobre moça podia fazer? Depois que lhe passei o cachecol, ela ficou de pé e enrolou um pouco, com perguntas que foram respondidas com monossílabos, mas finalmente fez o que devia.

Assim que ela saiu, comecei a dizer a Wolfe o que achava dele. "Você não poderia ter tido uma chance melhor", protestei, com veemência. "Ela pode não ser miss Estados Unidos 1949, mas não é nenhuma baranga, vai herdar milhões e está louquinha por você. Você poderia parar de trabalhar para comer e beber o dia inteiro. De noite, você poderia explicar o quanto você a compreende, o que, pelo visto, é tudo o que ela pede. Finalmente você foi fisgado, e já não era sem tempo." Estendi-lhe a mão. "Meus parabéns!"

"Cale a boca." Ele olhou para o relógio.

"Já, já. Aprovo sua mentira sobre estar esperando uma visita. É assim que se faz, provocá-la, se fazer de difícil..."

"Vá para a cama. *Estou* esperando uma visita."

Olhei para ele. "Outra?"

"Um homem. Eu vou recebê-lo. Guarde essas coisas e vá para a cama. Já."

Isso tinha acontecido não mais de duas vezes em cinco anos. De vez em quando ele me manda sair do escritório e frequentemente me faz sinal para desligar meu telefone quando se supõe que alguma coisa é séria demais para mim, mas quase nunca sou expulso para os andares de cima para não poder sequer dar uma olhada no visitante.

"Senhor Jones?", perguntei.

"Guarde essas coisas."

Juntei os papéis da mesa dele e guardei-os de volta na minha gaveta antes de dizer: "Não gosto disso, e você sabe que não gosto. Uma de minhas funções é manter você vivo". Fui até o cofre. "E se eu chego aqui de manhã e encontro você?"

"Alguma manhã isso poderá acontecer. Mas não esta. Não tranque o cofre."

"Há cinquenta milhas aí dentro."

"Eu sei. Não tranque."

"Está bem, ouvi. As armas estão na minha segunda gaveta, descarregadas."

Dei-lhe boa-noite e saí.

19

Na manhã seguinte, três décimos das cinquenta milhas não estavam mais lá. Quinze mil pratas. Eu disse a mim mesmo que antes de morrer precisava dar um jeito de espiar pelo menos de longe esse sr. Jones. Um cara que podia cobrar tanta grana por um trabalho e receber adiantado era algo imperdível.

Quando me levantei, às sete, tinha dormido apenas cinco horas. Não ficara escutando atrás da porta, como Gwenn, mas é claro que não tive nenhuma intenção de dormir calmamente enquanto Wolfe estava no escritório com um personagem tão misterioso que eu não podia nem vê-lo nem ouvi-lo. Então, ainda vestido, peguei o revólver que guardo em minha mesa, fui para o corredor e me sentei no alto da escada. Dali, dois andares acima, ouvi a chegada dele e vozes no vestíbulo — a de Wolfe e uma outra —, a porta do escritório se fechando, e depois, durante quase três horas, um murmúrio tão inaudível que tive de apurar os ouvidos para perceber alguma coisa. Durante a última das três horas precisei recorrer a subterfúgios para me manter acordado. Finalmente a porta do escritório se abriu, as vozes se tornaram mais audíveis e, em meio minuto, ele tinha ido embora e pude ouvir o elevador de Wolfe. Bati em retirada para meu quarto. Quando pus a cabeça no travesseiro, só me mexi durante mais ou menos três segundos.

De manhã, tenho o hábito de não ir para o escritório

sem passar meia hora na cozinha com Fritz, a comida e o jornal, mas naquela sexta-feira fui direto para lá e abri o cofre. Wolfe não é homem de distribuir quinze milhas, seja de quem for o dinheiro, sem ter uma ideia muito clara de para que elas vão servir, e por isso me pareceu provável que alguma coisa poderia exigir atenção especial a qualquer momento. Quando, um pouco depois das oito, Fritz levou a bandeja com o café da manhã de Wolfe e desceu, esperei que ele me dissesse que estavam me chamando no segundo andar. Nada feito. De acordo com Fritz, meu nome nem tinha sido mencionado. Na hora habitual, faltando três minutos para as nove, sentado à minha mesa do escritório, ouvi o ruído do elevador subindo. Aparentemente, a sagrada rotina de Wolfe — passar das nove às onze nos viveiros — não seria alterada. Ele e Theodore agora estavam dando conta da situação, já sem precisar de auxílio externo.

Houve apenas um pequeno sinal de Wolfe. Pouco depois das nove, o interfone tocou. Ele perguntou se algum dos rapazes tinha telefonado, respondi que não, e ele disse que, quando ligassem, eu deveria dispensá-los. Perguntei se isso incluía Fred, e ele disse que sim, todos eles. Perguntei se havia novas instruções, ele respondeu que não, só dizer a eles que podiam parar.

Foi tudo naquele momento. Passei duas horas com a correspondência da manhã e com o trabalho acumulado na gaveta. Às 11h02 ele entrou, me deu bom-dia, como fazia sempre, independentemente do quanto já tivéssemos nos falado ao interfone, instalou-se em sua mesa e perguntou, irritado: "Há alguma coisa que você queira me perguntar?".

"Nada que eu não consiga resolver, senhor."

"Então não quero ser interrompido. Por ninguém."

"Sim, senhor. Está se sentindo mal?"

"Estou. Sei quem matou Rony, como e por quê."

"Ah, é? E isso dói?"

"Dói." Deu um profundo suspiro. "É o próprio demônio. Quando você sabe tudo o que precisa saber sobre um assassino, o que é, normalmente, a coisa mais simples de provar?"

"Essa é fácil. O motivo."

Ele concordou. "Mas não nesse caso. Duvido que se possa fazer isso. Você já me viu, no passado, inventar algum estratagema que envolvia risco, não?"

"Isso explica tudo. Já vi você correr riscos que me deram pesadelos."

"Pois não foram nada perto disso. Bolei um estratagema e gastei quinze mil dólares nele. Mas vendo a questão de outro ângulo, esse dinheiro não corre riscos." Ele suspirou de novo, recostou-se, fechou os olhos e resmungou: "Não quero ser perturbado".

Essa foi a última coisa que ouvi dele durante mais de nove horas. Não acredito que tenha pronunciado mais de oitenta palavras entre as 11h09 da manhã e as 20h20 da noite. Enquanto esteve no escritório, ficou sentado com os olhos fechados, espichando e contraindo os lábios de tempos em tempos, o tórax se expandindo de vez em quando, eu diria que doze centímetros, com um suspiro profundo. À mesa do almoço e do jantar, seu apetite esteve mais do que normal, mas no quesito conversa ele nada ofereceu. Às quatro da tarde se dirigiu aos viveiros para passar suas duas horas habituais ali, mas quando precisei subir para confirmar alguns dados com Theodore, Wolfe estava aboletado em sua cadeira na área de plantio, e Theodore falou comigo aos sussurros. Nunca fui capaz de enfiar na cabeça de Theodore que quando Wolfe está concentrado num problema de trabalho ele não nos ouve nem que gritemos bem diante do nariz dele, a menos que o forcemos a prestar atenção.

Das oitenta palavras que ele emitiu naquelas nove horas, só nove — uma por hora — tinham relação com o estratagema em que ele estava trabalhando. Pouco antes do jantar, ele perguntou baixinho: "A que horas Cohen estará livre à noite?".

Respondi que pouco antes da meia-noite.

No escritório, depois do jantar, quando ele mais uma vez se recostou e fechou os olhos, pensei meu Deus, esse será o último caso de Nero Wolfe. Ele vai passar o resto da vida nisso. Eu tinha tido meu próprio dia de trabalho e não via sentido em ficar com a bunda na cadeira ouvindo-o respirar. Considerei as alternativas, resolvi jogar umas partidas de sinuca com Phil e estava a ponto de abrir a boca para anunciar minha intenção quando Wolfe abriu a dele.

"Archie, traga Cohen aqui o mais rápido possível. Peça a ele que traga papel de carta e envelope com timbre da *Gazette*."

"Sim, senhor. Desenrolou a coisa?"

"Não sei. Veremos. Traga-o."

Enfim, pensei, estamos partindo para os finalmentes. Disquei o número, e, depois de algum tempo de espera, porque aquela era uma hora de muito trabalho para um matutino, ele atendeu.

Ouvi a voz dele. "Archie? Me paga uma bebida?"

"Não", respondi com firmeza. "Esta noite você fica sóbrio. A que horas pode estar aqui?"

"Onde é aqui?"

"Escritório de Nero Wolfe. Ele acha que quer lhe contar uma coisa."

"Tarde demais." Lon foi taxativo. "Se é para alcançar as Últimas da Cidade, me conte agora."

"Não é tão urgente. O caldo ainda não entornou. Mas é bom o suficiente para que em vez de mandar um moleque de recados, ou seja, eu, ele próprio queira ver você. Então quando podemos tê-lo aqui?"

"Posso mandar alguém."

"Não. Você."

"É para tanto?"

"É. Provavelmente."

"Em mais ou menos três horas. Não menos que isso, talvez mais."

"OK. Não pare para tomar umazinha, terei um drinque e um sanduíche preparados para você. Ah, sim, traga papel timbrado da *Gazette* e envelopes. Estamos sem material de escritório."

"O que é isso, uma brincadeira?"

"Não, senhor. Longe disso. Pode até lhe valer um aumento."

Pus o telefone no gancho e me virei para Wolfe. "Posso dar uma sugestão? Se você o quer dócil e isso merecer um *t-bone steak*, vou pedir a Fritz que descongele um."

Ele me disse que fizesse isso, e fui até a cozinha para uma conferência com Fritz. Depois, de volta ao escritório, sentei-me e fiquei ouvindo Wolfe respirar mais um pouco. Isso durou uma quantidade de minutos que perfizeram uma hora. Por fim ele abriu os olhos, endireitou-se e tirou do bolso alguns papéis dobrados que reconheci como sendo folhas arrancadas de seu bloco de anotações.

"Seu bloco, Archie", disse, como um homem que acabava de tomar uma decisão.

Peguei o bloco da gaveta e tirei a tampa da caneta.

"Se isso não funcionar", rosnou ele para mim, como se a culpa fosse toda minha, "não haverá outro recurso. Tentei amarrar as coisas de modo a deixar uma alternativa para o caso de falhar, mas é impossível. Ou vamos pegá-lo com isso ou não vamos pegá-lo de jeito nenhum. Papel em branco, espaço duplo, duas cópias."

"Cabeçalho ou data?"

"Nenhum dos dois." Ele olhou, de cara amarrada, para as folhas que tinha tirado do bolso. "Primeiro parágrafo:

Às oito horas da noite de 19 de agosto de 1948, vinte homens estavam reunidos numa sala, no nono andar de um edifício residencial na rua 84 leste, em Manhattan. Todos eles eram membros do alto escalão do Partido Comunista americano, e o encontro fazia parte de uma série destinada a decidir estratégia e táticas para controlar a campanha eleitoral do Partido Progressista e de seu candidato à presidência dos Estados Unidos, Henry Wallace. Um deles, um homem alto e magro, de bigode castanho aparado, dizia:

"Não nos esqueçamos, nunca, de que não podemos confiar em Wallace. Não podemos confiar nem em seu caráter nem em sua inteligência. Podemos contar com sua vaidade, isso sim, mas enquanto estivermos com ele temos de lembrar que a qualquer momento ele pode fazer algo que provoque uma ordem do Diretório para deixarmos de apoiá-lo."

"Diretório" é o termo que os dirigentes comunistas americanos usam quando querem dizer Moscou ou Kremlin. Talvez seja uma precaução, embora seja difícil imaginar por que eles precisam tomar cuidado numa sessão secreta, ou isso pode ser simplesmente o hábito que eles têm de não chamar nada por seu nome real.

Outro deles, um homem corpulento, calvo e de rosto rechonchudo, falou bem alto:

Recorrendo com frequência às folhas de papel que tinha tirado do bolso, Wolfe continuou até eu ter preenchido trinta e duas páginas de meu bloco, e então parou, ficou uns instantes com os lábios contraídos e me mandou datilografar aquilo. Foi o que fiz, em espaço duplo, como tinha sido recomendado. Quando terminava uma página, passava-a a ele, que começava a fazer anotações a lápis. Ele raras vezes fazia emendas nos textos que ditava e que eu datilografava, mas aparentemente via esse caso como uma coisa fora do comum. Eu concordava plenamente com ele. Aquele caso, que se tornava mais quente à medida que avançava, continha dezenas de detalhes que ninguém em posição inferior à de um vice-comissário tinha direito de conhecer — supondo-se que fossem verdadeiros. Esse era um ponto sobre o qual eu gostaria de ter perguntado a Wolfe, mas se o trabalho tinha de estar pronto quando Lon Cohen chegasse, não era possível perder tempo, de modo que adiei a pergunta.

Já tinha tirado a última página da máquina, mas Wolfe ainda estava mexendo nela quando a campainha tocou, fui até a porta da frente e fiz Lon entrar.

Lon era um funcionário subalterno — ou menos que isso — quando o conheci, mas agora era o segundo homem da editoria de Cidades da *Gazette*. Pelo que eu sabia, sua ascensão só tinha lhe subido à cabeça de maneira inocente: ele guardava uma escova de cabelos na mesa, e todas as noites, quando encerrava o expediente, antes de correr para o balcão de seu bar favorito, escovava bem os cabelos. Fora isso, não havia nada de errado com ele.

Apertou a mão de Wolfe e virou-se para mim.

"Seu canalha, você disse que se eu não parasse... oh, aqui está. Olá, Fritz. Aqui você é o único em quem posso confiar." Pegou o uísque da bandeja, cumprimentou Wolfe com um movimento de cabeça, engoliu um terço do conteúdo do copo e se sentou na cadeira de couro vermelho.

"Trouxe o material de escritório", anunciou. "Três folhas. Pode ficar com elas, com prazer, se me disser com exclusividade como foi que uma pessoa de sobrenome Sperling, intencional e premeditadamente, levou Louis Rony à morte."

"Isso", disse Wolfe, "é exatamente o que tenho a oferecer."

Lon levantou a cabeça. "Alguém de sobrenome Sperling?", rebateu.

"Não. Eu não devia ter dito 'exatamente'. O nome vai ter de esperar. Mas o resto, sim."

"Que diabos, já é meia-noite! Você não pode antecipar..."

"Esta noite, não. Nem amanhã. Mas se e quando eu souber disso, você vai ter seu furo."

Lon olhou para ele. Ele tinha entrado no escritório

relaxado, desarmado e sedento, mas agora tinha voltado ao trabalho. Uma exclusiva sobre o assassinato de Louis Rony não era coisa para se desprezar.

"Em troca disso você vai querer algo além de três papéis de carta, inclusive com envelopes. Que tal se lhe trouxer selos?"

Wolfe aquiesceu. "Seria muita generosidade sua. Mas tenho algo mais a oferecer. O que acharia de ter para seu jornal, com exclusividade, uma série de artigos autenticados para você descrevendo reuniões secretas do grupo que controla o Partido Comunista americano, com detalhes das discussões e decisões?"

Lon inclinou a cabeça. "Só lhe falta uma longa barba branca e uma roupa vermelha."

"Não, sou muito gordo. Isso lhe interessa?"

"Tenho de me interessar. Quem vai autenticar?"

"Eu."

"Você quer dizer que os artigos teriam a sua assinatura?"

"Deus do céu, não. Os artigos serão anônimos. Mas eu lhe dou todas as garantias, por escrito se você quiser, de que a fonte de informação é competente e confiável."

"Quem deve ser pago, e quanto é?"

"Ninguém. Nada."

"Que diabo, você nem precisa da barba. Como seriam os detalhes?"

Wolfe virou-se. "Deixe-o ler, Archie."

Dei a Lon o original datilografado, e ele pôs o copo sobre a mesa, perto do cotovelo, para ter as duas mãos livres. Eram sete páginas. Lon começou a ler depressa, depois mais devagar, e quando chegou ao fim voltou à primeira página e a releu. Enquanto isso, enchi o copo dele e, sabendo que Fritz estava ocupado, fui à cozinha buscar cerveja para Wolfe. Achei que podia aguentar um uísque também e preparei um para mim.

Lon pôs as folhas na mesa, viu que o copo estava bem suprido e bebeu.

"É quente", admitiu.

"Pronto para a impressão, acho", disse Wolfe com modéstia.

"Com certeza. E quanto a processos por difamação?"

"Não existem. Nem existirão. Não foram citados nomes nem endereços."

"Disso eu sei, mas de qualquer modo esse material pode suscitar uma ação. Sua fonte deve estar pronta para testemunhar."

"Nada disso." Wolfe foi taxativo. "Minha fonte está encoberta e encoberta ficará. Você tem minha garantia e, se quiser, uma caução para cobrir gastos processuais, mas isso é tudo."

"Bem..." Lon tomou um gole. "Adorei, mas tenho chefes, e num caso como esse eles terão de decidir. Amanhã é sexta-feira, e eles... meu Deus, o que é isto? Não me diga... Archie, venha ver!"

Eu tinha de ir, de qualquer forma, para retirar os papéis, de modo que Fritz pudesse pôr a bandeja na mesa. Era realmente um belo prato. O *t-bone steak* era alto e tostado na brasa, as fatias de batata-doce grelhada e os cogumelos *sautés* eram perfeitos, e o agrião formava uma pilha num canto fora de perigo. O cheiro do conjunto me deu vontade de pedir uma cópia a Fritz.

"Agora entendi", disse Lon, "isto é um sonho. Archie, eu seria capaz de jurar que você me telefonou para que eu viesse aqui. Está bem, vou continuar sonhando." Ele partiu a carne, o suco escorreu, ele cortou um pedaço pequeno e escancarou a boca. Depois veio uma garfada de batata-doce, seguida de um cogumelo. Eu olhava para ele como um cachorro que deixaram ficar perto da mesa. Não aguentei. Fui à cozinha, voltei com duas fatias de pão num prato e empurrei-o para ele.

"Vamos lá, mano, reparta. Você não aguenta comer um *steak* de um quilo e meio."

"Tem menos de um quilo."

"Até parece. Me dá um pedacinho."

Afinal de contas, ele era hóspede e teve de ceder.

Quando ele foi embora, um pouco mais tarde, só restava o osso na bandeja, o nível da garrafa de uísque baixara oito centímetros, o papel timbrado e os envelopes estavam na minha gaveta, e o negócio tinha sido fechado, faltando apenas o OK do alto comando da *Gazette*. Como estávamos quase no fim de semana, o OK podia demorar, mas Lon achava que havia uma chance razoável para o sábado e uma boa para o domingo. A maior dificuldade, na opinião dele, era o fato de Wolfe não querer garantir uma longa série. Ele prometeu dois artigos e disse que um terceiro seria provável, mas esse foi todo o compromisso que assumiu. Lon tentou fazê-lo concordar com um mínimo de seis, mas nada feito.

Sozinho com Wolfe outra vez, dei uma olhada nele.

"Pare de me encarar", ele disse, irritado.

"Mil perdões. Estava pensando uma coisa. Duas matérias de duas mil palavras cada uma, quatro mil palavras. Quinze mil... isso dá três dólares e setenta e cinco por palavra. E ele nem sequer escreveu as matérias. Se você vai ser um *ghost-wri*..."

"Hora de dormir."

"Sim, senhor. Além de escrever a segunda matéria, o que vem a seguir?"

"Nada. É sentar e esperar. Que diabo, se isso não funcionar..."

Ele me deu boa-noite e saiu em direção ao elevador.

20

No dia seguinte, sexta-feira, mais dois artigos foram ditados, datilografados e revisados. O segundo foi entregue a Lon Cohen, e o terceiro ficou trancado em nosso cofre. Contavam o que tinha acontecido entre o dia das eleições até o fim do ano, e embora não dessem nomes e endereços, continham quase todo o resto. Eu mesmo fiquei interessado, imaginando o que iria acontecer agora.

Os chefes de Lon aceitaram de bom grado as condições de Wolfe, inclusive o seguro preventivo contra processos por difamação, mas decidiram não publicar as matérias antes de domingo. Deram-lhe um espaço de três colunas na primeira página.

COMO ATUAM OS COMUNISTAS AMERICANOS

O EXÉRCITO VERMELHO NA GUERRA FRIA

O Q.G. COMUNISTA NOS ESTADOS UNIDOS

Havia uma introdução em itálico:

A Gazette *apresenta nesta edição o primeiro de uma série de artigos que mostram como os comunistas americanos ajudam a Rússia na Guerra Fria e a se preparar para a guerra de fato se e quando ela for deflagrada. Essa é a verdade. Por motivos óbvios, o nome do autor dos artigos não pode ser divulgado, mas a* Gazette *tem garantias satisfatórias de sua autenticidade. Esperamos continuar a série até as atividades mais recentes dos vermelhos, inclusive suas reuniões secretas antes, durante e depois do famoso julgamento dos onze comunistas de Nova York. O segundo artigo sairá amanhã. Não perca!*

E aí começava o artigo, exatamente como Wolfe tinha ditado.

Como já devem ter notado a esta altura, eu seria perfeitamente capaz de ocultar dados de forma a mostrar o estratagema de Wolfe do melhor ângulo possível, mas agora estou contando tudo o que eu mesmo sabia até então. Isso vale para sexta, sábado, domingo e segunda até as oito e meia da noite. Você sabe tudo o que eu sabia, ou ficará sabendo assim que eu disser que o terceiro artigo foi revisto no domingo e entregue a Lon ao meio-dia da segunda-feira para o jornal de terça; que o laudo final de Weinbach sobre a pedra confirmou o preliminar; que nada mais foi feito nem empreendido, e que durante aqueles quatro dias Wolfe permaneceu irritadiço como eu nunca o tinha visto por período tão prolongado. Eu não tinha ideia do que ele esperava conseguir tornando-se *ghost-writer* do sr. Jones e revelando segredos de família dos comunas.

Reconheço que tentei me informar. Por exemplo, na sexta-feira de manhã, enquanto ele estava nos viveiros, dei uma busca completa nas fotos da gaveta dele, mas estavam todas lá. Nenhuma tinha sumido. Fiz algumas outras tentativas bem-intencionadas de descobrir coisas, mas neca de pitibiriba. Na segunda-feira, a cada entrega dos correios, eu avançava sobre a correspondência para dar uma olhada rápida, a cada toque da campainha, esperava que chegasse um telegrama, e corria para atender ao telefone, porque me convenci de que os artigos eram apenas uma isca e estávamos simplesmente sentados à beira d'água esperando em vão por uma mordida no anzol. Mas se a mordida era esperada na forma de telegrama ou carta, não houve peixe algum.

Então, na noite de segunda-feira, no escritório, logo depois do jantar, Wolfe estendeu-me uma folha de seu bloco de notas escrita com sua letra e perguntou: "Você consegue ler isso, Archie?".

A pergunta era retórica, já que a caligrafia dele é quase tão legível quanto a letra impressa. Li e disse a ele: "Sim, senhor, consigo decifrar".

"Datilografe isso no papel timbrado da *Gazette*, incluindo a assinatura como está indicada. Depois quero dar uma olhada. Enderece um envelope da *Gazette* a Albert Enright, Partido Comunista dos Estados Unidos, rua 12 Leste, número 35. Uma cópia, espaço simples."

"Um ou dois erros, talvez?"

"Não necessariamente. Você não é o único bom datilógrafo de Nova York."

Ajeitei a máquina de escrever, peguei o papel, encaixei-o no rolo e comecei a bater nas teclas. Quando tirei a folha da máquina, li o seguinte:

27 de junho de 1949

Prezado sr. Enright:

Envio-lhe esta carta porque fomos apresentados certa vez, e o ouvi discursar duas vezes. O sr. não me reconheceria de vista e não sabe meu nome.

Trabalho na *Gazette*. É claro que o sr. viu a série que começou no domingo. Não sou comunista, mas concordo com muitas coisas que eles defendem e acho que estão passando por uma experiência difícil; além disso não gosto de traidores, e o homem que está fornecendo material para esses artigos da *Gazette* é com certeza um traidor. Acho que o sr. tem o direito de saber quem ele é. Nunca o vi e não creio que ele tenha vindo à redação alguma vez, mas sei quem é a pessoa daqui que está colaborando com ele nesses artigos e tive acesso a algo que deve ser útil para o sr. e que vai anexo a esta carta. Tenho motivos para crer que isto estava na pasta que foi enviada a um dos executivos do jornal para mostrar que o material era autêntico. Se eu lhe disser mais do que isso, posso lhe dar pistas sobre minha identidade e não quero que saiba quem sou.

Desejo-lhe muita força na luta contra os imperialistas, os monopolistas e os belicistas.

Um amigo

Levantei-me para entregar a carta a Wolfe e voltei à máquina de escrever para sobrescritar o envelope. E, embora tivesse datilografado a carta inteira sem erro algum, no envelope comi mosca e escrevi "Cominusta" em vez de Comunista e tive de pegar outro. Isso não me chateou porque entendi a razão de ter acontecido: eu estava nervoso. Um instante mais e eu saberia qual das fotos seria mandada com a carta, isso se o malandrão não me deixasse por fora.

Ele não fez isso, mas poderia ter feito. Abriu a gaveta, remexeu nela, tirou uma das fotos, que me entregou, e disse: "Este é o anexo. Despache a carta para um lugar onde possa ser recolhida esta noite".

Era a foto, a melhor delas, da carteirinha do Partido Comunista de William Reynolds, número 128-394. Fulminei-o com o olhar, pus a carta e a foto no envelope, fechei-o, colei o selo e saí. Naquele estado de espírito, achei que tomar um pouco de ar não me faria mal e fui andando até a estação de Times Square.

Eu não esperava mais nada de Wolfe para aquela noite, e foi isso o que tive. Fomos para a cama bem cedo. Em meu quarto, enquanto me despia, ainda tentava juntar as peças, mas não conseguia armar um esquema que esclarecesse tudo. O estratagema principal agora estava bastante claro, mas o que viria depois? Será que íamos nos sentar e esperar outra vez? Nesse caso, como, quando, por que e por quem William Reynolds ficaria conhecido por outro nome? Debaixo dos lençóis, tirei isso da cabeça para poder dormir um pouco.

No dia seguinte, terça-feira, até pouco depois do meio-dia, parecia que iríamos continuar sentados, esperando. Não foi tão chato, graças ao telefone. O terceiro artigo tinha saído na *Gazette* daquela manhã, e estavam ávidos por mais. Recebi instruções de enrolar. Lon telefonou duas vezes antes das dez, e depois disso houve uma cadeia de ligações: o editor de Cidades, o editor-chefe, o editor-executivo, o dono do jornal, todo mundo. Eles queriam tanto o artigo que tive vontade de eu mesmo escrever e vendê-lo por quinze mil pratas redondas. Ao meio-dia ainda não havia nenhuma notícia.

Quando o telefone tocou mais uma vez, pouco antes da hora do almoço, dei como certo que era um deles; por isso, em vez de repetir minha fórmula, disse apenas "Sim?".

"Escritório de Nero Wolfe?" Era uma voz que eu nunca tinha ouvido antes, uma espécie de guincho mecânico.

"Sim. Fala Archie Goodwin."

"O senhor Wolfe está?"

"Sim. Está ocupado. Quem fala, por favor?"

"Diga a ele apenas retângulo."

"Pode soletrar, por favor?"

"R-e-t-â-n-g-u-l-o, retângulo. Diga-lhe imediatamente. Ele vai querer saber."

A ligação foi cortada. Pus o fone no gancho e voltei-me para Wolfe.

"Retângulo."

"O quê?"

"Foi o que ele disse, ou melhor, guinchou. Para lhe dizer só isto: retângulo."

"Ah." Wolfe se levantou, e seus olhos ficaram muito abertos. "Ligue para o escritório nacional do Partido Comunista, Algonquin, quatro, dois, dois, um, cinco. Quero falar com Harvey ou Stevens. Qualquer um deles."

Girei a cadeira e disquei. Num instante, ouvi uma agradável voz feminina. Era uma surpresa que fosse agradável, e eu estava também um pouco embaraçado porque era a primeira vez que conversava com uma comuna, de modo que disse: "Meu nome é Goodwin, camarada. O senhor Harvey está? Nero Wolfe gostaria de falar com ele".

"O senhor disse Nero Wolfe?"

"Sim. Um detetive."

"Conheço de nome. Vou verificar. Espere na linha."

Esperei. Habituado a ficar na linha enquanto uma telefonista ou secretária procura alguém, recostei-me na cadeira e relaxei, mas não demorou muito para que um homem me dissesse que era Harvey. Fiz sinal para Wolfe e continuei na linha.

"Como vai, senhor?", disse Wolfe educadamente. "Estou numa enrascada, e o senhor poderá me ajudar, se quiser. Poderia vir a meu escritório hoje às seis horas com um de seus colegas? Quem sabe com Stevens, ou com Enright, se um deles estiver disponível."

"O que o leva a crer que posso ajudá-lo a sair de uma encrenca?", perguntou Harvey, sem aspereza. Ele tinha voz de baixo, um pouco rouca.

"Tenho certeza de que pode. Pelo menos eu gostaria de pedir-lhe um conselho. Trata-se de um homem que o senhor conhece pelo nome de William Reynolds. Ele está envolvido num caso no qual estou trabalhando, e a coisa se tornou premente. É por isso que eu gostaria de vê-lo o mais breve possível. Não resta muito tempo."

"O que o leva a crer que conheço um homem chamado William Reynolds?"

"Ora, vamos, Harvey. Depois de ouvir o que tenho a lhe dizer, o senhor poderá, é claro, negar que o conhece, se é o que quer. Isso não pode ser resolvido por telefone... ou não deve."

"Espere na linha."

Essa espera foi mais demorada. Wolfe se manteve pacientemente com o fone no ouvido, e fiz o mesmo. Em três ou quatro minutos ele começou a fechar a cara, e quando a voz de Harvey se fez ouvir outra vez ele estava batendo com o indicador no braço da cadeira.

"Se formos", perguntou Harvey, "quem vai estar aí?"

"O senhor, é claro, e eu. E Goodwin, meu assistente."

"Ninguém mais?"

"Não, senhor."

"Tudo bem. Estaremos aí às seis."

Desliguei o telefone e perguntei a Wolfe: "O senhor Jones fala sempre com aqueles guinchos engraçados? E 'retângulo' quis dizer apenas que a carta de um amigo foi recebida? Ou algo mais, como quais comissários do partido a leram?".

21

Nunca cheguei a ver Albert Enright, para quem eu tinha datilografado a carta, porque Harvey veio acompanhado de Stevens.

Como eu já tinha visto um ou dois comunas de alta patente em carne e osso e várias fotos publicadas de mais de uma dúzia deles, não esperava que nossos visitantes parecessem javalis ou cobras venenosas, mas mesmo assim eles me surpreenderam um pouco, principalmente Stevens. Era um homem de meia-idade magro e pálido, de cabelo castanho e fino que parecia ter sido cortado na semana anterior, e usava óculos sem aro. Se eu tivesse uma filha adolescente, Stevens era o tipo do cara a quem eu gostaria que ela pedisse informações num lugar desconhecido depois do anoitecer. Eu não iria tão longe com Harvey, mais jovem e muito robusto, de olhos castanho-claros esverdeados e um rosto bem talhado, mas certamente não o escolheria para Ameaça do Mês.

Não aceitaram nada para beber, nem se acomodaram direito na cadeira. Harvey anunciou com sua voz rouca de baixo, mas ainda não indelicada, que tinham um compromisso às quinze para as sete.

"Serei o mais breve que puder", Wolfe lhes assegurou. Abriu a gaveta, pegou uma das fotos e estendeu a mão. "Por favor, vejam isto."

Ambos se levantaram, Harvey pegou a foto, e os dois olharam para ela. Achei que aquilo era levar as coisas meio longe demais. O que era eu, um verme? Por isso, quando Harvey pôs a foto na mesa, avancei um pouco para a frente, a fim de dar uma espiada, e só então passei-a a Wolfe. Qualquer dia ele ia ficar tão engraçadinho que eu teria de cortar as asinhas dele, com certeza. Agora eu estava por dentro.

Harvey e Stevens sentaram outra vez, sem trocar um olhar. Aquilo me pareceu um exagero de precaução, mas imagino que os comunas, especialmente os de alto nível, adquirem esse hábito bem cedo, e ele se torna automático.

Wolfe perguntou, amável: "Um rosto interessante, não é?".

Stevens ficou impassível e não disse nada.

"Se for o seu tipo", disse Harvey. "Quem é?"

"Isso só vai prolongar as coisas." Wolfe estava um pouco menos amável. "Se eu tivesse alguma dúvida de que os senhores o conheciam, ela teria se dissipado no momento em que a menção do nome dele os fez vir até aqui. Com certeza não ficaram com pena de mim ao saber que eu estava numa encrenca. Se negarem que conhecem esse homem como William Reynolds, terão vindo até aqui para nada, e não poderemos prosseguir."

"Vamos colocar assim", disse Stevens com delicadeza. "Admitamos uma hipótese. Se dissermos que conhecemos esse homem como William Reynolds, o que acontece?"

Wolfe assentiu, satisfeito. "Assim está bem, acho. Então eu falo. Quando conheci esse homem, recentemente, o nome dele não era Reynolds. Suponho que conheçam o outro nome dele também, mas como entre os senhores e seus correligionários ele é chamado de Reynolds, vamos usar esse nome. Quando o conheci, há pouco mais de uma semana, eu não sabia que ele era comunista; só fiquei sabendo disso ontem."

"Como?", atalhou Harvey.

Wolfe balançou a cabeça. "Desculpe, mas tenho que deixar isso de fora. Em todos esses anos de trabalho como detetive particular, estabeleci muitos contatos — na polícia, na imprensa, com todo tipo de gente. Eu diria uma coisa: acho que Reynolds cometeu um erro. É só uma suposição, mas está certa, imagino: ele ficou assustado. Percebeu um perigo mortal — eu fui responsável por isso — e fez uma coisa impensada. O perigo era uma acusação de assassinato. Ele sabia que a acusação só seria levada adiante se ficasse provado que ele era comunista, e pensou que eu também sabia disso, e decidiu se proteger fingindo que enquanto se passava por comunista era na verdade inimigo do comunismo e queria ajudar a destruí-lo. Como disse, é uma mera suposição. Mas..."

"Um minuto." Aparentemente, Stevens não levantava a voz nem mesmo para interromper alguém. "Ainda não chegamos ao ponto em que se prova que um homem cometeu assassinato apenas provando que ele é comunista." Stevens sorriu, e vendo o que ele entendia por sorriso, decidi que minha filha devia pedir informações a outra pessoa. "Chegamos?"

"Não", concordou Wolfe. "Muito pelo contrário. Os comunistas agem bem ao condenar assassinatos particulares por motivos particulares. Mas nesse caso foi o que aconteceu. Como estamos no terreno das hipóteses, posso incluir em nossa hipótese que os senhores sabiam da morte de um homem chamado Louis Rony, atropelado por um carro na casa de campo de James U. Sperling, e que sabiam que William Reynolds estava presente. Não posso?"

"Prossiga", resmungou Harvey.

"Então não precisamos perder tempo com fatos que são de domínio público. A situação é a seguinte: eu sei que Reynolds matou Rony. Quero que ele seja preso e julgado. Mas, para que ele seja condenado, é essencial provar que ele é membro do Partido Comunista, porque só assim será possível determinar o motivo. É preciso que essa afirmação seja aceita nos termos em que estou colocando.

Não vou lhes mostrar todos os meus trunfos, porque se eu fizer isso e os senhores preferirem apoiar Reynolds, estarei numa enrascada ainda maior do que a atual."

"Não apoiamos assassinos", declarou Harvey, com ar de dignidade.

Wolfe assentiu. "Achei mesmo que não. Seria não apenas condenável como também inútil apoiar esse assassino. Vocês hão de entender que eu preciso provar não que William Reynolds é membro do Partido Comunista, pois isso poderia ser feito sem muita dificuldade, mas que o homem que estava na cena da morte de Rony é aquele William Reynolds — tenha ele o nome que tiver além deste. Só imagino duas maneiras de fazer isso. Uma delas seria prender e indiciar Reynolds e levá-lo a julgamento; preparar o caminho demonstrando que a filiação dele ao Partido Comunista é relevante para sua culpabilidade, citar os senhores e outros membros do partido — uns cinquenta ou cem — como testemunhas de acusação e lhes fazer a seguinte pergunta: 'O acusado é ou foi membro do Partido Comunista?'. Os correligionários que o conhecerem e disserem que não estarão cometendo perjúrio. Todos os senhores vão querer arriscar-se a isso? Não digo a maioria, mas todos? Valeria a pena se expor tanto para proteger um homem que matou alguém por conta própria? Duvido. Se os senhores arriscarem, acho que poderemos lhes dar apoio. Eu com certeza vou tentar, de todo o coração."

"Não nos assustamos à toa", declarou Harvey.

"E qual seria a outra maneira?", perguntou Stevens.

"Muito mais simples para todos." Wolfe pegou a fotografia. "Escrevam seus nomes sobre esta foto. Eu a colo numa folha de papel. Embaixo, escrevam: 'O homem da foto acima, na qual escrevemos nosso nome, é William Reynolds, que sabemos ser membro do Partido Comunista dos Estados Unidos'. Assinem e pronto."

Pela primeira vez eles trocaram olhares.

"Isso ainda é uma hipótese", disse Stevens. "Como tal, teremos muito prazer em pensar sobre ela."

"Por quanto tempo?"

"Não sei. Até amanhã ou depois."

"Não gosto disso."

"Que me importa?" Os modos de Harvey estavam se revelando. "O senhor tem de gostar?"

"Suponho que não." Wolfe estava pesaroso. "Mas não gosto de deixar um homem solto por aí sabendo que é um assassino. Se fizermos a coisa do jeito mais simples, e agora, ele estará preso antes da meia-noite. Se deixarmos para depois..." Wolfe deu de ombros. "Não sei o que ele fará... Talvez nada que nos impeça..."

Tive de reprimir o riso. Ele podia muito bem ter perguntado aos dois se queriam dar a Reynolds um dia ou dois para escrever mais artigos para a *Gazette*, porque aí, é claro, ele os convenceria. Sabendo o que lhes passava pela cabeça, tentei ver algum sinal disso, qualquer sinal, no rosto deles, mas eram macacos velhos. Eles pareciam apenas dois caras estudando uma hipótese e não gostando muito.

Stevens falou, com o mesmo tom de voz suave: "Vá em frente e prenda-o. Se não der certo do jeito simples, poderá tentar do outro".

"Não, senhor", retrucou Wolfe com ênfase. "Sem sua declaração não será fácil incriminá-lo. Isso pode ser feito, mas não com um simples estalar de dedos."

"O senhor disse", contrapôs Harvey, "que se assinarmos o tal papel a coisa acabaria por aí, mas não é assim. Teríamos de testemunhar no julgamento."

"Provavelmente", concordou Wolfe. "Mas só os dois, como testemunhas da acusação para ajudar a punir um assassino. Da outra maneira serão os dois e muitos outros, e, se responderem negativamente, estarão protegendo um assassino pelo simples fato de ele ser um companheiro do Partido Comunista, o que não vai elevar o apreço da opinião pública pelos senhores... Além do risco de perjúrio."

Stevens levantou-se. "Vamos responder em meia hora, talvez menos."

"Bom. A sala da frente é à prova de som, ou podem ir lá para cima.

"Há mais espaço lá fora. Vamos, Jerry."

Stevens foi na frente. Levei-os até a porta e voltei ao escritório. O que vi ao entrar me deu pretexto para liberar o riso que eu tinha segurado. Wolfe estava com uma gaveta aberta e tirou dela uma folha de papel e um tubo de cola.

"Com o ovo ainda dentro da galinha?", perguntei.

"Puf. O parafuso foi bem apertado."

"Foi como tomar o doce de uma criança", admiti. "Embora eu deva dizer que não são crianças, especialmente Stevens."

Wolfe grunhiu. "Ele é o terceiro homem na hierarquia do Partido Comunista americano."

"Ele não aparenta, mas age como tal. Reparei que eles nem sequer perguntaram quais indícios você tinha de que Reynolds é o assassino, porque não estão dando a mínima. Tudo o que eles querem é parar com os artigos e detonar o cara. O que não entendo é por que engoliram a carta de um amigo. Por que não deram a Reynolds a oportunidade de responder a uma pergunta?"

"Eles não dão oportunidades." Wolfe estava zombando. "Ele por acaso poderia provar que a carta era uma mentira? Como? Poderia explicar a foto em sua carteirinha do partido? Ele só poderia negar, e eles não teriam acreditado. Eles não confiam em ninguém, principalmente neles mesmos, e não os culpo por isso. Acho que não devo passar cola na foto antes que eles escrevam o nome nela."

Eu não estava tão confiante quanto Wolfe parecia estar. Talvez eles quisessem discutir a questão numa conferência, e isso não se faria em meia hora. Mas pelo visto

Wolfe sabia mais do que eu sobre o cargo e a autoridade de Stevens. Eu os deixara na porta às 18h34, e às 18h52 a campainha tocou, e fui recebê-los de novo. Só dezoito minutos, mas a cabine telefônica mais próxima estava a apenas meia quadra dali.

Não se sentaram. Harvey ficou me olhando como se não gostasse de alguma coisa do que via, e Stevens avançou até a ponta da mesa de Wolfe, anunciando: "Não gostamos dos termos. Queremos que seja desta forma:

Como leais cidadãos americanos, dedicados ao bem comum e aos ideais da verdadeira democracia, acreditamos que todos os infratores devem ser punidos, independentemente de sua filiação partidária. Assim, no interesse da justiça, escrevemos nossos nomes na fotografia acima, e por meio desta atestamos que o homem da foto é conhecido como William Reynolds, e que é do nosso conhecimento que durante oito anos, até hoje, ele foi membro do Partido Comunista dos Estados Unidos. Ao saber que ele estava sendo acusado de assassinato, o Comitê Executivo do Partido expulsou-o de imediato.

Tecnicamente, Stevens subiu um ponto no meu conceito. Sem consultar nada, totalmente de improviso, recitou o texto como se o soubesse de cor havia anos.

Wolfe deu de ombros. "Se preferem com todo esse rebuscamento... Quer que Goodwin datilografe ou o senhor escreverá de próprio punho?"

Fiquei bem contente por ele ter preferido usar a caneta. Teria sido uma honra datilografar parágrafo tão patriótico, mas eu não correria nenhum risco com um comuna. E se algum deles tivesse a ideia de tirar do bolso a carta do amigo e comparar os tipos? Mesmo a olho nu seria fácil localizar o ene levemente desalinhado e o pequeno defeito no dábliu. Por isso, foi com alegria que fiz com que Stevens se sentasse a minha mesa para escrever.

Assim fez, assinou e escreveu seu nome na foto. Depois Harvey fez o mesmo. Wolfe e eu assinamos como testemunhas, depois que Wolfe a leu. Tendo o tubo de cola à mão, como eu disse, começou a colar a foto no alto da página.

"Posso vê-la um instante?", perguntou Stevens.

Wolfe estendeu-a para ele.

"Há uma coisa", disse Stevens. "Não podemos deixar isto com o senhor sem ter algum tipo de garantia de que Reynolds será preso esta noite. O senhor disse antes da meia-noite."

"Certo. Será preso."

"O senhor terá isto assim que ele for preso."

Eu tinha certeza de que eles iam criar algum caso. Se não fosse algo que pudesse rasgar, uma pedra, por exemplo, eu simplesmente teria tomado aquilo da mão dele, e Harvey que interviesse, se lhe parecesse bem.

"Então ele não será preso", disse Wolfe, sem se alterar.

"Por que não?"

"Porque esse é o instrumento com que vou prendê-lo. Se não fosse assim, eu me daria a todo esse trabalho para consegui-lo? Absurdo. Pretendia convidar algumas pessoas para virem aqui esta noite, mas só se tiver o documento. Por favor, não o amasse."

"Reynolds estará aqui?"

"Sim."

"Então viremos para trazer o documento."

Wolfe balançou a cabeça. "Parece que não me ouviram. O papel fica aqui, ou os senhores ficam fora disso até receberem uma citação judicial. Deixe-o comigo, e terei o maior prazer em receber o senhor e Harvey esta noite. É uma ideia excelente. Estarão excluídos de uma parte da reunião, mas podem ficar à vontade na sala da frente. Por que não fazem isso?"

Esse foi finalmente o arranjo decidido. Eles eram muito obstinados, mas, como disse Wolfe, o parafuso tinha sido bem apertado. Não sabiam o que Reynolds poderia desembuchar no próximo artigo, e queriam tê-lo capturado rápido, e Wolfe fincou pé em que não faria nada sem o documento. E com isso conseguiu. Ficou combinado que eles voltariam por volta das dez e ficariam na sala da frente até serem convidados a reunir-se ao grupo.

Quando foram embora, Wolfe pôs o documento na gaveta do meio.

"Temos fotos de sobra", observei. "Então foi por isso que o senhor Jones não precisou levá-las. Ele o conhecia e só teve de dar uma olhada. Hem?

"O jantar está na mesa."

"Sim, senhor. Seria uma coincidência divertida se Harvey ou Stevens fosse o senhor Jones. Não é?"

"Não. Você pode encontrar coincidência no dicionário. Ligue para Archer."

"Agora? O jantar está na mesa."

"Ligue."

Não foi tão fácil. Na primeira tentativa, que foi o escritório do promotor distrital em White Plains, alguém atendeu, mas disse que não tinha como me ajudar. Tentei então a casa de Archer, mas me disseram que ele havia saído e não quiseram dizer onde estava, por isso tive de insistir para convencer de que ele devia ser informado imediatamente de que Nero Wolfe estava à espera de uma ligação dele. Pus o telefone no gancho e me acomodei para uma espera de cinco minutos a uma hora. Wolfe estava sentado ereto, com a testa franzida e os lábios contraídos: uma refeição estava esfriando. Depois de algum tempo, ficar olhando para ele começou a me dar nos nervos, e eu estava a ponto de sugerir que fôssemos para a sala de jantar e começássemos a comer quando o telefone tocou. Era Archer.

"O que significa isto?" Ele foi curto e grosso.

Wolfe disse que precisava de um conselho.

"Sobre o quê? Estou jantando com amigos. Isso não pode esperar até amanhã de manhã?"

"Não, senhor. Peguei o assassino de Louis Rony, com provas para condenação, e quero me livrar dele."

"O assassino..." Um breve silêncio. Depois: "Não acredito!".

"Claro que não, mas é a pura verdade. Ele estará no meu escritório esta noite. Quero seu conselho sobre como lidar com isso. Posso pedir ao inspetor Cramer, da polícia de Nova York, que mande uns homens para detê-lo, ou então..."

"Não! Ouça, Wolfe..."

"Não, ouça-me o senhor. Se seu jantar está na mesa, o meu também está. Eu preferia que fosse o senhor a levá-lo detido, por duas razões. Primeiro, porque lhe compete. Segundo, porque eu gostaria de acabar com isso esta noite, e para tanto a declaração de Kane precisa ser revogada. Isso vai exigir a presença não só de Sperling e de Kane como também de todos os que estavam lá na noite em que Rony foi morto. Se o senhor vier ou mandar alguém, eles terão de vir também. Todos eles, se possível. Dadas as circunstâncias, não acredito que se oponham. O senhor pode trazê-los aqui às dez horas?"

"Mas... Meu Deus, isso é inacreditável! Preciso de um minuto para pensar..."

"O senhor teve uma semana para pensar, mas preferiu deixar que eu fizesse isso em seu lugar. Pensei e agi. Pode trazê-los aqui às dez horas?"

"Não sei, que diabo! O senhor me joga isso assim à queima-roupa!"

"O senhor preferia que eu aguardasse um dia ou dois? Vou esperá-lo às dez, ou o mais perto dessa hora que conseguir chegar. Se o senhor não os trouxer consigo, não vai pôr as mãos nele. Afinal de contas, nesta jurisdição, não passam de visitantes. Se as coisas não se resolverem, deixarei a polícia de Nova York ficar com ele."

Wolfe e eu pusemos o telefone no gancho. Ele empurrou a cadeira para trás e se levantou.

"Você não pode demorar com seu jantar, Archie. Se vamos manter a promessa que fizemos a Cohen, e devemos mantê-la, você terá de ir vê-lo."

22

No meu modo de pensar, os comunas acham que recebem muito pouco das boas coisas da vida e que os capitalistas recebem demais. E certamente puseram em prática essa teoria naquela noite de terça-feira. Uma mesa no escritório estava cheia de bebidas, queijos, frutas secas, patezinhos e biscoitos, mas nem uma só gota ou migalha foi tocada por qualquer uma das treze pessoas que ali estavam, incluindo Wolfe e eu. Na mesa da sala da frente havia provisões do mesmo tipo, em quantidades menores, e Harvey e Stevens, sozinhos, praticamente deram cabo delas. Se eu tivesse visto isso antes de os comunas irem embora, teria lhes chamado a atenção para o fato. Reconheço que eles tiveram mais tempo porque chegaram antes, às dez em ponto, e não tiveram o que fazer durante a maior parte da noite, a não ser sentar e esperar.

Acho que nunca vi o escritório tão cheio, fora o dia da reunião da Confraria do Medo. Ou Archer pensou que era necessário pressionar, ou Wolfe estava certo ao supor que nenhum membro do grupo de Stony Acres relutaria em comparecer, pois o fato é que estavam todos lá. Deixei que cada um escolhesse seu lugar. As três Sperling — mamãe, Madeline e Gwenn — ficaram no grande sofá amarelo, no canto, o que significava que eu ficaria de costas para elas quando estivesse de frente para Wolfe. Paul e Connie Emerson ficaram lado a lado em cadeiras que estavam junto ao globo, e Jimmy Sperling sentou-se perto deles. Webster Kane e Sperling estavam mais perto da mesa de Wolfe. O promotor distrital Archer estava na cadeira de couro vermelho, eu o colocara ali por achar que ele a merecia. Éramos treze porque havia dois tiras na sala: Ben Dykes, levado por Archer, e o sargento Purley Stebbins, da Delegacia de Homicídios de Manhattan, que, segundo me informou, tinha sido convidado pela promotoria de Westchester. Purley, meu velho amigo e ainda mais velho inimigo, sentou-se perto da porta.

O encontro começou com uma cena imprevista. Quando todos já estavam lá, já haviam se cumprimentado — de uma maneira ou de outra — e se sentado, Wolfe começou sua introdução. Ele não tinha dito mais de quatro palavras quando Archer disparou: "O senhor disse que o homem que matou Rony estaria aqui!".

"Ele está."

"Onde?"

"O senhor o trouxe."

Depois daquele começo, nada mais natural que ninguém tivesse vontade de pegar uma fatia de queijo ou um punhado de frutas secas. Não os culpei por isso, e menos ainda William Reynolds. Muitos deles emitiram sons, e tanto Sperling pai quanto Paul Emerson disseram alguma coisa, mas não consegui captar nada porque a voz de Gwenn, clara e forte, mas com um leve tremor, veio de trás de mim.

"Contei a meu pai o que lhe disse na outra noite!"

Wolfe a ignorou. "Isso vai andar mais depressa se me deixarem prosseguir."

"Um perfeito charlatão!", debochou Emerson.

Sperling e Archer falaram ao mesmo tempo. Um rugido vindo de um lado fez com que todos virassem a cabeça. Era o sargento Stebbins, em sua cadeira perto da porta, levantando a voz. Todos olharam para ele.

"Se querem meu conselho", disse, "deixem que ele fale. Sou da polícia de Nova York, e estamos em Nova York.

Já o ouvi antes. Se o amolarem, ele vai prolongar isso só para se vingar."

"Não tenho intenção de prolongar nada," disse Wolfe, irritado. O olhar dele foi da esquerda para a direita e voltou. "Isso não vai tomar muito tempo se me deixarem continuar. Quis que viessem todos por causa do que lhes disse em meu quarto oito dias atrás, na noite em que Rony foi morto. Com isso, assumi um compromisso, e quero que saibam que o cumpri."

Ele captou a atenção dos ouvintes de novo. "Primeiro vou lhes dizer por que parti do princípio de que Rony não tinha sido morto por acidente, mas intencionalmente. Embora fosse admissível que o motorista do carro pudesse não tê-lo visto antes que fosse tarde demais, é difícil acreditar que Rony não tenha percebido a aproximação do veículo, mesmo ao escurecer, e ainda que o rumor do riacho encobrisse o barulho do carro, que não poderia estar indo muito rápido. Tampouco havia marca alguma na parte da frente do veículo. Se o choque tivesse ocorrido quando Rony estava de pé, provavelmente, embora não com certeza, haveria uma ou mais marcas."

"O senhor já disse isso antes", Archer interrompeu com impaciência.

"É verdade. A repetição tomará menos tempo se o senhor não interromper. Outro ponto, mais importante do que qualquer um dos que citei, é: por que o corpo foi arrastado por mais de quinze metros para ser escondido atrás de um arbusto? Se fosse um acidente, e o motorista tivesse resolvido não revelar sua participação nele, o que ele teria feito? Arrastado o corpo para fora da estrada, sim, mas não ao longo de quinze metros para encontrar um esconderijo."

"O senhor disse isso antes também", objetou Ben Dykes. "E eu disse que o mesmo raciocínio poderia ser aplicado a um assassino."

"Sim", concordou Wolfe, "mas o senhor estava errado. O assassino tinha um bom motivo para levar o corpo a um lugar onde não pudesse ser visto do caminho de acesso, se alguém por acaso passasse ali."

"Qual?"

"Revistar o corpo. Agora estamos chegando a coisas que eu *não* disse antes. Vocês preferiram não me mostrar a lista de objetos encontrados com o corpo, por isso preferi não dizer a vocês que algo tinha sido tirado dele. Sei disso porque Goodwin também fez um inventário quando encontrou o corpo."

"Fez uma ova!"

"Teria sido melhor", disse Archer, num tom desagradável, "que tivessem nos dito isso. O que foi tirado dele?"

"Uma carteirinha de membro do Partido Comunista americano em nome de William Reynolds."

"Por Deus!", gritou Sperling e se levantou da cadeira. Ouviram-se exclamações dos outros. Sperling ia continuar, mas a voz de Archer o calou.

"Como sabe que ele tinha essa carteirinha?"

"Goodwin a tinha visto, e eu vira uma fotografia dela." Wolfe estava com o dedo em riste. "Por favor, deixem-me expor essa história sem me atazanar com perguntas. Tenho de voltar à noite de sábado da semana passada. Para todos os efeitos, Goodwin estava lá como hóspede, mas na verdade tinha ido a mando meu, representando meu cliente, o senhor Sperling. Ele tinha motivos para acreditar que Rony guardava cuidadosamente um pequeno objeto e dele não se separava. Havia bebidas na sala de estar. Goodwin pôs um sedativo no próprio copo e trocou-o pelo de Rony. Bebeu o de Rony. Mas neste copo havia também um sedativo, posto por alguma outra pessoa, como ele lamentavelmente pôde comprovar."

"Oh!" Um gritinho saiu de trás de mim, na voz do chuchuzinho. Wolfe fechou a cara para algo além do meu ombro.

"Goodwin pretendia entrar no quarto de Rony naquela noite para saber o que era aquele objeto, mas não entrou, porque ele mesmo estava sedado, e Rony não. Em vez de beber seu drinque, Rony derramou-o no balde de gelo. Ainda estou dando os motivos pelos quais presumi que ele não foi morto por acidente, e este é um deles: a bebida de Rony continha um sedativo, e ele sabia ou suspeitava disso. Goodwin se sentiu envergonhado, e ele não é de aceitar facilmente uma vergonha. Além disso, queria ver o objeto. No dia seguinte, domingo, ele combinou trazer Rony de volta a Nova York em seu carro e combinou também com um homem e uma mulher — ambos trabalham frequentemente para mim — interceptá-los e nocautear Rony."

Isso provocou a reação de quase todos eles. A mais veemente, de Purley Stebbins, chegou até mim, por cima dos outras, de seis metros de distância. "Jesus! Alguém supera esse sujeito?"

Wolfe ficou sentado e os deixou reagir. Depois de um instante levantou a mão.

"É um crime, eu sei, Archer. O senhor decidirá o que fazer a respeito, no seu tempo, depois que tudo isso acabar. Sua decisão deve levar em conta que se ele não tivesse sido cometido, o assassino de Rony não teria sido pego."

Wolfe captou a atenção dos ouvintes, que se aquietaram. "Tudo o que eles pegaram foi o dinheiro que estava na carteira. Isso foi necessário para caracterizar aquilo como um assalto... E, seja como for, o dinheiro foi gasto na investigação da morte dele, o que acho que ele veria como razoável. Mas Goodwin fez mais uma coisa. Encontrou com Rony o objeto que ele tinha guardado, tirou algumas fotos desse objeto, mas não o levou. Era uma carteira de membro do Partido Comunista americano em nome de William Reynolds."

"Então eu estava certo!" Sperling estava tão agitado e contente que não falou, berrou. "Eu estava certo o tempo

237

todo!" Olhou para Wolfe indignado, espumando. "Por que não me disse isso? Por que..."

"O senhor não poderia estar mais errado", disse Wolfe, asperamente. "O senhor pode ser um bom homem de negócios, mas deveria delegar a perseguição a comunistas disfarçados a pessoas competentes. É uma tarefa para a qual o senhor está desqualificado por astigmatismo mental."

"Mas", insistiu Sperling, "o senhor admite que ele tinha uma carteirinha do partido..."

"Eu não admito, eu anuncio isso. Mas teria sido uma burrada aceitar que William Reynolds era necessariamente Louis Rony. Na verdade, eu sabia coisas sobre Rony que tornavam isso pouco provável. Seja como for, temos o testemunho de três pessoas de que a carteirinha estava de posse dele — o senhor vai achar isso útil no tribunal, Archer. Mas naquela ocasião, a identidade de William Reynolds — fosse ele Rony ou outra pessoa — era uma questão em aberto."

Wolfe ergueu a mão. "Mas vinte e quatro horas depois já não estava em aberto. Fosse quem fosse William Reynolds, era quase certo que não era Louis Rony. E não só isso, era razoável deduzir que ele tivesse assassinado Rony, já que era mais do que uma suposição o fato de ele ter arrastado o corpo para trás de um arbusto para revistá-lo, encontrar a carteirinha e se apossar dela. Construí essa hipótese sem muita certeza. Então, no dia seguinte, terça-feira, dei um passo adiante ao saber que tinha sido meu carro o que tinha atropelado Rony. Ora, se William Reynolds matou Rony e pegou a carteirinha, ele era uma das pessoas ali presentes. Uma das que estão nesta sala."

Ouviu-se um murmúrio, apenas um murmúrio.

"O senhor esqueceu de uma coisa", protestou Ben Dykes. "Por que tinha de ser Reynolds a pessoa que matou Rony e levou a carteirinha?"

"Não tinha de ser", admitiu Wolfe. "Eram suposições, não conclusões. Mas formavam um conjunto: se uma suposição fosse certa, todas seriam; se uma não fosse, nenhuma seria. Se o assassino matou e revistou o corpo para pegar a carteirinha, com certeza foi para evitar a revelação de que era filiado ao Partido Comunista com o nome de William Reynolds, revelação que Rony ameaçava fazer — e Rony de modo algum se privava de ameaças desse tipo. Essa era minha opinião na terça-feira ao meio-dia. Mas eu tinha obrigações para com meu cliente, o senhor Sperling, que ficaria em maus lençóis se eu dissesse tudo isso à polícia — pelo menos sem tentar dar meu próprio jeito antes. Era o que eu tinha resolvido fazer", os olhos de Wolfe estavam cravados em Sperling, "quando o senhor entrou em cena com aquela maldita declaração que coagiu Kane a assinar. Deixou Archer satisfeito e me dispensou."

Os olhos de Wolfe se voltaram para Kane. "Quis o senhor aqui para isto: para repudiar aquela declaração. Vai fazê-lo? Agora?"

"Não seja bobo, Web", cortou Sperling. E dirigindo-se a Wolfe: "Eu não o coagi!".

O pobre Kane, sem saber o que dizer, nada disse. Apesar de todos os problemas que ele nos causara, quase senti pena dele.

Wolfe deu de ombros. "Então vim para casa. Tinha de confirmar ou descartar minhas suposições. Era possível que Rony não estivesse com a carteirinha quando foi morto. Na quarta-feira, Goodwin foi ao apartamento dele e deu uma busca completa — sem arrombar para entrar, Stebbins."

"É o que o senhor diz", resmungou Purley.

"Ele tinha uma chave", afirmou Wolfe, o que era a pura verdade. "A carteirinha não estava lá; se estivesse, Goodwin a teria encontrado. Mas ele encontrou indício de que Rony teria em seu poder um ou mais objetos, provavelmente um ou vários papéis, que teria usado como meio de coerção contra uma ou mais pessoas aqui presentes. Não importa o que ele exigia, mas de passagem me permitam dizer que duvido que fosse dinheiro. Acho que o que ele queria, e estava conseguindo, era apoio para o namoro com a senhorita Sperling — ou pelo menos neutralidade. Outra..."

"Qual foi o indício?", indagou Archer.

Wolfe balançou a cabeça. "Talvez o senhor não precise saber disso. Se precisar, vai saber no devido tempo. Outra suposição, a de que Rony não estava de pé quando foi atropelado, também se confirmou. Embora o carro não tenha batido na cabeça dele, havia um grave ferimento acima da orelha esquerda; um médico contratado por mim examinou o corpo, e isso está registrado no relatório oficial. Essa descoberta ajudou a descartar um método tão desastrado como seria tentar matar um homem jovem e vigoroso por atropelamento. Obviamente teria sido um trabalho mais bem-feito armar uma emboscada quando ele estivesse subindo o caminho de acesso, golpeá-lo e depois atirar o carro em cima dele. Se isso..."

"Não se pode armar uma emboscada", objetou Ben Dykes, "se não se sabe que o homem vai estar lá para ser emboscado."

"Não", concordou Wolfe, "nem o senhor pode esperar que eu termine algum dia se não aceita as probabilidades e os fatos. Além das linhas telefônicas privativas da biblioteca do senhor Sperling, há doze extensões pela casa, e a conversa entre a senhorita Sperling e Rony, marcando um encontro no parque para determinada hora, pode ter sido ouvida por qualquer pessoa. William Reynolds certamente pode tê-la escutado. Vamos deixar que ele prove que não fez isso. Seja como for, a própria emboscada já não é mera probabilidade. Com uma brilhante tacada de Goodwin, isso foi estabelecido como fato. Na terça-feira, ele vasculhou o parque em busca do instrumento usado para derrubar Rony e o encontrou, em presença de uma testemunha."

"Encontrou nada!" Era a voz de Madeline atrás de mim. "Estive com ele o tempo todo, e ele não encontrou nada!"

"Encontrou", disse Wolfe, secamente. "Quando fazia o caminho de volta, ele parou no riacho e encontrou uma pedra. A questão da testemunha e a da prova de que a pedra esteve em contato com a cabeça de um homem podem esperar, mas eu lhes garanto que não há dúvida sobre isso. Mesmo que a testemunha prefira se arriscar a cometer perjúrio, nos arranjaremos muito bem sem ela."

O olhar dele descreveu um arco para abranger todos os presentes. "Isso porque embora detalhes como a cabeça ferida e a pedra possam ser da maior valia, e Archer ficará feliz de poder contar com eles, o que fecha a questão é um detalhe de outro tipo. Já dei a entender isso antes e agora declaro: William Reynolds, o dono da carteirinha, o comunista, está nesta sala. Vocês não vão se importar, espero, que não lhes diga como eu soube disso, desde que lhes diga que posso provar, mas antes eu gostaria, se fosse possível, de me ver livre de um sério impedimento. Kane. O senhor é um homem inteligente e percebe meu dilema. Se o homem que matou Rony for indiciado e levado a julgamento, e se a defesa lançar mão de sua declaração, e o senhor se recusar a retirá-la, não poderá haver condenação. Faço-lhe um apelo: o senhor quer proporcionar essa proteção a um comunista assassino? Não importa quem ele seja. Se o senhor reluta em aceitar minha afirmação de que ele é comunista, leve em conta que a não ser que isso seja provado satisfatoriamente para um juiz e para um júri, ele não estará em perigo, porque isso é essencial para a acusação contra ele. Mas enquanto sua declaração permanecer de pé, seria uma temeridade até mesmo prendê-lo. Archer não se atreveria a mover um processo."

Wolfe tirou um papel da gaveta. "Gostaria que o senhor assinasse isto. Foi datilografado por Goodwin esta noite, antes de sua chegada. Tem a data de hoje e diz: 'Eu, Webster Kane, por meio desta, afirmo que a declaração assinada por mim em 21 de junho de 1949, assumindo que matei Louis Rony acidentalmente por atropelamento, é falsa. Assinei-a por sugestão de James U. Sperling, e por este instrumento me retrato'. Archie?"

Levantei-me para pegar o papel e oferecê-lo a Kane, mas ele não moveu um dedo para apanhá-lo. O proeminente economista estava numa enrascada, e seu rosto mostrava que ele sabia disso.

"Retire a última oração", exigiu Sperling. "Ela não é necessária." Ele também não parecia muito feliz.

Wolfe balançou a cabeça. "Naturalmente não lhe agrada encarar essa questão, mas deve fazê-lo. Quando for depor como testemunha não vai poder evitá-la, então por que não encará-la agora?"

"Meu Deus!" Sperling estava amargurado. "Depor como testemunha. Que diabo, se isto não é uma encenação, quem é Reynolds?"

"Vou lhe dizer assim que Kane assinar, antes não... E o senhor assine como testemunha."

"Não vou assinar como testemunha."

"Sim, senhor, vai sim. Isto tudo começou com seu desejo de desmascarar um comunista. Esta é sua chance. Não quer aproveitá-la?"

Sperling olhou com raiva para Wolfe, depois para mim e por último para Kane. Pensei comigo mesmo como sua expressão estava distante de um sorriso angelical. A sra. Sperling murmurou alguma coisa, mas ninguém lhe deu atenção.

"Assine, Web", rosnou Sperling.

A mão de Kane pegou o papel, a contragosto. Dei a ele uma revista para apoiar a declaração e minha caneta. Kane assinou, bem grande e esparramado, e eu passei o papel ao presidente do Conselho da Continental Mines. A assinatura dele como testemunha era algo que merecia ser visto. Poderia ser James U. Sperling ou Lawson N. Spiffshill. Aceitei o papel com indiferença e o passei a Wolfe, que deu uma olhada e o acomodou debaixo de um peso de papéis.

Wolfe suspirou. "Traga-os, Archie."

Fui até a porta da sala da frente e chamei: "Entrem, cavalheiros!".

Eu teria dado um doce para saber quanto tempo e esforço eles tinham desperdiçado tentando ouvir alguma coisa através da porta à prova de som. Era impossível. Entraram investidos de seus papéis. Harvey, constrangido e agressivo em presença de tanto capitalismo, marchou até perto da mesa de Wolfe, virou-se e lançou a cada um dos presentes um olhar duro e firme. Stevens só estava interessado em um deles, o homem que conhecia como William Reynolds. Até onde lhe dizia respeito, os outros, até mesmo o promotor distrital, eram insignificantes. Seu olhar também era duro e firme, mas tinha um único alvo. Ambos ignoraram as cadeiras que eu reservara para eles.

"Acho", disse Wolfe, "que não precisamos nos preocupar com apresentações. Um dos senhores conhece bem esses cavalheiros. Os outros não fazem questão, nem eles fazem questão de conhecê-los. Eles são membros declarados do Partido Comunista americano, dos mais proeminentes. Tenho aqui um documento", Wolfe mostrou o papel, "assinado por eles esta noite, com a foto de um homem colada nele. O texto, escrito de próprio punho pelo senhor Stevens, afirma que durante os últimos oito anos o homem da foto foi comunista, sob o nome de William Reynolds. O documento é por si mesmo conclusivo, mas esses cavalheiros e eu achamos que seria melhor que eles aparecessem para reconhecer Reynolds pessoalmente. O senhor está olhando para ele, não está, Stevens?"

"Estou", disse Stevens, encarando Webster Kane com ódio mortal.

"Traidor miserável", trovejou Harvey, também para Kane.

O economista encarava ora Stevens, ora Harvey, perplexo e incrédulo. Sua primeira confissão exigira palavras, postas no papel e assinadas, mas essa não. O olhar perplexo era sua segunda confissão, e qualquer pessoa ali que olhasse para ele percebia que era autêntica.

Mas ele não era o único perplexo.

"Web!", rugiu Sperling. "Pelo amor de Deus — *Web!*"

"O senhor não sabe o que o espera, Kane", disse Wolfe friamente. "Não lhe resta mais ninguém. O senhor está perdido como Kane, com o labéu comunista finalmente à mostra. Está perdido como Reynolds, com seus camaradas expurgando-o como só eles sabem expurgar. Está perdido até mesmo como animal bípede, com um assassinato pelo qual responder. Só essa última perdição tem a ver com meu trabalho, o resto foi só incidental... E graças aos céus acabou, porque não foi fácil. Ele é todo seu, Archer."

Eu não precisava me precaver contra uma tentativa de fuga, já que Ben Dykes e Purley Stebbins estavam lá e tinham fechado a porta, e eu tinha trabalho a fazer. Puxei meu telefone para perto, disquei o número da *Gazette* e chamei Lon Cohen.

"Archie?" Ele parecia desesperado. "Faltam doze minutos para o fechamento! E aí?"

"ok, meu filho" eu disse, paternalmente. "Mande ver."

"Como é? Webster Kane? Em cana?"

"Isso mesmo. Garantimos material e mão de obra. Se você é um economista de destaque, sei onde há uma vaga."

23

Mais tarde, bem depois da meia-noite, quando todos já tinham ido embora, James U. Sperling ainda estava lá. Sentado na cadeira de couro vermelho, comia frutas secas, bebia uísque e esclarecia as coisas.

O que o mantinha ali, é claro, era a necessidade de recuperar o respeito por si mesmo, antes de ir para casa dormir. Depois do tenebroso choque de saber que tinha acalentado um comunista em seu seio durante anos, isso não era tão simples. O detalhe que parecia incomodá-lo mais do que tudo era a primeira confissão — a que ele tinha feito Kane assinar. Ele mesmo a tinha redigido — reconheceu isso; achava que era uma obra-prima de que até mesmo o presidente do Conselho poderia se orgulhar; e agora constatava que, com exceção do detalhe de que Rony estava prostrado e não de pé quando o carro o atropelou, a declaração tinha sido verdadeira. Não é de surpreender que ele tivesse dificuldade para digeri-la.

Insistia em voltar a cada coisa. Queria resposta para perguntas como se Kane teria visto Rony despejar o copo com sedativo no balde de gelo, que certamente não podíamos lhe dar. Wolfe respondeu magnanimamente a tudo o que podia. Por exemplo, por que Kane assinou a retratação da declaração em que afirmava ter matado Rony por acidente? Porque, explicou Wolfe, Sperling lhe dissera que assinasse, e a única esperança dele era agarrar-se ao papel de Webster Kane, apesar de tudo. É certo que em muito

245

pouco tempo ele seria desmascarado pelos olhares gélidos e furiosos de seus antigos camaradas, mas não sabia disso quando pegou a caneta para assinar.

Quando Sperling finalmente partiu já estava mais senhor de si, mas desconfiei que ele precisaria de mais de uma noite de sono antes que alguém o visse sorrir como um anjinho.

Isso foi tudo, exceto o rabo. Todo caso criminal, tal como uma pipa, tem um rabo. O rabo desse caso teve três partes, uma pública e duas particulares.

A primeira parte se tornou pública na primeira semana de julho, quando foi anunciado que o contrato de Paul Emerson não seria renovado. Por acaso soube disso com antecedência porque estava no escritório quando, num dia da semana anterior, James U. Sperling telefonou para Wolfe para dizer que a Continental Mines Corporation estava muito grata a ele por ter extirpado um câncer comunista de suas entranhas e pagaria com prazer a conta que ele enviasse. Wolfe disse que gostaria de mandar uma conta, mas não sabia como expressá-la, e Sperling lhe perguntou por quê. Porque, disse Wolfe, a conta solicitaria pagamento não em dólares, mas em espécie. Sperling quis saber o que ele queria dizer com isso.

"Como o senhor disse", explicou Wolfe, "eu extirpei um câncer do seu quadro de funcionários. O que eu quero em troca é a extirpação de um câncer do meu rádio. O horário das seis e meia é para mim bem adequado para ouvir rádio, e mesmo que eu não sintonize aquela estação sei que Paul Emerson está lá, a poucos centímetros do ponteiro, e isso me aborrece. Extirpe-o. Ele pode conseguir outro patrocinador, mas duvido. Deixe de lhe pagar por aquela baboseira mal-intencionada."

"Ele tem uma grande audiência", objetou Sperling.

"Goebbels também tinha", sapecou Wolfe. "Mussolini também."

Breve silêncio.

"Reconheço", admitiu Sperling, "que ele me irrita. Ele deve ser assim por causa da úlcera."

"Então encontre alguém que não tenha úlcera. O senhor vai economizar dinheiro, também. Se eu lhe mandar uma conta em dólares ela não será modesta, em vista das dificuldades que o senhor criou."

"O contrato dele expira na semana que vem."

"Bom. Deixe expirar."

"Bem... vamos ver. Falaremos disso aqui."

Foi assim que aconteceu.

A segunda parte do rabo, particular, veio também sob a forma de um telefonema. Ontem, um dia depois que Webster Kane, conhecido também como William Reynolds, foi condenado por homicídio qualificado cometido contra a pessoa de Louis Rony, levei o fone ao ouvido e mais uma vez ouvi uma voz dura, fria e precisa que só se expressava com a melhor gramática. Disse a Wolfe quem era, e ele atendeu.

"Como vai, senhor Wolfe?"

"Bem, obrigado."

"Que bom saber disso. Estou ligando para cumprimentá-lo. Tenho meios de saber das coisas, e soube da maneira admirável como o senhor conduziu esse caso. Estou felicíssimo pelo fato de o assassino daquele bom rapaz ter sido punido adequadamente, graças ao senhor."

"Meu propósito não foi fazê-lo feliz."

"Claro que não. Mas mesmo assim fico muito agradecido, e minha admiração por seu talento aumentou ainda mais. Queria lhe dizer isso, e também avisá-lo que receberá outro pacote amanhã de manhã. Em vista do rumo tomado pelos acontecimentos, o prejuízo sofrido por sua propriedade é ainda mais lamentável."

A ligação foi cortada. Virei-me para Wolfe.

"Ele certamente gosta que os telefonemas custem o mínimo possível. Aliás, você se importa que eu o chame de Quem-é em vez de X? É que X me lembra álgebra, e eu era péssimo nisso."

"Eu espero sinceramente", murmurou Wolfe, "que não tenhamos uma nova oportunidade de falar sobre ele."

Mas a ocasião se apresentou já no dia seguinte, hoje de manhã, quando o pacote chegou e seu conteúdo levantou uma questão que não teve resposta e provavelmente nunca terá. Será que X tinha tantos meios de se informar que sabia quanto tinha sido pago ao sr. Jones, ou foi apenas uma coincidência que o pacote contivesse exatamente quinze milhas? Seja como for, amanhã vou fazer uma segunda viagem a certa cidade de Nova Jersey, e assim o total no cofre de aluguel somará uma bela cifra redonda. O nome que vou usar não pode ser revelado, mas posso garantir que não será William Reynolds.

A terceira parte do rabo não só é particular como estritamente pessoal, e vai além de ligações telefônicas, embora estas também existam. No próximo fim de semana em Stony Acres espero não ter problemas de sedativos na bebida, nem quero me preocupar com câmeras. Recentemente deixei de chamá-la de senhora.

SÉRIE POLICIAL

Réquiem caribenho
Brigitte Aubert

Bellini e a esfinge
Bellini e o demônio
Bellini e os espíritos
Tony Bellotto

Os pecados dos pais
O ladrão que estudava Espinosa
Punhalada no escuro
O ladrão que pintava como Mondrian
Uma longa fila de homens mortos
Bilhete para o cemitério
O ladrão que achava que era Bogart
Quando nosso boteco fecha as portas
O ladrão no armário
Na linha de frente
Lawrence Block

O destino bate à sua porta
Indenização em dobro
Serenata
James M. Cain

Post-mortem
Corpo de delito
Restos mortais
Desumano e degradante
Lavoura de corpos
Cemitério de indigentes
Causa mortis
Contágio criminoso
Foco inicial
Alerta negro
A última delegacia
Mosca-varejeira
Vestígio
Predador
Livro dos mortos
Patricia Cornwell

Edições perigosas
Impressões e provas
A promessa do livreiro
Assinaturas e assassinatos
O último caso da colecionadora de livros
John Dunning

Máscaras
Passado perfeito
Ventos de Quaresma
Leonardo Padura Fuentes

Tão pura, tão boa
Correntezas
Frances Fyfield

O silêncio da chuva
Achados e perdidos
Vento sudoeste
Uma janela em Copacabana
Perseguido
Berenice procura
Espinosa sem saída
Na multidão
Céu de origamis
Luiz Alfredo Garcia-Roza

Neutralidade suspeita
A noite do professor
Transferência mortal
Um lugar entre os vivos
O manipulador
Jean-Pierre Gattégno

Continental Op
Maldição em família
Dashiell Hammett

O talentoso Ripley
Ripley subterrâneo
O jogo de Ripley
Ripley debaixo d'água
O garoto que seguiu Ripley
A chave de vidro
Patricia Highsmith

Sala dos homicídios
Morte no seminário
Uma certa justiça
Pecado original
A torre negra
Morte de um perito
O enigma de Sally
O farol
Mente assassina
Paciente particular
Crânio sob a pele
P. D. James

Música fúnebre
Morag Joss

Sexta-feira o rabino acordou tarde
Sábado o rabino passou fome
Domingo o rabino ficou em casa
Segunda-feira o rabino viajou
O dia em que o rabino foi embora
Harry Kemelman

Um drink antes da guerra
Apelo às trevas
Sagrado
Gone, baby, gone
Sobre meninos e lobos
Paciente 67
Dança da chuva
Coronado
Dennis Lehane

Morte em terra estrangeira
Morte no Teatro La Fenice
Vestido para morrer
Morte e julgamento
Acqua alta
Donna Leon

A tragédia Blackwell
Ross Macdonald

É sempre noite
Léo Malet

Assassinos sem rosto
Os cães de Riga
A leoa branca
O homem que sorria
O guerreiro solitário
Henning Mankell

Os mares do Sul
O labirinto grego
O quinteto de Buenos Aires
O homem da minha vida
A Rosa de Alexandria
Milênio
O balneário
Manuel Vázquez Montalbán

O diabo vestia azul
Walter Mosley

Informações sobre a vítima
Vida pregressa
Joaquim Nogueira

Revolução difícil
Preto no branco
No inferno
George Pelecanos

Morte nos búzios
Reginaldo Prandi

Questão de sangue
Os ressucitados
O enigmista
Ian Rankin

A morte também frequenta o Paraíso
Colóquio mortal
Lev Raphael

O clube filosófico dominical
Amigos, amantes, chocolate
Alexander McCall Smith

Serpente
A confraria do medo
A caixa vermelha
Cozinheiros demais
Milionários demais
Mulheres demais
Ser canalha
Aranhas de ouro
Clientes demais
A voz do morto
Rex Stout

Fuja logo e demore para voltar
O homem do avesso
O homem dos círculos azuis
Relíquias sagradas
Fred Vargas

A noiva estava de preto
Casei-me com um morto
A dama fantasma
Janela indiscreta
Cornell Woolrich

ESTA OBRA FOI COMPOSTA PELO GRUPO DE CRIAÇÃO EM GARAMOND E
IMPRESSA PELA GEOGRÁFICA EM OFSETE SOBRE PAPEL PAPERFECT
DA SUZANO PAPEL E CELULOSE PARA A EDITORA SCHWARCZ
EM OUTUBRO DE 2010